奶爸笔记

丁启阵◎著

中国盲文出版社

图书在版编目（CIP）数据

奶爸笔记（大字版）/ 丁启阵著. —北京：中国盲文出版社，2018.1

ISBN 978－7－5002－8077－4

Ⅰ.①奶…　Ⅱ.①丁…　Ⅲ.①散文集—中国—当代
Ⅳ.①I267

中国版本图书馆 CIP 数据核字（2017）第 253754 号

奶爸笔记

著　　者：丁启阵
出版发行：中国盲文出版社
社　　址：北京市西城区太平街甲 6 号
邮政编码：100050
印　　刷：北京新华印刷有限公司
经　　销：新华书店
开　　本：710×1000　1/16
字　　数：184 千字
印　　张：20
版　　次：2018 年 1 月第 1 版　2018 年 1 月第 1 次印刷
书　　号：ISBN 978－7－5002－8077－4/I·1689
定　　价：48.00 元
编辑热线：(010) 83190019　83190259
销售服务热线：(010) 83190297　83190289　83190292

代自序

晒娃何妨

在微信朋友圈发了一组两岁闺女弹琴的照片，冠以"关键看艺术气质"的标题。闺女萌萌的表情，赢得了众多朋友的赞扬——点赞和文字表扬都有。

与此同时，有位朋友向我提出了劝告：晒娃有危险。他说自己以前也经常晒娃，但不久前一位朋友告诫有危险，他经过一番思考，便删去了所有晒娃的微信。

劝告我不要晒娃的朋友，不是只有他一位。自从有微信以来，迄今为止，已经不下十人次。

我当然相信，劝我不要晒娃的朋友，都是出自善意。在此，我表示由衷的感谢！

但是，我并不完全认同他们的想法。我认为，他们的担忧有点过度。

反对晒娃人士，中外都有。但是，理由截然不同。大致说来，外国理由是，晒娃可能不利于娃心理的健康成长，可能侵犯娃的隐私权；本国理由则是，坏人太多，他们可能利用个中信息对娃不利，比如将娃拐骗走。

晒娃可能不利于娃心理的健康成长和可能侵犯娃隐私权的说法，我比较认同。娃的成长，需要一个平静常态的空间，过早、过多地将娃的言行举止公之于众，可能对娃构成压力，促使其早熟，或者感到不安；娃被晒的时候，因为年龄小，还没有隐私权的意识，还不懂得如何维护自己的隐私权。将来长大，有了隐私权的意识，可能不认同父母的尺度把握。不止一位朋友说过，懂事了的娃不让他们在微信上晒自己。父母认为是萌，是可爱，而他们认为是丑，是傻样。娃跟父母，审美观上有分歧。

外国的理由，理应引起我们的重视。但是，它跟我国的理由有本质的不同：它是基于尊重，而不是基于恐惧。实际上，外国理由推导出来的结论是：晒娃可能不利于娃的成长，可能触及娃的隐私权，因此需要审慎。

审慎不等于不可以晒。将娃置于无菌室、保温箱、与世隔绝的城堡中，不见得比让娃在有菌、自然、开放的环境中生长，更有利于娃的健康成长。

不是我崇洋媚外，国产的晒娃危险论，的确不如外国的有道理，有高度。晒娃是有可能透露名字、住址之类信息，坏人有可能利用这些信息干坏事。但是，这样的事情，显然属于小概率事件。网络搜索半天，大家说来说去的事例，也就是浙江某地，有人因为在微信中说出了娃的名字，差点儿被坏人利用，拐走四岁的娃。

显然，国产的理由、结论几乎就是：晒娃随时可能导

致娃的身体、生命受到损害。

这种危险理论，不啻是杞人忧天。

按照这种危险理论，不光是微信不能晒，就是日常生活中，一切公共场合，亲人之间都应该道路以目，或者用暗号、密语进行交流。否则，娃的名字也可能被坏人侦知、利用。

为了一种小概率的危险，全城戒严，全民皆兵，人人自危，步步惊心。这样真的好吗？

完全没有防范意识，固然是不对的；但过分地担忧，也是不明智的。孔子曰：过犹不及。司马迁曰：人固有一死。我认为，与其死于大面积的杞人忧天，不如死于小概率的犯罪事件。

认真说起来，晒娃危险理论，本身就相当有害：它会以蔓延、惑众的方式，制造紧张、恐怖气氛，使得人民时时处于忧虑、痛苦状态中。久而久之，必然身心俱损。这种理论，与瘟疫何异？

世上流行阴谋论，我一般是不相信的。但晒娃危险论，我怀疑背后有阴谋。无需一兵一卒，不动一刀一枪，让一个十几亿人口的泱泱大国，生活在水深火热之中，忧惧而亡，这是天大的阴谋呀！

再理想的社会，再强大的国度，再太平的世界，也不能避免小概率的伤害。正确的应对之策是：不夸大，不恐惧；水来土掩，兵来将挡；今朝有酒今朝醉，明日忧来明

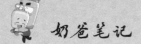

日忧。

　　曾经有首广泛流行的歌，这样唱道："假如人人都献出一点爱……"现在的情况，不用那么复杂，只需改动三个字，"假如人人都减少一点忧"，就会有个好结果：世界将变成美好的人间！

　　综上，我的结论是：晒娃虽然有风险，但不必忧惧过多，因噎废食。

2016. 06. 16

目录

后记

千金驾到

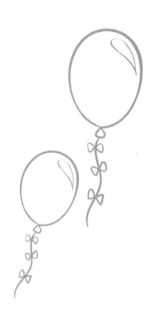

1. 千金驾到

我家的千金来了，来得有点突然，比预产期提前了整整二十四天！

妻子一直希望她是小马驹，因此常常冲着自己的大肚子说：宝贝儿，不要急着出来啊，至少要坚持到大年初二。为了迎合妻子的心思，我送给她的两个小礼物，都跟马有关。一个是在从澳门回北京的飞机上买的黑曜石手链，上边缀有一颗宝石红心和一匹银质小奔马；一个是在一家银行买的丝绳项链，项链坠是一匹纯金小马驹。现在，这两样礼物都只好另作解释了。比如说，小龙属相的宝宝，加上小马驹，就是龙马精神了。

千金的提前到来，让我们吓得不轻。那天凌晨三点多钟，妻子突然感觉到腹部疼痛难忍。缺乏经验的我们，不能肯定是不是临盆征兆。我手忙脚乱，像以往那样采取一些穴位按摩措施，希望减轻她的腹痛。同时上网查阅，对照是否早产症状。忙乎了半天，她的腹痛症状未见减轻。于是打电话把住在附近的我岳母叫来，开车到了妇幼保健院。

挂了急诊，医生的诊断结论是：早产。

　　没有空床位，只好在检查室里等待，做胎心监测。检查室的病床，窄仅容身，我很担心，已然腹痛难忍的妻子，稍微侧身就会滚落在地，雪上加霜。小小的检查室，有时候三张床上都躺了产妇，加上医生、护士、家属，挤作一团，空气令人窒息。

　　好不容易熬到进产房的时间，以为很快便可以生出宝宝。不料，进去之后，时间漫长得停止了一般，四五个小时里毫无进展。在产房外等待的我们，有时坐在椅子上，有时坐在楼梯上，有时站在楼道里，坐立不安。眼睁睁看着同时甚至稍晚进去的产妇，一个个生产后被推出产房，在门外亲属的簇拥下转往病房。

　　终于，听到"导乐"叫我妻子的名字了。我飞奔下楼去交了费，拿回防护服，迅速穿戴齐整，准备进产房给妻子加油打气。不料，一等就是一个小时。

　　进去之前，我问过一个刚完成生产的产妇的家属，被告知，到里边后，一般只需等待半个小时。但是，等我进去之后，发现妻子的情况有些不同。可能是饿得身体乏力，使不上劲，也可能是她拒绝了采用无痛生产措施，疼得没法用力。我进去后，时而给她往嘴里塞一小块巧克力，时而给她用吸管喝一口红牛饮料。我们一起努力了一个多小时，仍然没能顺利生下宝宝。最后，医生以早产和胎心减速两个原因，建议我们授权侧切，取出了宝宝。我们终于听到了宝宝一声清脆的啼哭。

　　正如产前那位主管医生所预测的，我家宝宝体重六斤多。3080 克，六斤一两六。

　　当时我以为，我家宝宝是早产儿，身体羸弱，没有力气哭泣。但是，助产士告诉我，宝宝的情况不错，过一会儿也许会哭个不止的。她指给我看，我家宝宝是女孩，腿上膝盖部分有青色块，说可能是胎记。助产士特别告诉我，我家宝宝皮肤挺白，手指修长。因为是早产儿，产科医生要求我喂奶勤着些。

　　但是，自始至终，我家宝宝都没有现出任何早产儿的情状。刚下产台，助产士抱给我看时，她就睁开双眼看着我；我逗她，说她长得精神，漂亮，她有咧嘴似笑的回应。母婴在产房休息两个小时之后，到了病房。不久，宝宝就将我从护士站拿来的半小瓶奶喝个精光。这个时候，同病房比她早出生六个小时的男宝宝和比她早出生两个小时的足月女宝宝，都还没有睁开眼睛，还不会吸奶，一直在睡觉呢。

　　住在医院的两天里，我家宝宝睁开眼睛看人的时间，明显比同屋另外两个宝宝多，而且基本上不怎么哭，顶多是吸不到奶时，嗷一嗓子，吓人一跳，不像哥哥姐姐，哭起来都是长调连音。

　　临出院的时候，在宝宝妈妈提议下，我动员另外两个宝宝的家长，让三个宝宝合了个影，为他们建立了人生的第一个微信朋友圈。妻子注意到，护士站给开的黄色出院单上，关于我家宝宝的信息是：早产……正常。

昨天得知，那男宝宝因为受到感染，暂时不能回家，不能跟他爸爸妈妈在一起。我代表我家宝宝，祝他早点康复，回家跟爸爸妈妈在一起！

回家已经四天了，我家宝宝的样子更加老成，精致。不过，前两天的文静淑女形象，也被她自己破坏了大半：吸奶时的霸道作风（用力推开妈妈的手，只有她自己才能抓着粮仓），吸不到奶时的有力嗷叫，气势如虹，令人退避三舍。

好几位朋友，一直在追问我家宝宝名字取了没有。这里我一并作答：我家宝宝一直都是有名字的。出生之前，我们期望胎宝宝健康成长，所以给取了个"壮壮"的名字。现在知道宝宝是个女孩，这个名字就不太合适了。回到家里的头两天，吃奶，睡觉，睁眼看人，不哭不闹，一派文静，妻子直接拿澳门作家朋友林中英来信中用的美称"宁馨儿"（林中英的信中有"你家宁馨儿……"一句）作了她的名字，叫她"馨儿"或者"馨馨"。根据宝宝这两天的表现，这个名字似乎又有点勉强了。

我认为，宝宝叫什么名字并不重要，重要的是她要健康成长。

但是，宝宝妈妈不这么想，她总在追问我：咱家宝宝的大名想好了没有？

2014. 01. 28

2．爱，需要注视

"孩子是自家的好"这说法，早就知道。但是，因为不曾有过直接经验，体会难免肤浅。馨儿出生至今不过十天时间，但这十天的朝夕相处，于此我算是有了较为真切的体会。

短短的十天，我亲眼目睹了馨儿的不少"先进"事迹。例如：

怀孕36周加两天，就急着出来的馨儿，被产科医生诊断为早产儿。但是，刚从产台上下来，馨儿就睁开了双眼，盯着我看，还能左右转动眼珠。我逗她玩，说些"我宝贝女儿真漂亮"之类的话，馨儿当时就做出了咧嘴微笑的回应。

馨儿出生后，跟其他足月儿一样，只在产房待了两个小时，就跟妈妈一起转到了普通病房。转到病房后不到一个小时，馨儿就喝完了护士给调配的半小瓶奶。

在病房住了两天，母女就获准出院回家了。护士站开的出院单上写着临床诊断：早产……正常。

馨儿回家后的两天里，不哭不闹，能吃能睡。奶粉能喝，母乳也行。妻子担心的孩子喝过奶粉后不愿意接受母乳喂养的情况，并没有发生。馨儿睡觉的样子，安静甜美。因此，妻子一下子就"馨儿""馨儿"地叫了起来，名正言顺，理直气壮。

回家第三天，馨儿开始会闹。也就是在肚子饿了和一时吮不到奶汁的时候，嗷一两嗓子，大概就是所谓的"嗷嗷待哺"。同时，双手乱舞，乱抓，甚至把她妈妈的手当作竞争者，用力拨开。

回家第四天，馨儿的一个表姐，六岁的小学生小苹果来看望她。我对抱在怀里似睡非睡的馨儿说："小苹果姐姐会唱歌，会跳舞，让姐姐给馨儿唱一首歌好不好？"她竟然出人意料地做出了点头的动作！须知，这个时候的婴儿脖子非常柔软，一般没有点头的能力。

第五天，其实一直希望我们生个儿子的孩子的老舅，小苹果的爸爸，来看望馨儿的时候，妻子对馨儿说："馨儿宝贝，老舅来看你了。老舅对你可好了，他可喜欢馨儿了。你表示一下欢迎，好不好？"馨儿马上就咧了咧嘴，做出了微笑的样子。把老舅高兴得几乎蹦了起来。

前天开始，馨儿又有了一招新花样：面红耳赤挣扎两回后，双脚用力一蹬，摆脱褡裤的束缚，身体往上冒出三四厘米。原来，前两次挣扎，她是在拉屎，双脚蹬是为了让她的小屁股离开屎堆，感觉舒服一点儿。

还有一件事，匪夷所思。馨儿习惯于左侧睡觉，岳母

说，这样容易造成左右脸不一样大。于是妻子和我，有时候会对着半睡半醒的馨儿说："馨儿，把头转到另一边儿睡，这样你长大后会更漂亮。"几乎是每一次，她真的都照做了！

从下产台以来至今，大人们在旁边谈论她，只要她不是真的睡着了，好赖话基本上会有不同的反应。说她好话，她表情怡然，或者咧嘴微笑；说她坏话，她眉头紧蹙，一副不高兴的样子，有时候还会双手乱舞，双脚乱踢，一副怒不可遏的样子。

············

如果不是怕读者朋友难以忍受，这类事情，我还可以列举出一长串。

出于好奇，我给千里之外的母亲打电话时，问她，我刚出生的时候，是不是也有过这类"先进"事迹。母亲的回答，令我有些失望。她说，记不得许多了，那个年代，饭都吃不饱，经常饿得头昏眼花的。父亲一天到晚在生产队干农活，回到家时，已经很累了。谁能有闲工夫、闲心情，一天到晚哄孩子玩？另外，生我的时候，母亲没有经验（不满 19 岁），好多事情不晓得该怎么做。因此，卫生方面，做得很不好。不过，她说，因祸得福，我身体的抵抗力，反而比情况大有改善的两个弟弟好。比如说，我的皮肤不怕蚊虫叮咬。三四岁时，一次在水沟里玩水，双腿叮满了蚂蝗，鲜血淋漓，我都没有发觉！

　　母亲电话里告诫我，馨儿的卫生也不必太讲究，以免将来抵抗力差。这条母命，当然是根本无法执行的。妻子，岳母，尤其是岳母，根本容不得馨儿受丝毫的委屈。馨儿撒了，拉了，换尿片，那叫一个十万火急，刻不容缓！我估计，母亲若在，看到馨儿的小样子，也会是这样做的。

　　馨儿长得像我。母亲说，我当年跟馨儿似的，并非足月出生，也是九个多月时早产。据此推测，我当年大概也是有过不少"先进"事迹的。所不同的是，现在生活条件比过去好，正巧是学校的寒假，我有时间、心情观察馨儿的一举一动。据说，心理学界有一种观点，两位异性能够用眼睛互相注视十秒钟以上，说明他们是相爱的，原本不相爱的两个人，注视十秒之后，也将从此坠入情网。

　　我对女儿的注视，何止十秒钟，恨不能一天到晚！

　　朋友们看到馨儿的照片后，是一片赞扬声。一些有过生育经验的女性朋友，说馨儿的样子，完全不像才出生几天的孩子，更不像早产儿，一看就是聪明漂亮的小女生；一些喜欢研究属相、星座的年轻朋友，则说馨儿属蛇、水瓶座，都预示着她长大后，将是一个冰雪聪明的女生。

　　当然，面对这些说好听话的好心人，我一概报以一番自谦，有时甚至引用"小时了了，大未必佳"的古语，贬低一下馨儿。

　　实际上，经过这十天的注视，作为父亲，我对馨儿的

爱已经相当深厚，对馨儿的欣赏已经无以复加。换言之，已经没有什么力量可以改变我对她的爱，对她的欣赏了。至于她长大后是否聪明，是否漂亮，已经不是多么重要的事情，只要她健健康康长大成人，我便心满意足了！

2014. 02. 02

3. 半月记

今天是我家闺女馨儿出生的第十五天。心血来潮，在微信朋友圈发了几组馨儿的照片，同时诌了一首诗。诗云："馨儿来我家，转眼半月啦。只知吃拉睡，模样美如花。"很快就有细心的女性朋友提出意见，说"来我家"三个字看着别扭，馨儿本来就是你家的人。其实，诌诗的时候，我心里也曾为此纠结过，但想不出更好的说法。不过，对朋友的这个意见，我并未词穷。我回复说："馨儿原本是天使。"没错，馨儿还在她娘肚子里的时候，妻子就和我约定：不管是男孩还是女孩，都是上帝派来的天使，我们都要热烈欢迎，决不搞性别歧视。我们也将这个意思，知会了双方长辈。

对成年人而言，半个月的时间，会于不知不觉间，倏忽而过。但对初生的婴儿而言，却因为会发生不少（小）的变化，而显得较为悠长。尤其是，像我们这样的初为父母者，喜爱孩子且比较有闲暇，无分白昼黑夜地守在孩子身边，随时注视着，婴儿的吃奶，睡觉，拉屎撒尿，一颦一笑，都不会错过，时间之流就如蜿蜒小溪，一步一景，

多姿多彩。

　　当然，最吸引我们、最令家人津津乐道的话题，依然是关于馨儿的心智表现。听妻子说，她儿时，每当她妈妈因她怄气时，她爸总会站在她那一边，对她妈说："一个吃屎的娃，她能懂个啥，你跟她计较什么？"现在，刚出生才几天的馨儿，就给了我岳父当年的理论以有力的回击：还不会吃屎的娃，都已经懂不少事儿了！

　　从医院出来的第二天，也就是馨儿出生的第四天，岳父从洛阳来到北京。听了我们关于馨儿种种早慧迹象的汇报，岳父当着馨儿的面表示怀疑。结果，馨儿当时就表现出了不快乐的神情。在妻子、岳母和我的敦促下，岳父表示道歉，馨儿脸上立即现出轻松的表情，跟花儿开放似的。岳父将信将疑。为此，他曾几次对馨儿进行反应测试，有时说她没有那么聪明，有时说她并不漂亮，等等。结果是，馨儿一律以不高兴的样子做出回应，屡试不爽。现在，我岳父已经表示，自己可能真的是低估了婴儿的心智水平。

　　今天中午，我再一次见证了馨儿的心智奇迹。刚睡醒的馨儿扭动了两下身体，我问她："馨儿是不是尿尿了？"不料，仰面躺着的馨儿，轻轻地点了两下头。我以为自己看花眼了，或者馨儿打嗝了。确定她并没有打嗝后，我再问一次："馨儿告诉爸爸，是不是尿尿了？"结果，她又轻轻点了两下头。打开褓褓，果然！有必要说明一下，仰面躺着点头，这个动作，打馨儿出生以来，我们从来不曾见到过。

今天，馨儿有了如下两种不同以往的表现：

一是，她半睡半醒时，想要拨转她脸部的朝向，不再像以前那样容易，能直接拨转。今天强扭不行了，她脖子"变硬"了。但是，如果轻言细语跟她说，为了让她更漂亮，需要转一下脸，她就会乖乖地任凭我们拨转。

二是，嗷叫不一定代表她要吃奶。今天以前，馨儿只有一种情况下会发出嗷叫，那就是，她肚子饿了。其他时间，都会安静地睡觉，或睁着眼睛，看看天花板，打量身边的家人。即使是撒尿拉屎了，挺多也只是轻轻哼唧两声。今天下午，一如往常，发出了要吃奶的嗷叫声。但是，妻子给她喂奶时，她并没有那意思。我们以为母乳不能满足她的需要，立即调了奶粉，但是，她对奶瓶嘴完全不感兴趣；我们又以为她身体哪儿不舒服了。一时间，岳母、妻子、我，三个人手忙脚乱的，不知所措。后来，妻子怀疑，她可能是撒尿了。果然！换了尿布，馨儿立即安静下来。而且，很快便进入了如狼似虎的吃奶状态。

对于馨儿上述两种表现，我的分析是：脖子"硬了"，表示馨儿从此有性格了，不再由人随便摆布了；尿了也嗷叫，说明馨儿开始讲卫生了，开始懂环境的重要性了。

看馨儿吃奶时那副蛮横的样子，我告诉她，要温柔一点儿，不然妈妈会疼的。但是，没有任何效果。我觉得，

婴儿毕竟是婴儿，心智蒙昧。但是，想到比预产期提前了将近一个月、原本还应该待在娘胎里的小生命，现在居然忽闪着一对有明显双眼皮的眼睛，做出那么多出乎我们意料的举动，不能不为之感到惊诧。

如果，我家馨儿的许多"若智"举动，不是巧合，不是我们一厢情愿的错误解读，那么，我猜测：大多数婴儿之所以显得蒙昧无知，是因为她们缺少注视的目光，是因为她们的父母家人缺少观察的耐心，缺少发现的眼光。

陪伴馨儿成长的这半个月，我还有一点感想：封建时代，朝廷官府为了表示亲民，总是宣称自己"爱民如子""以民为子"，创造出"子民"一词。我觉得，这些词语，未必尽是忽悠欺诈的口号。其中可能包含有真实的成分。但是，词语中的"子"字大有名堂，需要作必要的限定。如果朝廷官府以民为嗷嗷待哺的婴儿，可能真的会有些许仁爱之心；如果朝廷官府以民为富有叛逆精神"狗都嫌"的八九岁孩子，态度必将大为不同，鞭笞交加，也不无可能。

2014. 02. 07

4. 小名大名

在馨儿没有出生之前，就开始有人问我打算给孩子取个什么名字了。出生之后，"取了个什么名字？""什么时候会想出来？"小鬼催命似的。

但是，我的战术就是拖。因此，馨儿出生十多天了，还没个大名。

学过一点语言学理论的人，大概都记得荀子的名言："名无固宜，约之以命，约定俗成谓之宜。"意思是说，事物的名称，没有任何先天的规定，都是由人后天约定的，大家约定并接受了，就是相宜的，合适的。

按照这种理论，给孩子取名字应该不是难事。

但是，作为万物之灵长，人类的私心无处不在，一切事情，总希望给自己带来些好处，带来点利益。具体地说，给孩子取名字，就得想方设法寄托一点儿美好的愿望，期望将来名至实归，叫着叫着就成为现实。拗口、不吉利的字眼，要尽量避开。与此同时，作为群居动物，一个人的名字至少得具备区别性、社会性等功能。比如说，尽量不要跟他人同名，须避开长辈亲友名字，符合性别特

征，等等。

具体到我们馨儿，我跟妻子达成协议，不搞阴阳五行占卜起卦那一套封建迷信，但稍微合计了一下，发现至少得考虑如下五个方面的因素：

一是独特性。名字是用来区别于他人的符号，因此一定要具备独特性。但是，这很不容易。不信你到网上搜索一下，一般人能想到的名字，都有人想到了。汉字无数，好字眼却是有限的。我们能想到的，通常别人早已想到了。

二是规避性。家族长辈、身边朋友、熟人，他们用过的字要尽量避开。平素有求于人的时候，我们会发现亲友不够多，一旦到想名字的时候，就会发现，原来亲戚朋友并不少。

三是音韵美。名字不但是目治的，也是口治、耳治的，要叫起来顺口，听起来悦耳。我的研究专业之一是汉语音韵学，朋友、学生都有表示好奇的：研究音韵学的丁老师会给自家孩子取一个什么样的名字呢？

四是含义美。我国有望子成龙、望女成凤的传统，龙凤之望，始于名字。

五是兼顾妻族。为了表示对女性的尊重，母姓应有所兼顾，有所体现。

结果，在一番冥思苦想、古代诗文名句在脑海中无数次闪现、半天网络搜索、去掉跟人重名的、去掉妻子不喜欢的……之后，我终于拟出两个字：韫瑶。

韫，藏也。孔子弟子子贡动员老师出山，打了个比喻："有美玉于斯，韫椟而藏诸？求善贾而沽诸？"晋陆机《文赋》："石韫玉而山辉，水怀珠而川媚。"另外，东晋名相谢安有个侄女叫谢道韫，因幼时能用"柳絮因风起"咏雪而受到谢安的夸奖，有才女之名。以至于《三字经》里都有"谢道韫，能咏诗"两句。

瑶，《说文解字》的解释是"玉之美者"，今天又有美好的意思，有"琪花瑶草"的说法。瑶字左边偏旁，算是母姓的体现。

两个字的读音，古代声母不同，韫属影母，瑶属喻（余）母。但是，现代读音都是零声母，可算双声。丁韫瑶，平仄平，不显单调。

最后，我百度了一下，没发现有重名的。

三天前想好之后，试了试，没有发现不便之处。妻子冲着馨儿叫了几声，出生近二十天，在其他方面有出色表现、已经会喝水、会咳嗽的馨儿，对爸爸妈妈要赠予她的这个大名，表情木然。貌似默许，又好像不太满意。

2014.02.12

5. 小美女的另一面

怀孕的时候，身体臃肿，行动不便，更重要的是，担心发生意外，妻子常说："等孩子生出来就好了。"可是却有不止一位生过孩子的朋友告诉她：等生出来后，你就会发现，还不如没生的时候，恨不得把孩子放回肚子里去。

虽然比预产期提前了不少，但我家馨儿各方面的情况均属正常，是个健康、漂亮的婴儿——看过馨儿照片的朋友，都夸她是个小美女。而且，不断有出乎我们意料的表现。馨儿的降临，给我们的家带来了无限的欢乐。这个干燥少雪的冬季，京城的气候景物乏善可陈。而我的家里，尿片与玉树同在，奶香共酒香齐飘，其乐融融，不是春光，胜似春光。

可是，馨儿小朋友种种出人意料的表现，在给我们带来阵阵惊喜的同时，也伴随着不同寻常的麻烦。

有明显的双眼皮，出生才十多天，已经长出了一头秀发，会咳嗽；尚未满月，嘻笑、皱眉、撇嘴等表情，已然能灵活转换，萌态百出……因为可爱，妻子、岳母和我，一见她醒了，便争相抱她。这种心甘情愿的辛苦，自然不必说了。这里只诉一诉并不心甘情愿的辛苦。

大概是因为身体健康，馨儿的忍耐力不错。拉了屎，撒了尿，开始的几天只挤弄几下眉眼完事，照样睡她的觉；后来稍微讲究一点儿，拉撒完后，会把身体朝上拱一拱，接着睡；现在更讲究了，拱过之后，还会皱起眉头——大概是表示她不舒服了。无论如何，她都不发出声音。也就是说，不仔细观察，就难以发现她已经拉撒过了。这样一来，因为担心未能及时更换尿片会让她得湿疹之类皮肤病，我们就得随时观察她的面部表情和拱身等小动作，时不时打开襁褓看一看，身心之劳，增加不少。

馨儿不爱哭，但是能嗷。除非肚子饿了，馨儿都很安静。即使醒着，她也能自己睁了双眼看天花板，看窗户，看身边的家人，做各种表情，舞手蹬脚，自娱自乐。但是，一旦感到肚子饿了，那一声嗷叫是非常响亮而急促的。因为声音响亮，更因为她平时很少发声，所以，这一嗓待哺的嗷声，无异于十万火急的军令，无论我们身在何处，忙着什么，都必须立即冲到她身边，解决问题。不然，她会有第二声、第三声更响亮、更急促的嗷叫；而且，无论襁褓包裹得多么结实，她都会瞬间挣脱出来，将自己置身于挨冻着凉的境地！

看着馨儿迅速舞动手脚的样子，妻子喜欢说"咱们的馨儿不是普通小孩，是超级女生呢"；我则会开玩笑说："馨儿这是佛山无影手（脚）啊。""馨儿将来会是舞蹈家

呢，还是武林高手呢?"诸如此类。馨儿手脚迅捷、有力的动作，在她自己躺在床上时展现，颇具观赏性，但在吃奶时展示，则无疑是妻子的灾难。抓挠蹬踢，实在难以招架。

据我岳母说，也问了一些人，没有满月的婴儿，似馨儿这般食量、动量的，不多。

妻子坚持母乳喂养。馨儿一天至少得吃七八回，每回一吃就是四十分钟。喂养过孩子的人，大概都知道，吃母乳对婴儿而言，是一件挺辛苦的事儿（常言"使出吃奶的劲儿"，从前我一直以为是"吃了奶有劲儿"的意思，现在觉得，也可以理解为"跟婴儿吃奶一样使劲儿"），婴儿往往需要吃一会儿，睡一会儿。一般地说，婴儿睡了，就可以将其抱开，妈妈得以休息一下。但是，我们馨儿不行，稍有动静，她立刻醒过来，接着吃。有人说，婴儿每次吃奶十几分钟就可以了，不必耗时太长。上网搜索，我们了解到，有两种方法，可以让婴儿嘴巴离开：一种是慢慢将手指伸进婴儿嘴巴，婴儿就会因为口腔进空气，而暂时停止吮吸动作；另一种是，将婴儿的头部推向母亲胸部，使婴儿口鼻贴紧乳房，难以呼吸，婴儿会主动后仰，张开嘴巴。但是，这两招对我们馨儿都不起作用。第一招的问题是，馨儿吃奶时，妻子的手指根本塞不进她的嘴里去；第二招的问题是，每次推馨儿头部时，都等于唤醒她继续吃奶，看样子口鼻都被堵住了，但她吃奶的动作反而更加有节奏。对她而言，似乎没有憋气一说。总而言之，馨儿吃奶，因为次数多，持续久，咬啮有力，妻子不堪其苦。

城门失火，殃及池鱼。我的岳母，洗尿布的劳动量，也大大增加。听说纸尿布对婴儿皮肤不好，用久了还容易导致罗圈腿。因此，岳母用旧棉布衣服上取下的布片作尿片。为了防止感染，为了使尿布保持柔软，不伤皮肤，用过的尿布不但要反复打肥皂，用手搓洗，还得高温消毒。在换洗尿片之余，岳母每天还得负责五六口人的三餐饮食。夜里，床边就寝，尽量少睡，防止馨儿有任何闪失。说来惭愧，迄今为止，我只体验性地洗过一次半尿片。不过，三四天后，馨儿满月的时候，岳母有事须回老家几天。那时候，如果我不想用纸尿片偷懒，就有机会感受洗尿片工程之繁琐，之艰辛。

形容养育孩子的不易，民间有"一把屎一把尿拉扯大"的俗话。但是，根据我这近一个月的粗浅观察，"一把屎一把尿"，这只能形容其中辛苦的万分之一。早就会背诵《诗经》中"哀哀父母，生我劬劳（劳瘁）"的诗句，但"纸上得来终觉浅"，想要真正理解其中的深厚意味，必须等到自己有了养育孩子的经历！

2014. 02. 19

6. 拜孩子为师

几个月前，澳门籍女作家穆欣欣在微信中说了个她八岁儿子的段子：她给儿子讲古，讲孙子兵法三十六计，怕儿子不懂，误会"孙子"是骂人话，告诉他古时候姓氏后边缀"子"表示尊敬、喜爱。不料，她儿子表示：这个他早就知道了，举的例子有"孔子"和"孩子"。当时，我就评论了一句：孩子常常比大人聪明，我们应该拜孩子为师。

后来，欣欣就会不时地使用这个典故。"丁老师，您的小老师什么时候出生？""祝贺您有小老师了！"诸如此类。

我的小老师丁韫瑶，小名馨儿，才满月不久——今天是她出生的第 41 天。但是，我已经写了五篇关于她小人家的文字。有朋友见我多次在微信中贴出馨儿的照片，并且赞美有加，说我已经着魔了。我承认自己有些着魔。文学名著《红楼梦》问世之后，曾有"开谈不说《红楼梦》，读尽诗书也枉然"的说法，我直想仿造一句：开笔不写自家孩儿，著作等身也枉然！

为什么？因为：这个小生命对我而言，是独一无二的，是无比珍贵的，我对她有着她妈妈之外任何人无法比拟的亲密，无法企及的细致观察。更为重要的是，她跟全天下所有的初生婴儿一样，那么精美，那么幼小，那么单纯，那么高贵！

有人可能认为，这样的语句太酸，不免矫情，过于文艺。说实话，在有馨儿之前，我也会这样认为。但是，现在我的想法改变了。我敢肯定，这样想法的人，不是没有鞠育过孩子，便是没有用心观察过婴孩。认为初生的婴儿除了吃奶、睡觉、拉屎、撒尿、哭泣、喊叫，啥也不会、啥也不懂的人，对于婴儿是相当无知的。如果是为人父母者，一定是不合格的，是严重失职的。

馨儿出人意料的聪明、懂事的行为，前边几篇文字里，我已经列举过不少。写上一篇即第五篇文字至今的十天里，又积累了不少。

比如，每逢"外事"活动，户外运动，馨儿便出奇地配合，乖觉。满月那天，她老舅发起，两家人一共十口，去饭店聚餐，以示祝贺。历时三四个小时，她不是躺在小推车里静静地睡觉，任由大人们吃喝谈笑，便是微微睁开双眼，给抱她、跟她说话、逗她的人一点儿礼节性的回应。没哭，没闹，没拉屎，没撒尿。自始至终，淑女风度，无可挑剔。原来，她把吃喝拉撒闹，全都推迟到亲朋散去之后了。席散之后，我们驱车到京西阳台山麓的"山

樱小筑"待了一会儿，然后，各自回家。刚刚跟她舅家人作别，馨儿便开始闹着吃奶，拉屎，撒尿。回家路上，我兴之所至，绕道稻香湖（上庄水库），顺便看一眼京西最后的水稻田。馨儿似乎知道，这个时候身边全是自家人了，一路的喊饿，吃奶，拉屎，撒尿，少有停歇。我计划中的观景之旅，变成了她的吃喝拉撒之旅。车子只能走走停停，一刻钟的路，花了整整两个小时！

前天，周六，天气晴朗。牛大瘦、范大帅诸老友相邀游览香山植物园。因为是久霾初晴，空气较为洁净，我决定带家人同去。早上，我就把这事跟馨儿说了，告诉她爸爸妈妈姥姥要带她去郊游，看山水风景。仿佛听懂了似的，馨儿从那一刻开始，就莫名地兴奋，双目炯炯，现出种种快乐的表情。遗憾的是，京城里心思跟我们一样的人太多，大家都赶着去游览香山植物园。结果，原本二十分钟的路程，我们开了整整两个小时的车！在植物园逛了将近两个小时后，我们回家。回家之后，馨儿玩累了一般，随即安静地睡去，一睡就是三个多小时。堵车，游园，睡觉，前后八个多小时，馨儿没吃一口奶，不曾发出一声哭喊，没有撒过一次尿，拉过一次屎！一个才满月的婴儿，竟然有如此强大的忍耐力，我百思不得其解。

其实，上述以及前边几篇文字所列举的种种聪明、懂事的行为，都只是小智慧，小品德。从馨儿身上，我看到了婴儿与生俱来的大智慧，大品德！

　　二三千年前的先哲们，曾经为人之初究竟是性善还是性恶，争论不休，唾沫横飞。经过对馨儿一个多月的观察，我发现先哲们实在是无聊、不通，这些动辄以君子自居的先哲们，一定是没有认真观察过婴孩，对婴孩的需求、性情缺乏起码的了解。初生婴儿的世界里，没有性善性恶这样的哲学问题。她们降临人世之初，当务之急是生存的问题。大约是人类较为进化的缘故，婴儿出生的时候不必自己滚爬着去找奶觅食，只要发出一串急促、响亮的声音，母亲便会将食物塞到她们的嘴里，任由她们吮吸。比起一般的婴儿，大概是体质较好，馨儿从离开娘胎那一刻至今，从未有哭泣不止的时候。我们解读她的"哭泣"，其实是"嗷"，"嗷嗷待哺"的嗷，目的在于引起注意，满足需求。馨儿的"哭泣"从不拉长调，都是短促调，不连串。一旦达到目的，刹那停止，云收雾散，表情怡然。没有倒吸气，没有鼻喉抽搐，面部没有悲伤、生气的余绪。满月之后的馨儿，"嗷"的分贝明显增强。稍不留神，会被她吓一大跳。辅助性的手的动作，挥舞，抓挠，也更加有力量了。只要她饿了，不管是刚睡醒，还是刚撒拉过，她都会立即发出尽可能嘹亮的"嗷"声，刻不容缓，无可商榷。否则，第二声，第三声，接踵而至，如浪奔，如涛袭，惊涛拍岸，裂石崩云。婴儿求生的本能，实在是可歌可泣。

　　求生存，起初是集中表现在吃奶一事上，有奶即欢。

接着，表现在心理的安全需要上。今天中午 11 时许，我跟妻子出门办事。下午四点半，留守家中的岳母打电话告急，说馨儿不停哭闹。养育过一双儿女、数年前带大过一个婴儿的岳母，承认自己已经没有办法对付了，让我们赶快回家。一进家门，我俩就争先恐后去抱馨儿，馨儿暂停嗷声，双眼睁得大大的，一瞬不瞬地看着我们。岳母说，我们刚离开家时，馨儿就醒了，眼睛开始四处扫瞄。可能是看不到爸爸妈妈，于是神情不安，开始嗷叫。五个多小时里，没有合过眼，不时地发出嗷叫声。其间，一只手始终紧紧揪住岳母的衣领，仿佛害怕她也会弃自己而去。妻子给馨儿喂奶，馨儿一反常态，在吃饱之后，酣然入睡之际，一只手仍然紧紧地捏住妈妈的一个拇指，怎么掰都掰不开。

对出生 41 天的馨儿而言，包括吃奶、安全等生存的基本需要之外的一切东西，都是不重要的，多余的。

相对于婴儿的蒙昧、弱小，长大成人是一种进步。但是，与年俱增的复杂、贪欲、邪恶，却不能不说是沦丧、堕落。关注婴孩，拜婴孩为师，不失为找回本真、回归人性的一条途径！

2014.03.03

7. 初为人母的妻子

《广笑府》中有一则笑话：女人临产，因为疼痛，对着丈夫发誓说，宁可一世没有儿子，也不要再生孩子了。丈夫无奈，只能表示同意。诞下女儿之后，夫妻商量给女儿取名，想了很久也没能想出个两人都满意的名字来。最后，妻子说：还是叫招弟吧！

一直以来，我都觉得这是一个不错的笑话。对于女人的"善变""好了伤疤忘了痛""出尔反尔"，微讽恰到好处。

但是，一个多月前有了馨儿，我发现，这不是笑话，而是情话，是感人至深的情话。女人之所以出尔反尔，未必是因为天性善变，是好了伤疤忘了痛，更可能是因为母爱，世上最无私、最深挚的母爱。据妻子讲，当产科医生将血迹未干、黏液满身的赤裸婴儿放在她肚皮上的一刹那，婴儿的体温和身体扭动，让她感觉到了无以言表、莫可名状的巨大幸福，几分钟前还在拼命忍受的生产的剧痛，瞬息间消失得无影无踪。就是现在，妻子也一再表示，如果政策许可，她真的很愿意再生一个，无论男孩女

孩都可以。当然，她认为，招弟更好。

在馨儿之前，我们有过流星一般的"小蜜豆"。"小蜜豆"的昙花一现，使得我们在得知怀上馨儿后，更加小心翼翼。在怀孕的 254 个日日夜夜里，饮食起居，千忧百虑，如履薄冰。其中的辛苦，《诗经》中"劬劳"二字的含义，没有怀过孕的人，是根本无法体会的。别的不说，单是那一次次的检查，妇产医院里，大厅、走廊、诊室，哪儿哪儿都是人，找个座位跟抢个"诺亚方舟"的舱位一样困难，没完没了的排队，等候，污浊的空气，肮脏的厕所，每次去，至少得耗上半天，有时候甚至是一整天。说实话，作为体格算是健壮的男人，我都有点吃不消。挺着大肚子，受着种种伴随妊娠而来的身心不适，原本娇弱的妻子是怎么一次次捱过来的，真是不堪回首！

一心希望生个小马驹的妻子，在预产期前二十多天，2014 年 1 月 22 日凌晨，三点多钟，突然从睡梦中疼醒。一番手忙脚乱之后，我们判断，有可能是羊水外流，胎膜破了。赶到妇幼保健院的时候，已经是早上五点多钟。急诊室的医生诊断是胎膜早破，早产。当时保健院里根本没有空床位，妻子被临时安排在检查室。医护人员给作了简单的处理后，开始做胎心监测。检测仪器发出急促、尖锐、刺耳的声音，令人心惊肉跳。四五平米大的检查室，有时要塞进三个待产的孕妇，加上医生护士，家属（每个孕妇只许一位家属进去），情形如同沙丁鱼罐头。空气污浊不必说了，供孕妇躺卧的小床，几乎窄不容身。我真担心，妻子疼痛难忍之际，稍微翻动身子，就会跌落地上，后果不堪设想。

在检查室忍受了五个多小时的煎熬后，终于被安排进了产房。在产房外等待的时间，比在检查室时好过得多。目不见，耳不闻，妻子的痛苦给我的刺激，不那么直接了。但是，随之而来的漫长等待，却是另一种折磨。脑子里不断浮现出妻子忍受疼痛的画面，觉得可能比检查室的情形还要糟糕。产房外的电子显示屏，开始的时候能显示每位待产孕妇的宫开情况。妻子进去一个小时后，有几位孕妇名字后边显示的仍然是"未开"，而我妻子变成了"二指"，我有种胜利在望的感觉。但是，接下来，半个小时看一次，一刻钟看一次，五分钟看一次，却一直停留在"二指"，纹丝不动。两个多小时后，终于明白过来，是因为显示屏的信息没再更新。因为，有显示"二指""三指"的孕妇完成生产，陆续被推出了产房。

时过正午，我担心里边孕妇的肚饿问题。打听后得知里边有包子供应，大老远专程跑到医院看望的两位年轻朋友，又买了巧克力和饮料，交给护士带进去，我这才稍感宽慰。但是，转念一想，那时刻，那状态，那环境，妻子吃得下东西吗？我，我岳母，两位年轻朋友，在产房外等待的六七个小时里，时而坐在椅子上，时而坐在楼梯台阶上，时而倚墙而立，内心焦躁，面容枯槁，一个个跟难民

似的。

其间有个小插曲，一位医生走出产房，跟一位产妇的家属商量，说是产妇的情况很正常，顺产完全没有问题。但是，产妇大声嚷嚷着受不了疼痛，要求剖。产妇的几位家属紧急商议后，表示同意按照产妇本人的意愿办。这个插曲，让我的心沉了一下，想象产床上妻子的情况可能也很糟。平时，我妻子是个"无病呻吟""小病大吟"的小女人。当然，后来妻子告诉我，进了产房，她的感觉比在检查室时好不少，身旁没了家人陪伴，知道喊痛没用，反而就不那么痛了。她因为拒绝使用一种麻醉针剂，甚至被医生、助产士、"导乐"树立为不怕疼的典型，用以教育临床那位大喊"疼死了""这里死人了"的产妇。

交了三百元钱后，我被准许进入产房"陪产"。进去前我咨询过两位已经完成"陪产"的家属，陪产过程需要多长时间。他们告诉我，很快，也就半个小时。但是，我在导乐的引导下，"不能抬头""不能回头看""也不能朝两边看"，在这些禁令指引下，进了产房，我的第一感觉是进了战地医院。医护人员在快速走动，到处是鲜血，呻吟声、鼓励声响成一片。产床上的妻子，神情之坚强，大大出乎我的意料。在导乐的鼓励下，在助产士的指挥下，她一次次做着生产的努力。饿了，吃一点巧克力；累了，喝一口红牛饮料。那时候，我的妻子真像战场上最勇敢的战士！

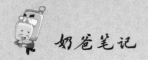

"陪产"的一个小时里，我紧张得只顾上做两件事：给妻子递送巧克力和饮料，给她说鼓励加油的话。当时产房里播放什么音乐，完全没有印象。妻子后来告诉我，产房里一直反复播放着两首曲子，周华健的《亲亲我的宝贝》和抗战歌曲《地道战》。"亲亲我的宝贝/我要越过高山/寻找那已失踪的太阳/寻找那已失踪的月亮……"这还可以理解，柔和、温馨的歌曲，可以舒缓产妇的焦躁与不安，给她们生产的勇气和力量，也是婴儿降临人世的第一堂爱的教育课。"地道战/嗨地道战/埋伏下神兵千百万……村与村户与户地道连成片/侵略者他敢来/打得他魂飞胆也颤……"把生孩子跟打鬼子联系到一起，实在有些匪夷所思。我们议论半天，仍然不得要领。我只好说：可能是医院方面认为，女人生孩子，需要爱恨交加的力量。光有爱，太绵软，冲力不够。没准，地道也有隐喻的力量蕴涵其中。

可以大幅度减少睡眠；不惜忍受疼痛，坚持母乳；为了使馨儿有充足的母乳，大碗喝下寡淡乏味的猪蹄汤、鲫鱼汤；逛超市时，首先考虑的是馨儿，而不是自己……生了馨儿之后，妻子迅速完成了从娇弱乃至有些矫情的女生到强悍母亲的华丽转身。这个转变，对我而言，是相当震撼的。

因为强悍，所以脆弱。

昨天，去妇幼院做婴儿出生 42 天各项检查（馨儿其

实只有 40 天）。医生因为馨儿体重增加、黄疸褪去速度偏慢，说了她几句。妻子竟然当着医生的面，潜然泪下，泣不成声。我知道，她不是介意医生的批评，觉得自己受了委屈，而是觉得她这个妈妈做得不称职，觉得馨儿可怜！

我一直主张，馨儿应该睡独立小床。但是，妻子不赞成。她总说，没有她的安抚和随时呵护，馨儿会缺少安全感。尽管我列举出空气好（婴儿不必吸进大人呼出的二氧化碳）、安全（不会被大人睡着时不小心压到）、卫生（睡大人床螨虫较多）、健康（大人抱着睡，不利于婴儿骨骼成型）、有助于培养独立性格等诸多好处，妻子还是坚持每晚把馨儿放在她自己身旁睡。昨晚，可能是第一天左右换位（为了避免馨儿一直右侧睡会影响头型、脸型），也可能是在医院忙了一整天各种检查，太累了，妻子睡着时，伸展胳膊，差点儿打在馨儿脸上。我以此为理由，坚决要求让馨儿单独睡。看得出来，妻子心中有一万个舍不得，不情愿——珠泪暗弹啊。但是，她最后还是放弃了自己的想法。深夜两点钟，让我把婴儿床支起来。

馨儿出生才一个多月，漫长的鞠育之路刚刚起步。做了母亲的我的妻子，"苦海"无涯。弱小的馨儿，需要她海洋一般宽广、深厚的母爱。我相信，她能做到！

2014. 03. 05

8. 江南美女

　　世上独一无二强制性实行"计划生育"政策的国度，胎儿的性别被当作重要秘密，禁止医护人员向孕妇及其家属透露。性别问题，因此成为许多准父母间的热点话题。但是，在我家里，情况有所不同：我们并不特别在意胎宝宝是男是女。

　　怀孕初期，妻子希望是男孩，因为她哥家已经有个女孩。她秉承传统观念的父母，也希望第三代是个男孩。渐渐地，随着如履薄冰、五味杂陈的怀孕日子的不断累积，她对腹中胎宝宝的感情日益深厚，直至深厚到足以忽略性别。她说："孩子是上帝派来的天使，不管男孩女孩，我们都要表示最热烈的欢迎。"对此说法，我自然是赞同的。可是在"只准生一个"的国情下，我的心里也曾有过纠结：生个男孩，把他培养成绅士，可以给妈妈增加安全感；生个女孩，把她培养成淑女，有个较为贴心的人，家庭气氛比较好，女儿素有"小棉袄"之称嘛。我父母一共生育四个孩子（一个夭折），都是男孩，我娘一直为没能生个女孩感到遗憾。我也一直觉得，没有一个姐姐或妹妹

的家，有点像少林寺，阳刚有余，柔和稀缺。一番纠结之后，我采取了随遇而安的态度：男孩女孩，我都喜欢。

馨儿出生之后，她的明眸善睐，以及种种早慧的表现，引人发笑，令人忘忧，令人废寝忘食。原本希望抱外孙的岳母，渐渐地，也放弃了"性别歧视"，对馨儿产生了"爱不释手"的感情——宁愿自己累些，也不舍得把怀抱里的馨儿递给我们。总而言之，打从馨儿出生那一天起，性别问题便彻底不存在了。

但是，没有性别问题，不等于没有问题。这个时候，冒出来一个同样重要的问题：长相问题。

有一种关于生孩子的形象比喻：一个男人和一个女人，合资做生意，男人出资一元钱，女人出资 380 多元钱，生意做成后，利润一人一半。这个比喻，说的是男人的精子和女人的卵子的体积（质量）大小比例和孩子遗传基因的分配比例。可见，这是一桩非常不合理的买卖。

遗传基因的分配比例，那是生物学家的课题，普通人只关心眼睛看得见的东西。生物学家所说的隐性显性遗传，即生出来的孩子更像谁的问题。在馨儿出生之前，我们夫妻闲聊，妻子常说，如果是女生，希望她能像妈妈一样漂亮，像爸爸一样聪明。显然，这说法，隐含了妻子的私心。因为，外貌人人可见，"我看看，这孩子多漂亮！"这跟直接夸她是一样的。而聪明与否，看不见摸不着，孩子抱出去，"你瞧瞧，这孩子很聪明！"正常人一般都不会这么说。聪明不聪明，瞧不出来。日后上学会念书，参加智力比赛获奖，证明孩子的确聪明，母亲的荣光，决不会比父亲少一分。我清楚，"像爸爸一样聪明"，基本上就是一句安慰、忽悠的说法，当不得真。

出乎我妻子的意料——说"期待"更准确些——馨儿的相貌似乎更像爸爸（我），不但脸型、眉眼、口鼻像，就连脚趾都像，出生42天身体检查时发现，血型也跟我一样。妻子的失望之情，溢于言表。她之所以跟我"好了"十年之后决定"下嫁"，跟我的相貌没有关系。据说，当年她母亲对我进行资格审查时，对我相貌的评语是三个字：一般化。妻子显然不愿意看到这样的结果：我把自己的一般化相貌遗传给闺女。

馨儿出生后约半个月的时间里，辛苦的月子生涯中，妻子有一项主动承担的工作：想方设法，找出馨儿身上像她自己的地方。开始时，妻子觉得馨儿的额部像她，往里收。但是，很快便发现，那是出生时受到挤压所致，馨儿的额部像我一样宽阔。继续努力，好不容易又找到一点：馨儿跟她一样，出生时满头黑发。但是，很快她就自己动摇了，觉得可能是巧合。因为，无论是额型、发际线，还是头发数量，馨儿都更像我。最后，她只能得到这样一个结论："馨儿竖着抱的时候像爸爸，躺在床上的时候像妈妈。"

为了安慰妻子，我临时发明了一种理论：作为女孩

子，馨儿会越长越像妈妈的，特别是神情上。因为妈妈每天喂她奶，她每天躺在妈妈怀里仰望妈妈，天长日久，定会潜移默化。据说，孩子是"比着长"的。比如说，家里墙上挂满了偶像明星的照片，孩子就会越长越漂亮。为了增加说服力，我甚至引用了我的朋友律师"范大帅"不知出自何典的说法：孩子出生时必须像爹，验明正身，以便得到强有力的庇护与抚养。

我在微信朋友圈、博客上披露了几张馨儿的照片后，得到了不少好心朋友的赞美之词；加上，馨儿的确是越长越有模样，越长越招人喜爱，依然会有种种出人意料的举止——比如三天前，我冲躺在婴儿床上的馨儿说："馨儿宝贝，让爸爸亲亲你的小手。"馨儿当即就伸出一只手来，在我眼前晃了一下。我再一次提出同样要求时，馨儿竟然双手同时伸出！关于像谁的问题，渐渐淡出了我妻子的思虑范围。似乎是忘了馨儿长得像她爸的事实，忘了馨儿她爸相貌"一般化"的事实，妻子大有独自占有馨儿的意思，动不动就是"你看，我闺女多漂亮呀！""我闺女怎么这样漂亮呀，妈妈太喜欢你了！"只有当馨儿有过错时，她才承认，馨儿也是我的闺女，"馨儿她爸！看你闺女，把被子都蹬掉了！""馨儿她爸！你闺女又尿了！"我在书房忙活的时候，喊声透过一扇严实的房门，拐两个弯儿，从隔壁的卧室传到我的耳朵里来，依然清晰。

像谁的问题变得不重要后，我多少有点扬眉吐气的感

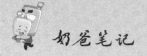

　　觉。我曾跟妻子说："馨儿这么好看，说明什么问题？说明她爸长得也是不赖的。虽说女生版比男生版好看一些很正常，但底子也不能差太多呀。"当然，身为天秤座男人，我做事一向注意公平，平衡。我会对妻子说："馨儿长得像你固然好，中原美女嘛；但是，像我，做个江南美女，也不错呀！"自我得意、安慰妻子的意思，兼而有之。

2014. 03. 15

9. 迷人的笑容

人类最美丽、最迷人的表情，是微笑。婴儿的微笑，乃是人的一生中最简单、最纯真的笑容，具有"高贵的单纯、静穆的伟大"的品质。作为辅助育婴者（妻子是主要育婴者），我在陪伴馨儿的这五十多天里，对此有了真切的体会。

"馨儿"这个小名，固然取自"宁馨儿"。而实际上，也包含有"省心"的意思。馨儿早产二十多天，给我们省却了四次例行产检。生过孩子的妇女和陪伴过妻子去医院做产检的男同胞都知道，当今在大城市医院做产检是多么繁琐、辛苦的一件事情：每次都需要起大早赶往医院，然后，在茫茫人海中排队，在污浊空气中等候各项检查结果。通常情况下，完成一次产检需要大半天时间，有时甚至需要耗上一整天。对体质欠佳的我妻子而言，每一次产检都无异于跑一趟马拉松，累得筋疲力尽。馨儿出生后，没有任何早产症状，没有进保育箱，没有采取任何不同于足月婴儿的措施。除了肚子饿时嗷叫几嗓子，馨儿基本上不发出啼哭声。在医院的时候，我曾有意用"省心"作她的小名。但是，被妻子否定了，理由是"不像个女孩的名字"。出院回家至今，五十余天里，除了"啼饥"，基本没有多余的哭闹；除了首月体重增加偏慢，没有任何身体不适的情状；出生第四十天复查时发现黄疸稍重，吃了医生开的茵栀黄等药物，皮肤已经白皙作透明状，眼珠黑白分明，堪称明眸善睐。显然，黄疸已经褪尽。

我翻阅了几种外国儿科医生写的育儿书籍，有美国人斯波克（Dr. Spock）的《斯波克育儿经》、西尔斯（Dr. Sears）的《亲密育儿百科》和日本人松田道雄的《育儿百科》，了解到，婴儿的啼哭有饥饿、排泄、消化不良、肠胃痉挛、太累、温度偏低、生病、拉屎撒尿了、索抱、想念子宫等众多原因。大致跟妻子转述了一下，她于是动不动就发出由衷的感慨："咱们馨儿真是个省心的孩子!"因此，她还会引申出内疚感，并引咎自责，说由于自己奶水不足，害得馨儿只能喝奶粉补充。

在母乳与配方奶粉之间，馨儿当然更喜欢母乳。妈妈在场，或者她觉得有希望吃到母乳的时候，馨儿会嗷叫着拒绝塞到她口中的奶瓶嘴。但是，她的拒绝运动都不会持久。一两分钟之后，当她确定吃不到母乳时，她就会乖乖地吮吸起奶瓶嘴，咕咚咕咚，很快就能把120毫升的配方奶喝个精光。

哺乳一事上，馨儿颇让她妈妈吃了一些苦头。最初半个月左右，馨儿作息规律黑白颠倒，白天睡觉多，夜间吃

喝拉撒可多达五六回，常常是边吃奶边拉屎撒尿，把妈妈折腾得够呛；因为馨儿吃法不对，更因为妻子奶水不足，第一个月里乳头常常被嗑破，疼痛难忍。

但是，除此之外，馨儿实在是个省心、省事的孩子。睡觉时很安稳，醒来后睁眼看看人，看看天花板，也是一副饶有兴味的样子。只要肚子不饿，将她独自放在小床上，她也能自得其乐。尿了，拉了，小声哼唧几下而已。最近两天，才有貌似"闹觉"的现象出现。不过，闹的时间总是很短，两三分钟而已。

省心、省事的馨儿，给予我们的快乐却很多很多。最主要的原因便是：笑。

不足两个月的馨儿，还不会哈哈大笑，基本上都是微笑。

我很得意，馨儿人生的第一缕微笑是身为爸爸的我看到的！

那是在妇幼保健院的产房里，初来人世尚赤身裸体的馨儿，被放在她妈妈肚子上趴了一小会儿。然后，被医生抱去剪了脐带，经过必要的处理，擦拭，称量体重身高，确认性别后，助产士将包裹后的婴儿放在了我的面前。看着平安的母女俩，看着身体健全的宝宝，我当时心情的激动，难以言表。但是，我没忘了夸奖自己闺女："宝贝，我的宝贝，你真是个漂亮的女生！"这个时候，馨儿不但双目微张，嘴角还微微翘起，她这是在冲我微笑！因为出生时受到挤压，头部变成了上尖下粗的形状，额头凝结着厚厚的黄垢，说实话，我觉得不太美观，不太雅观。但是，有了这微笑，顿时，我闺女变得无比娇美，非常妩媚！

从那以后，喝足母乳之后，或者家人夸奖她几句，亲属来看望她，馨儿经常会展示一下她无敌的微笑，令人忍俊不禁，令人爱之不尽。其中，回家的第三天，也就是她出生的第五天，她老舅来看她。馨儿当时那带"咯"声的一笑，令有个七岁女儿的她老舅一时没忍住，爆发出一阵惊人的大笑。事后他解释说，完全没有料到，这么小的孩子会有那样的笑容。

目前家里最累的是我岳母，既要扮演月嫂角色，又要扮演保姆角色。家庭卫生，全家人的一日三餐，洗尿布，夜间照料，全是她一个人干。她一天的睡眠时间，通常只有三四个小时。一个年届花甲、心脏不好的人，显然体力上已经是严重的透支。但是，她还经常不情愿把醒了的馨儿交给我们抱，宁愿自己抱着她，走来走去。原因只有一个：馨儿招她喜爱。我几次听见她自言自语，"这娃儿太可爱了！"馨儿招她姥姥喜爱的众多原因中，微笑是重要的一项。岳母经常向我们描述她独自见到的馨儿微笑的模样，惟妙惟肖。

满月之后的馨儿，微笑的时候越来越多，表情越来越多样化。她不但继续保持吃过母乳后感到心满意足或梦回

舒适的娘胎时自得其乐的微笑，还发展出了社会化的微笑：明显地有了跟父母家人互动的微笑、礼节性的微笑。馨儿笑的时候，牵动的身体部位明显增加，幅度明显加大。据妻子说，几次夜里，她看到馨儿笑得浑身抖动，仿佛花枝乱颤。越来越多的微笑，开始伴随有"咯咯"的声音。看样子，馨儿有声大笑的时期，快要到来。

怀孕后期，妻子曾向我转述，不止一个生过孩子的女人对她说：比起孩子出生后，怀孕期间是女人的幸福时期。说是孩子出生后，麻烦的事情太多，常常恨不得把她们塞回到肚子里去。昨天闲聊时，忽然想起这事，我问妻子："你有没有想把馨儿塞回里边去的想法？"妻子斩钉截铁地回答："没有！"片刻后，她反问道："我为什么要把她塞回去！"仿佛是我提了个极其愚蠢的问题。

2014. 03. 20

10. 美女的爸爸

前天早上，单位走廊里，一美女同事大老远跟我打招呼："美女的爸爸，你好！"我当时不假思索就作了这样的回应："你可以叫我'美女的丑爸'，或者'小美女的老丑爸'。"但我得承认，那是客套，是数千年礼仪文化熏陶的成果。我内心的真实想法就两个字：谢谢！——美女同事给我的新称号，我心里是笑纳了的。我喜欢这个称号。

这样说，容易产生误会，让人觉得我太不谦虚。前些天还到处宣扬闺女长得像自己，现在又承认闺女是美女，这不等于拐着弯儿地夸自己长得好，长得帅吗？美女同事非常善良，当时就颁给我一个莫大的安慰奖："女儿那么漂亮，爸爸肯定也不会差到哪里去。"谦虚的美德，我是随身携带的："遗传也有变异嘛。"

任何夸赞我闺女馨儿长得美的话，我都愿意照单全收。因为，我也是这么认为的。其实，无论馨儿长啥样，我都会觉得，她是世上独一无二的美丽女生。任何夸赞我长得美的话，我都姑且接受一半：我是心里美。既不是屈原所说的"纷吾既有此内美兮"的内在美，也不是"五讲

四美"中的"心灵美",当然更不是北京特产的紫心萝卜"心儿里美",我是:心里觉得美滋滋的心里美。

古人说,生闺女是"弄瓦之喜",生儿子是"弄璋之喜"。顾名思义也罢,望文生义也好,生闺女是不及生儿子可喜的。但是,有些时候,生女儿反而会比生儿子好,比如战争时期。有些女儿,不比儿子差,比如北朝时期替父从军的花木兰。这里我要说的心里美,不是这类庄严崇高的喜悦,而是平常庸琐的喜悦。

到今天,馨儿出生只有两个月零五天。但是,我感觉到的快乐,胜过从前几年甚至十几年。战乱年代的杜甫,有诗句云"生还对童稚,似欲忘饥渴"(《北征》);在岁月和平的今天,下班回家,面对初生的婴儿,我已经可以忘掉饥渴了。馨儿肚子饿了时的一声嗷叫,在我听来,像音乐那么动听;馨儿手脚的挥动蹬踢,在我看来,像舞蹈一样悦目;馨儿偶尔发出的不知其意的一两个音节,仿佛有着诗歌的韵律;馨儿脸上转瞬即逝的笑容,可以令我陶醉许久——婴儿一笑,千金难买。说出来不怕人笑话,假如撕扇子、裂绢帛,能够让馨儿展颜一笑,我真愿意挥霍一把!

馨儿索食时的动静,实在是有点吓人。肚子一饿,或哺以母乳,或喂以奶粉,一秒钟都不容迟疑。繁弦急管式的嗷叫,一声高过一声,一声急过一声,配合着似龙吟、似虎啸、似猪哼的和声,手抓脚踢。看表情,说不清她究竟是愤怒，还是委屈。那情形，真是令人啼笑皆非，令人于心不忍。每当那个时候，妻子就会一边柔声安慰馨儿，一边向我抱怨道："你家闺女，应该改名叫丁老虎！"不过，这种情况最近有所改变。馨儿仿佛有些懂事，在她发出第一声饥饿的号角后，立即温言款语进行安抚，告诉她马上就会有"咪咪"，她也能稍微等待一下了。

不要说清醒时的种种声音动作，就是静静地睡着了，在我眼里，才两个月大的馨儿也有无穷的魅力。馨儿睡觉，喜欢把两手伸出被头，张开在头部两侧，那造型，那神态，有时像摇滚歌手，有时像交响乐团指挥，有时像招财猫！

一个星期前开始，馨儿又添了一种新花样：似睡非睡、似醒非醒之际，她会五官紧缩，面色酱紫，双手握拳，身体发力，两腿挺直，口鼻腔呼呼作响，气势仿佛猛虎下山，蛟龙出水，县官升堂——我和妻子看到这情景，都会立即充当她的衙役，拉长音低声喊："威——武——！"我认为那是她在伸懒腰，岳母却说那是孩子在长身体，她会呐喊，给馨儿助阵："长！长！长！我们馨儿长成身材苗条、个子高高的大美女！"

馨儿出生后，妻子在微信上转过两个叙述育儿苦乐不均的段子。"妈妈生，姥姥养，姥爷天天菜市场，爸爸回家就上网，爷爷奶奶来观赏。""妈妈是什么？放弃了身材留下疤，吃喝拉撒全都抓，没有了电影没有了花……爸爸

是什么？……饭时稳坐吃，拉时叫喳喳；闹时交给妈，睡时躲沙发；手机电脑两不误，张口闭口特爱娃！"一番辩论之后，妻子也承认，我比段子中的"爸"强——妻子的意见是"稍强些"，我的观点是"强得多"。我的主要论据是，我也曾跑过几天菜市场（给她买猪蹄，买鲫鱼），洗过三四天尿布（岳母有事回了趟老家），写过多篇文章，表扬妻子感谢岳母，我每天至少有一两回自告奋勇抱一抱馨儿……我的结论是：我对馨儿的爱，不限于口头，是有行动的！

2014.03.29

11. 我的前世情人

　　有一种据说源自台湾某作家文章、被广泛引用的说法：女儿是爸爸的前世情人。说的是，女子前世追求男子，未获成功，或者情缘未了，今世便做了男子的女儿，一续前缘。有人认为，这种说法可以追溯到奥地利著名心理学家弗洛伊德那里。弗洛伊德的理论指出，人类与生俱来的生物本能冲动决定了，人都是有恋母、恋父情结的。即：儿子恋母，女儿恋父，乃是天性使然。

　　我一直认为，这是一种文学化的俏皮说法，是一种有趣且有用的比喻。所谓有趣，是指它将轻松愉快引入了父女关系，一扫宋元以降道学家、理学家将人伦关系庄严化、无情化的扭曲，回归人道，回归人性；所谓有用，是指它可以用于安慰生了女儿的人，不少人因为头脑里有男尊女卑思想，一心希望生个儿子，生了女儿便悲叹无后，郁郁寡欢。因此，需要有安抚、宽慰的理论。

　　简而言之，对于这种说法，我是不以为然的。

　　但是，自从两个多月前有了馨儿，我越来越觉得，这种说法其实相当有理。

馨儿出生两个多月以来，有过不少早慧的迹象。天天都在进步，一天一个样。两个半月的时候，馨儿使用展现哭笑表情、发出一些音节等方法跟我们交流的行为，更加频繁，更加熟练。四五天前，馨儿开始使用哼唧或小声喊叫的方式，发出"我要尿尿了""我要拉臭臭了"的信号，不再随时随地大小便。但是，毫无疑问，馨儿的心智仍处蒙昧时期，性别特征尚在混沌状态。只要她感觉到了饥饿，便只有一声紧似一声、一声高过一声的哭喊，泪眼婆娑。迷人的微笑，咿呀的音节，善睐的明眸，顿时如烟消，如云散，了无踪影。迄今为止，馨儿还没有超越明末清初著名书画家、明朝王孙朱耷的境界——朱耷号"八大山人"，书画落款形似"哭笑山人"。

不过，根据爱情就是男女相互折腾的通例、规律，我这"哭笑"闺女，的确有几分前世情人的意思：她微笑的时候，即使是昙花一现，也有着无限的魅力，令我忘忧；她发出几个不知所云的音节，我会自作多情地作出种种解读，浮想联翩；她的一声哼唧或叫喊，仿佛军中号角，只要我在家里，一定第一时间冲过去，"宝贝睡醒了？""宝贝是想让爸爸抱抱了？""宝贝这是想要尿尿的意思？"一连串的问号。她的眉头一皱，可以让我自责，是不是抱她的手势不合适，让她感到不舒服了？她饥饿时的哭喊声，在我听来无不撕心裂肺，恨自己不能像"都敏俊"那样身怀神功，瞬间冲好一瓶水温适宜的奶粉，塞到她的嘴里！……馨儿这样一个女孩，让我欢喜让我忧，让我甘心为了她，付出我，所——有！

为了博得馨儿一笑，我已经沦落为"马屁精"，升华成"劳动模范"。"馨儿真聪明！""馨儿真漂亮！""馨儿是最最聪明、最最漂亮的小朋友！""爸爸最爱馨儿了！"语言流畅圆转，循环往复，不厌其烦，不知疲倦。

上个星期，我到福建泉州出差，前后五天。夜晚跟妻子通电话时，馨儿在旁边的一声啼哭、喊叫，都令我怦然心动。如果正在喂奶，妻子会兴奋地喊道："馨儿在用深呼吸向爸爸打招呼呢！"那几天，我的脑子常常不由自主地浮现出下列问题：馨儿这会儿在干什么呢？是在睡觉，还是在吃奶？今天馨儿微笑了几次？发出了几个音节？馨儿长胖了多少？等我返回家里时，馨儿能马上认出爸爸吗？会有什么表示呢？……魔怔了似的。

妻子曾经问过我，如果生的是男孩，我会不会像对馨儿这样，温柔，细致。当时我表示，假设的问题很难回答。情景情景，有景才有情，没有景，无法预知情。妻子认为，如果是儿子，我肯定不会这样婆婆妈妈。我得承认，妻子说的有道理。大小俩男人，即使是亲密的父子，即使心中充满了爱，也得有所掩饰，不能放任感情、情绪随意外溢——担心儿子长大后缺少阳刚之气。只有女儿，爸爸、妈妈才可以这么肆无忌惮地表达对她的爱。

我也曾反问妻子，如果生的是儿子，她会怎样善待自己的"前世情人"。结果，妻子一时语塞。过了一会儿，才回答道："好像还是闺女好，我可以把她打扮得漂漂亮亮的，经常带着她去逛街，吃饭，旅游。儿子就得让他从小学会独立，认真读书，努力工作，似乎跟我们关系不大。"

最近，微信上多次看到朋友们在转两个关于女儿的漫画系列。一个系列的标题是《一辈子一定要有个女儿》，一幅幅如何如何打扮她、如何如何跟她玩逗她玩的漫画；另一个系列的标题是《我有一个女儿，怎样爱她都不够》，一连串小女孩各种天真烂漫睡姿的漫画。总之，走的都是温馨感人的路线。

分析起来，事出有因。从前的礼制，是"嫁出去的女儿泼出去的水"，女人结婚后，基本上就住在婆家，不能随意回到娘家；如今不然，女人结婚后跟丈夫单住，婆家、娘家都不住。节假日去娘家，还是婆家，没有一定之规。由于婆媳是天敌，岳父母一般比公婆年轻，带孩子的伟大光荣任务，通常由岳父母承担。因此，论距离，娘家近在咫尺，而婆家反而远在天边。举目四望，到处是年轻夫妇带着岳父母游山玩水，吃香喝辣，公婆则远在异乡，四目相对，形影相吊。亲孙子，亲孙女，也都只有逢年过节送份礼物、看上一眼的份儿。

今天在单位，一位生了儿子的女同事，老调重弹，希望普天下有闺女的家庭都好好"富养"。我不客气地对她

说："不要以为将来一定是你家儿子娶进个媳妇。"女同事快速回答："我知道，很可能是我把儿子嫁出去了。我家现在就是这种情况！"

其实，写这篇文字，我是想说：有馨儿，真好！

2014. 04. 16

12. 玉米的女儿

人的兴趣口味，实在是大不相同的。

在我迄今长达 20 年的散文随笔写作生涯中，始于三个月前的"奶爸系列"，是我兴味最为浓厚的写作。坦率地说，我觉得写这类文字，比写学术论著、知识随笔、时事评论，更有价值，更有意义。理由有三：情感真切，感受独特，贴近生命。

大概是有不少人认同我上述想法的。"奶爸系列"在博客、微信中发布、转播后，一些相识的、不相识的朋友，先后表示喜欢这一组文字，希望我不断写下去，说他们在等着看。有位长时间关注我博客的同事，甚至对我说，自从我开始写作"奶爸系列"后，她就喜欢上了，我别的文章，她不再看了，只看"奶爸系列"，每篇必看。

同事的话，听起来有歧义，既可以理解为她由于工作繁忙，无暇看我别的类型的文字，但是，"奶爸系列"仍然会挤时间看；也可以理解为，吃葡萄拣最甜的颗粒，她认为"奶爸系列"比我别的类型的文字有趣，好看。无论是哪一种意思，其实都可以说明，她认同我的想法。

　　但是，也有人明确表示了不同意见。有个新浪网友，引用战国时期赵国贤臣触龙（一作"触詟"）劝谏赵太后的话"父母之爱子则为之计深远"，对我提出批评，认为我不应该接二连三地写这类纪念性文字。

　　兴趣口味这东西，不但不同的人之间会有差异，就是同一个人的不同时期也会大不一样。比如馨儿，出生三个多月以来，从总盯着天花板，到爱看贴在卧室墙上我手书的一副春联，到注视沙发边的落地灯，到打量大镜子里的自己，兴趣点也发生了若干变化。都说初生的婴儿没有多少视力，但是，从馨儿的这些行为、表情看，显然并非如此。看不清楚的东西，不可能神色专注、表情愉悦地盯着看的。馨儿不但盯着看，而且表情怡然，有时还会冲着镜子里的自己手舞足蹈，发出一些音节，仿佛是在进行某种交流。

　　最令我们感到惊诧的事情是：一个月前开始，直到现在，馨儿对挂在沙发背后墙上的一嘟噜玉米棒子，表现出浓厚的兴致，而且丝毫没有减弱的迹象！

　　这嘟噜玉米，一共有十个棒子，是我前年在京郊一个"快乐农场"租赁一小块菜地、体验农事苦乐的成果之一。一直挂在墙上，算是一种装饰。

　　馨儿对这嘟噜玉米的兴趣，具体表现如下：

　　我们抱着馨儿在客厅走动，只要她瞥见玉米，必定会对其行注目礼。这个时候，仿佛她的双眸与玉米之间，黏了某种隐形的胶，依依不舍。

有时候，馨儿莫名其妙现出不安之状，或者面有怒色。将她抱近玉米，仰望玉米，她会马上平静下来，转怒为喜。

我抱着馨儿坐在沙发上，只要她不困，不饿，无内急，她都会挣扎着站起来。把我当成一座山，在我双手扶持她两肋的情况下，双脚不停地向上蹬踏。直至踩到我肩膀上，头顶上。总之是，尽可能地接近玉米。然后，冲着玉米，如他乡遇故知，发自内心地微笑，发出一些"咿呀"音节。貌似喁喁而谈，莫逆于心。有时，还会辅之以手舞足蹈，以示愉悦。每次如此，无一例外。

馨儿啼饥之初，当她妈不在家时，或者冲泡奶粉需要一点儿时间，安慰、拖延的最好方法，便是将她抱近玉米。这样一来，我们可以获得数秒钟的缓冲时间。百试不爽。农谚曰："六月的天，孩儿的脸——说变就变。"根据我对馨儿的观察，孩儿脸变化最快的，莫过于肚子饿了。那不是刻不容缓，而是秒不容缓。这嘟噜玉米能让馨儿暂缓数秒钟发飙，实乃人间奇迹，无比宝贵！

馨儿对玉米的如上种种表现，令我们困惑许久。

一位做医生的亲戚说，像馨儿这个阶段的婴儿，视力还很差。那嘟噜玉米棒子，在她眼里，可能像一束花。

这个说法，难以令我们信服。上文说过，馨儿早就能够神情专注地盯着灰白色的天花板、红纸黑字的春联，

（隔着二三米）跟玻璃镜子中的自己微笑，"谈话"。这些都足以证明，馨儿的视力，足以看得清楚两三米以外的物体。再者，那嘟噜玉米，并非一般育儿书上所说的，是婴儿最为敏感的红黑白等对比鲜明的颜色，而是微黄发白的淡颜色。

最后，妻子提出了一种说法：馨儿吃过玉米。因而，玉米在馨儿眼里、心中，有着跟妈妈同等重要的地位。一个多月前，有一天我吃煮玉米时，将玉米棒子放到馨儿的嘴边，馨儿当时就伸出舌头，舔了好几下。我曾经拿剥开的橘子瓣儿、糖炒栗子的仁儿放到馨儿嘴边，她都不感兴趣。

这个说法，当然也有困难的地方。馨儿清楚地表现认得出妈妈的神情，是最近一个多星期的事，远没有跟玉米表现亲近之情早。而且，对妈妈，馨儿迄今都没有那么多的亲密表示。但是，除此之外，我们实在想不出别的解释了。

一番惆怅之后，妻子发明了对墙上玉米的称呼：馨儿的玉米妈妈。她说："馨儿真幸福，有三个妈妈，一个是生她的妈妈，一个是奶粉妈妈，一个是玉米妈妈！"有时候，馨儿生气啼哭，搞不定了，妻子会装作生气地说："馨儿，找你的玉米妈妈去吧！"

不过，刚才得知我要把她的这个说法写进文章，妻子又后悔了。她说："馨儿只有我一个妈妈，不能有别的妈

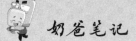

妈!"她的理由是，馨儿有几个妈妈，尽管只是开玩笑的说法，也会给别人自己不够爱馨儿的印象。她还担心，馨儿长大后，得知这个事情，会跟她不亲！

2014. 04. 29

13. 馨儿的韧劲

馨儿满"百岁"（出生 100 天）后，发展出了一些新技能，同时也增加了一些闹人的新花样。

新技能，主要有：高兴的时候，不但会咧嘴、眯眼发出微笑表情，往往还伴随着一串爽朗的笑声。特别高兴的时候，会在大人扶持住两肋的情况下，双脚同时离地，舞动双臂，浑身颤巍巍地蹦跳一两下——这大概可算是人类最初阶段的手舞足蹈吧。对于陌生人的态度，不再是来者不拒，任由抱持。她开始有选择了，有些人她会微笑着投怀送抱，有些人她会用皱眉乃至哭泣的方式表示拒绝。娱乐项目，也有明显的增加，除凝神观看沙发旁的落地灯、跟墙上的玉米棒子保持友好关系、对着镜子中的自己微笑着"谈话"等等之外，开始能安静下来、睁着惊奇的双眼，聆听悬挂在床头上方的音乐盒发出的乐曲，对我的"蛐蛐儿叫"口技表示出浓厚而持久的兴趣，每次微笑之余，都会努努嘴，似有拜师学艺的想法。

闹人的新花样，主要有：醒着的时候，不再忍受身体跟地面平行的姿势，她总是要昂首挺胸地站立起来，走动起来。因此，抱她的时候，只能采取直立式，而不能是横卧式。同样是站立式，走动体，对于不同的人，她能区别对待。她姥姥、妈妈抱她，可以采取将其小脸贴住肩膀的"各看各"的姿势；以四目同向姿势抱持时，她们还可以坐下来。但是，我抱她的时候，只能采取四目同向的姿势，而且绝不允许坐下，必须不停地走动。目前，我采用的姿势基本上是：我左臂伸过馨儿左腋，当胸轻夹，右手托捏住馨儿的左腿根。看起来，好像不太轻松、自然。两天前，我们以这个姿势拍的一组"父女赏花图"，在微信朋友圈张贴后，几位朋友批评我抱孩子的手法不正确，需要改进。其实，这是我们父女经过反复磨合后双方都能接受的手法。馨儿不但可以在我这手法的抱持下对镜谈笑，每每还能安然入睡。只不过，体重已经在七公斤上下的馨儿，抱的时间久了，我受过伤的右手腕会感到酸麻，练书法写正楷，不太灵便。可能是白天大部分时间只能面对她姥姥一个人，相对无趣，而晚上时间，爸爸、妈妈都在家里，围绕在馨儿身边，比较热闹。因此，无论我们怎样努力，馨儿还是养成了"白天觉觉，晚上闹闹"的作息规律，雷打不动。吃喝拉撒，抱着玩耍，每晚都要闹到凌晨三四点钟才睡觉，这实在让我们有些吃不消。昨晚，一点半的时候，将她放在床上，她大声叫唤，不愿意睡觉。结果，惹怒她正体内有火、咳嗽不止的妈妈，发出一声狮吼。昨晚馨儿是两点半入睡的，创近期最早入睡纪录。我

觉得，这跟她妈妈的一声狮吼有相当关系。

养育馨儿，可谓苦乐参半。

在这苦乐之中，我还有一种感动，感动于馨儿初露端倪的做事执着的韧劲。

每次我坐着抱馨儿，想让她也坐在我的膝盖上，跟我作面对面的父女对话。每一次，她都要立刻站起来"爬山"——把我的身体当作一座山，一脚高一脚浅地，登上"悬崖峭壁"，踩到我的肩头，踩到我的嘴巴，踩到我的鼻子，踩到我的头顶，越高越好。为了满足馨儿登高望远的爱好，我只能尽我所能，高举双臂，将她托在半空，由着她跟玉米进行亲切友好的交谈，平视落地灯，君临天下！这样举着十多斤重的闺女，持续十几分钟之后，我的心里会愤愤不平地冒出一个念头："俯首甘为孺子牛"算个什么！这样的事情，馨儿其实也不轻松。但是，她似乎已经建立起了一个信念：只要一站到我的膝盖上，她就必须不停地向上攀登，直至顶峰。即使是睡眼惺忪之际，身体疲乏之时，也必须完成这样的过程。因此，有时候，她会一边哭喊，一边向上攀登。几经观察，我知道，这个时候，她其实是不愿意攀登的。但是，为了信念，她不得不攀登。

不久前，妻子的一位闺蜜给馨儿送了一个礼物：脚踏钢琴健身器。地上铺一块毡子，头顶拱形梁柱上挂满了色彩斑斓的玩具，头顶正上方是一面镜子，脚部有几个黑白琴键。婴儿躺在毡子上，可以眼看镜子里的自己，双手拨打悬挂着的玩具，双脚蹬踏琴键，琴键会发出不同的乐声或短曲。迄今为止，这是馨儿最喜欢的玩具。第一次玩的时候，她的神情是那么的专注，动作是那么的迅捷，蹬踏是那么的有力……馨儿仿佛瞬间长大，变成了另一番模样。当时，我们在旁边都看呆了！第二次、第三次玩的时候，她就不断地发明出了新的玩法。比如，不再一味地蹬踏，而有了明显的节奏感；到短曲播放的时候，她会立即让双腿悬空停住，等待乐曲结束，再蹬踏琴键；乐曲播放中途，她会把双腿蜷曲至头部上方，像是在练瑜伽；双手不再一味地拨打挂件，有时候会放到嘴里吮啮，有滋有味。但不管发明出什么玩法，有一点是不变的：只要把她放到毡子上，她会马上进入角色，一直玩下去，决不半途而废。由笑转哭的时候，我们知道，她玩累了。但她能边哭边玩，一直坚持着。

馨儿表现出做事坚持的韧劲，其实早于百岁日。四十几天的时候，按照医生吩咐，做伏地前爬练习。只要大人用手抵住她的脚底，给她支点，她就会向前爬。累了便哭，仍然继续向前爬。遇到枕头、被子等障碍物，仍勇往直前，并不停止爬行。

才一百天多天的馨儿，上述种种表现，不由让我不联想起安徒生童话红舞鞋的故事，小女孩珈伦只要穿上红舞鞋，就会不停地跳舞，不知疲倦，不惜牺牲幸福和生命。

而长大成人之后的我们，这种为了梦想，再苦再累也要坚持下去的精神，却日渐消磨，直至荡然无存了！

2014.05.20

14. 与生俱来的语言

出生四个月零一天的馨儿，突然增添两种技能：一是睡觉时，头部能离开枕头，身体能像时针一样作九十度以上的转动；二是清醒时，能对她妈妈明确、强烈地表示依恋之情！

昨天晚上七点钟左右，跟几个朋友和学生在饭馆吃饭，接到妻子的电话，她兴奋地告诉我："老公，馨儿能认人了！今天下午，在我准备离家去上班的时候，馨儿突然大哭起来，不让我走。我抱过她，她马上就不哭了，紧紧依偎在我的肩头。没办法，只好带着她去上班了。"显然，妻子很得意，得意于她是馨儿认出并强烈依恋的第一个亲人！

在那之前，馨儿看着妈妈离开家去上班，总是态度豁达，表情平静，神色淡定，从未有过依依不舍、伤感哭泣的表示。毋庸置疑，馨儿昨天的表现，在她的成长过程中具有里程碑意义。

由于本人忝在语言文字研究工作者行列，不时会有朋友提醒我：把馨儿作为观察对象，研究人类语言的形成、

演变与发展。馨儿对她妈妈突然爆发出依恋之情，毫无疑问，是她个人语言发展史上的大事。不过，这种爱的语言，基本上属于肢体语言，并非我们通常所说的"人类最重要的交际工具"的语言。

一般认为，婴儿通常要到一岁以后才开始牙牙学语。在这之前，属于语言的史前时期，语言的空白时期。

但是，通过观察馨儿的表现，我认为，这种说法值得商榷。一岁之前，婴儿其实是有语言的。

初临人世时的哇哇大哭，有人称其为婴儿说的第一句话。我认为这说法有些夸张，是一种文艺的表述，缺乏科学性。但是，我家馨儿，出生的时候基本上不哭泣，饥饿的时候、屎尿前后所发出的"啊""哼"一类的音节，实在是有些像语言。因为，这类音节传递出如下较为明确的信息："我饿了""我要撒尿了""我要拉屎了""我不舒服了"。听到这些音节，就像军人听到号角声，身边的家人，必须及时作出回应。否则，馨儿会加大振幅，加快频率，重复这些音节，溢出眼泪，或者付诸行动，尿了，拉了。

我只说这些音节"像"语言，是因为，从出生之初到两三个月这一阶段，馨儿发这些音节的时候，通常都是单方面的声明，或者说宣言，并没有具体的"交际对象"。

两个多月的时候，去社区医院打针，注射疫苗，据说（我不在场，是妻子和岳母转述的）馨儿曾发出过像"哞"像"咩"又像"妈"的音节。虽然妻子当时就激动地发出一迭声的"哎""哎""宝贝",进行了应答,但是,考虑到馨儿并未打那之后就熟练、频繁地称呼妻子"哞""咩"或"妈"。因此,我只好嘲讽说,那是妻子的一厢情愿,自作多情。馨儿嘴里发出像牛像羊又像人的叫声时,并没有"妈"的意思。

根据岳母和妻子的转述,馨儿曾于将近三个月时,发出过"怕"的音节。她俩一致认为,这是馨儿在叫"爸爸"。但是,我也以自知之明的高姿态指出,这纯粹是她们的一番好意——当然我表示心领了。迄今为止,我并没有亲耳听到馨儿叫我"怕"或"怕怕"。"怕",不过是馨儿对她们反复教导的"爸爸"一词的一次拙劣模仿。

我之所以说在一岁之前婴儿是有语言的,重要根据是:馨儿面对我或其他家人时,能面带表情地发出一串咿呀之声。

馨儿在发出这些主要由单元音和鼻音组成的音节的时候,有停顿,有疾徐,有高低,有表情变化,有一个音节一停顿,有两个音节一停顿,大人模仿她发音的时候,她会表情怡悦,多"说"一会儿,大人自说自话的时候,她很快便表现出不耐烦的神情,并很快结束"谈话"……显然,她是在传递一些信息,在努力跟大人进行交际。

两到三个月之间,这种情况比较常见。三个月之后,渐渐减少,以至于给人"馨儿不爱说话了"的印象。减少的原因,似乎是,馨儿认识到了大人们不懂也不想学习她

的语言的事实。渐渐地，她也就不再使用这种只有她自己懂的语言。八九个月以后，开始学习成人的语言，这种与生俱来的语言，就被遗忘了，湮灭了。

馨儿用语言跟我"交谈"，印象最深的是 4 月 15 日。我到福建泉州出差，五天后回家，到家时已经是深夜 12 点多了。馨儿一反常态地没有睡觉，兴奋莫名，似乎是等着我回家。简单地洗漱之后，我抱着不到三个月的馨儿坐在沙发上。躺在我臂弯里的馨儿，跟我面对面地进行了亲切友好的"交谈"，时间持续三四分钟！

我认为，是成人世界的所谓语言，扼杀了婴儿与生俱来的语言！

按照现代语言学"语言是一种社会现象"的理论，我这样说，似乎有唯心主义的嫌疑。但是，婴儿在出生之前，已经有个"十月怀胎"。娘胎里七八个月以上的生命孕育过程，不见得是全无意识与智识的，可能已经具备某种接受社会信息的能力。再者，据说现代科学研究也发现，人在死的时候，有体重突然消失 21 克的现象。这 21 克，很可能是"灵魂"的重量。若然，灵魂也是一种物质。按照唯物主义物质不灭的定律，灵魂、先天的智慧、天生的语言，也是可能存在的。

按照美国语言学家乔姆斯基"转换－生成"语言理论，人类语言习得过程，并非通过简单模仿，一个句子一个句子地记住，学会使用。而是，人类大脑中有个与生俱

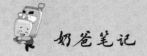

来的语言机制，人类只需学习若干转换规则，便可以生成出无数前所未闻的正确语句。

我猜测，在习得转换规则之前，婴儿是有语言的。只是，成人世界自作聪明，强不知以为知，忽略了它的存在。

2014. 05. 24

15. 五十岁和一岁

最近忙"红学"，忙专栏文章，忙给学生做论文答辩，写评阅书。因此，有半个多月时间没写"奶爸系列"了。于是便有朋友问：为什么不继续写？是不是没有可写的内容了？

怎么可能呢！别看婴儿一天到晚多数时间是在睡觉，但那一颦一笑，一啼一哭，在久经人世沧桑的为人父者看去，都有无穷的魅力。看不够，说不完。更重要的是，一岁以内的婴儿，表情、爱好、体能、心智，一天一个样，随时变化中。稍加观察，动人景致目不暇接，远胜山阴道上。此外，二十多年未曾间断过的散文随笔写作，不敢说无中生有，东拉西扯的功夫还是练到了一定境界的。

按照惯例，先简单报告一下四月有余、五月不足的馨儿的最新动态：

曾经热衷的"爬山"运动，已经宣告结束，改为蹦跳。因此，父亲山转轨成为父亲蹦床。如果我能在她准备蹦跳的时候，给她强有力的支持与配合，使她蹦得更高，更频繁，她会笑口大开，甚至咯咯有声。

跟爬山运动相联系的登山看玉米，跟玉米对话，业已成为如烟往事。她现在对音乐更感兴趣。同事赠送的床头挂铃中的音乐盒，朋友赠送的兔形早教故事机，播放儿歌乐曲的时候，她都能全神贯注聆听好一会儿。兴之所至，还会随着节拍，蹦跳双腿，扭动身躯。

迷恋了我的蛐蛐儿口技一个月左右后，兴趣部分转移到我的布谷鸟口技。但是，兴奋程度不太高，持续时间也不长，一个星期左右。现在，这两种口技，都已经难以令她露出迷人的笑容，发出醉人的笑声。

最近一个星期，对她妈妈服装店里电视屏幕上播放的巴黎、米兰时装秀录影，表现出浓厚的兴趣。隔着十几米都能看得津津有味，手舞足蹈。我坐在沙发上，双手扶持住她的双肋，她会向前迈步，模仿名模们在 T 台走秀。一天，一位大爷和颜悦色地跟她讲话，她不但未予理睬，甚至哭了起来。原来，那大爷挡住了她看时装秀的视线！

与人相处时，基本上还是大方、自信的，但认生对象有增加的趋势。一天晚上，她先后对一男一女两个陌生人做出了不感兴趣乃至不喜欢的反应，哭了。害得我只好以"馨儿困了要睡觉"和"馨儿饿了要找妈妈"等说辞，替他人解围。据说，不受婴儿欢迎的成人，都是有问题的。

体育技能方面，未见优长迹象。俗话说，"三翻六坐，七滚八爬"。已经四个多月的馨儿，自己侧身转动是可以的，躺在床上时，身体跟钟表时针似的转上 90 度乃至

180 度，都不成问题。整个过程，都很轻松，可以一边啃着"猪蹄"——她的小手——一边完成平面转体运动。

　　语言交际上，进入了低迷的过渡时期。原先她声情并茂的咿呀语，已经不再使用，稍后出现过十来天的"a-bu""a-bu-i""a-ge""a-gu-ei"之类音节，也难得再从她嘴里听到。疑似呼唤妈妈的"m-a""a-m"的音，仍然只在饿极要哭泣时才会发出。成人世界的语言，从表情、肢体的反应看，似乎一如往昔地听得懂，但她自己却一点儿也不会。看情形，还没有开始学习。

　　…………

　　我们也知道，婴儿学会说话，学会走路以后，会有更多有趣的表现。但是，看着馨儿的种种变化，我和她妈妈有时候仍不免有一种痴心的念头：不太希望馨儿很快地长大。我们觉得，就是目前这个呆萌的样子，已经足够可爱。或许，还有这样一层意思，现在是馨儿最无忧无虑的时期，将来就会有上学考试就业成家之类没完没了的事情。无私的父母之爱都是这样的吧：并不希求从孩子那里得到什么回报，只是希望她们能健康快乐地度过人生的每一阶段。

　　忽然想起鲁迅先生跟他儿子海婴的一张合影：照片上，鲁迅先生手书"海婴与鲁迅，一岁与五十岁"等字样，惊觉我自己跟馨儿的合影，也不妨写上"一岁与五十岁"的字样。不由地怦然心动，觉得画面的安静祥和，是年轻父亲抱着孩子时，所不可能有的。觉得要想真正理解鲁迅先生写下"无情未必真豪杰，怜子如何不丈夫""横眉冷对千夫指，俯首甘为孺子牛"等诗句时的心情，必须认真凝视这张照片十分钟以上。

不久前跟一位大我几岁的台湾朋友聊天，得知他有两个儿子，一个正在念博士，一个是本科大四学生。我对他的儿子早早长成，表示羡慕；他则对我的老来得女，表示嫉妒。他说，年轻的时候生孩子，人生一切都在碌碌奔忙之际，根本无暇跟孩子交流，好好表现父爱。还不如我这样，晚些生孩子，有较为从容的心态，一边呵护，一边观赏，陪着孩子长大成人。也许，他话语间有宽慰我的成分，但在我听来，依然十分悦耳。事实上，为了博馨儿一笑，学蛐蛐儿叫，学杜鹃鸟叫，学青蛙叫，种种老夫聊发少年狂的行状，外人看来大概是滑稽可笑的。但是，作为当事人，内心却是快乐的。我想，论快乐，魏晋名士放浪形骸时也不过如此。

得孩子时岁数跟我相同的鲁迅先生，是我读书作文等方面的学习榜样。但是，鲁迅先生有一点，是我要反其道而行之的：生于1881年的鲁迅先生，于1936年五十六岁上因肺病逝世，他跟海婴相处，时日无多。我要努力活很长时间，我不但要看着馨儿长大成人，我还要看着她结婚成家，过着幸福的生活！

2014.06.14

16. 笑是对爱的最好回应

　　四五个月大的馨儿，尚未习得成人世界最重要的交际工具——语言。她的许多诉求表达，在我们看来，都是模糊的，歧义的。猜测起来，固然不乏乐趣，但因为没有标准答案，相当辛苦。毫无疑问，哭与笑，是这一时期她最为明确无歧义的信息传递。哭，代表她心情不好，或者身体不舒服；反之，笑则代表她心情不错，身体舒服。

　　不用说，为人父母者，总是希望自己的孩子心情好，身体舒服的。孩子安好，便是父母的晴天，碧空如洗的晴天。我们当然不能免俗，希望时时看到馨儿灿烂的笑容，听到馨儿爽朗的笑声。我认为，笑是对爱的最好回应。

　　出生以来不怎么爱哭的馨儿，也不怎么爱笑。多数时候，都是一副酷酷的表情。通常情况下，总是闪烁着她的剪水双瞳，东张西望，好奇、机警地打量着这个世界，打量着目之所见的一切人和事物。正因如此，馨儿的笑容、笑声，对我们而言，益显珍贵。我们更要努力探索，找到让她现出笑容、发出笑声的方法。

　　一两岁的婴儿期，是人的一生中变化最快的时期。相貌、兴趣、爱好、能力，都日新月异。夸她长得漂亮，赞美她聪明，对着镜子亲她脸蛋，给她表演各种口技，扶持她在自己身上攀爬，任由她蹬鼻子上脸，一次次将她高高地举起来，举过头顶，直至双臂酸麻，难以继续支撑……所有这些以前使用过的逗乐方法，渐渐地都失去了效果。

功夫不负有心人，馨儿满五个月以来，我们先后探索出了如下一些逗她发笑的方法：

突现法。这是我妻子首创的。具体方法为：慢慢转身，背对着馨儿。然后，快速转身，面对馨儿；或者，将自己的脸，快速移向馨儿。不管哪种方法，嘴里都须喊着"馨——儿"。这个方法，使用的人，不限于首创者。我如法炮制，也能有预期的效果。

谣唱法。我爱唱歌的妻子，对于节奏、旋律逗乐法情有独钟。但是，唱过很多歌，馨儿都没有展现出她期盼中的笑容。直到不久前，她的"你是——馨—儿，我是——妈—妈"，终于逗出了馨儿的笑容和笑声。不过，我总觉得，这种方法奏效的原因，不全在于节奏旋律，而有相当一部分是突现法的成分。因为，在唱出那两句话的同时，她总是把自己的脸迅速移向馨儿。

助跳法。这是迄今为止，让馨儿笑得最嗨的逗乐方法。自然，这是俺发明的！接近五个月时，馨儿有了一项新体能：大人双手扶持住让她站立时，她能用力原地双脚起跳，把我们的肚皮当成她的蹦床。有一天，坐在沙发上

的我，配合她的起跳节奏，嘴里喊着"一二三"，喊到
"三"时，快速将她高高举起。然后，落下；然后，又喊
着"一二三"，高高举起。馨儿始而开口作笑貌，继而
"咯咯"有声。我们实在太爱看馨儿笑的模样，听馨儿笑
的声音，每次都要玩到她打嗝为止——喂几口热水，可以
让她停止打嗝。馨儿的笑模样，我妻子不但拍了照片，还
拍了好几段视频。此方法不同于突现法，不能通用，基本
上限于发明人使用。其他人，包括馨儿的妈妈，馨儿的姥
姥，依样画葫芦，馨儿顶多是礼节性地挤个笑容出来，决
不咧嘴、放声大笑。

　　馨儿对助跳法的兴趣是如此浓厚，以至于后来，我只
对她喊"一二三"，并不将她举起来；我只喊个"一"，并
不喊出"二三"；甚至，我"一"也不喊出声，只做出喊
"一"的口型……馨儿一概能毫无保留地放声大笑，一直
笑到打嗝。第二天上午，馨儿一觉醒来，还躺在床上，我
对着她刚说了声"一二三"，她便"咯咯"地笑了起来。
人类，即使是不到半岁的婴儿，也比动物聪明得多。条件
反射，有这许多不同的形态。

　　对馨儿而言，任何逗乐方法，都是不具有耐久性的。
到了第三天，助跳法，已经只能让她礼节性地挤出一个笑
容了。第四天，即昨天，礼节性的笑容，她也懒得给了。

　　正当我为尚未发现逗馨儿发笑的新方法感到苦恼时，
一件出乎意料的事情发生了：今晚八点半，我抱累了，把

馨儿放在床上，为了安抚她（馨儿喜欢被抱着，不爱自己躺着），我躺在她边上，跟她胡乱说话："馨儿，昨天、今天，爸爸带你去山上玩，你喜欢吗？爸爸开车，你小苹果姐姐很喜欢坐，她说我开车比她爸爸速度快，觉得很刺激。馨儿喜欢吗？馨儿没有出生的时候，就开始坐爸爸开的车了，馨儿应该是喜欢的吧？不过，馨儿不要担心，有馨儿和妈妈坐在车上，爸爸开车都会注意安全的，安全第一！"听到这里，馨儿竟然"咯咯"地笑了起来。为了确定馨儿发笑的原因，等她笑过之后，我又说了一遍"安全第一"，馨儿应声而笑。我说第三遍，馨儿还是"咯咯"地笑。

论理，馨儿应该是不懂"安全第一"意思的。莫非，"安全第一"这四个字的读音，"合于桑林之舞，乃中经首之会"，有着特殊的音响魅力？

为了让馨儿展现笑容，发出笑声，这几个月里，我可以说费了不少心思。因此，还延伸想象力，产生了如下不经的念头：为了博得美人褒姒一笑，不惜一次次点燃用于向诸侯传递紧急军情的烽火的周幽王，以及历代为了讨美人欢心终于丢了江山的其他帝王，他们对于美人的爱，实际上都是一种类似长辈对于晚辈的感情——准确地说，是父爱。其共同特点是：不讲自尊，不顾形象，不计后果。他们所爱的女人，也无一不是有貌无脑之辈，跟婴儿一样。夫妇之爱，或者他们所爱的美人是有些头脑的女子，

都不可能做出那种种可笑的勾当。

　　帝王为博美人一笑，后果可能是黎民遭殃，生灵涂炭，危害极大，罪孽深重。而我这样的平民百姓，宠爱一下自家幼小的闺女，决无此虞。相反，会增加家庭生活的情趣。这样的事情，何乐而不为呢！

2014. 07. 08

17. 听说中的馨儿

　　近期经常出差，跟家人聚少离多。因此，关于馨儿的许多情况，都是听妻子说的。有的是通电话或微信交流时跟我即时描述的，有的是回家后追忆给我听的。总之，我所知道的馨儿的情况，差不多有一半是妻子提供的。

　　妻子提供的情况，有真有假。馨儿三个多月时，妻子电话里激动地告诉我："馨儿会叫妈妈了！"馨儿四个来月的某一天，妻子在微信里告诉我，她上班离家时，馨儿对她流露出依依不舍的感情。言语之间，既感伤，又得意。反复强调，馨儿认得妈妈了。当时她发了个泪水长流的表情，害得我有点兴奋，又有点失落。为馨儿长大懂事兴奋，为自己没能感受到馨儿的依恋失落。回家后发现，其实不是那么回事儿。所谓的叫妈妈，不过是会发 "m—a" 或 "a—m" 之类的音，这些音跟妈妈之间的联系，并没有建立起来。馨儿不会看着妈妈发这些音。所谓的依依不舍，也不过是偶然现象。此后两个月来，几乎没有再发生过。妻子完全可以当着馨儿的面，轻轻松松上班去。馨儿依偎在我或我岳母的怀抱里，一副事不关己无动于衷的

样子。

自然，妻子的描述，大多是事实。比如，馨儿又吃了大半个桃子，馨儿又长高了不少，馨儿会翻身了。这些描述，我回家的时候，都得到了很好的验证。

这一次出差，两件事情连在一起。先是"长沙行"，紧接着是"粤来粤好——网络名人看广东"，由长沙直接奔了广州……我已经离家快十天了！这段时间，每天跟妻子保持联系，不是电话，就是微信。有一次打电话，我一开口就问"馨儿怎么样"，结果被妻子呛了一顿，"你这是过河拆桥卸磨杀驴呀，现在只关心馨儿不管老婆死活了，以后你跟馨儿两个人过好了！"不用说，这样的牢骚很容易拆解，我一句"馨儿这么可爱，你舍得?"妻子马上就没脾气了，她只能老实承认："那我不舍得。"我再加上一句"哪能呢? 没有这么漂亮的老婆，哪来如此可爱的闺女!"她就立刻飘飘然了，"那是!"我分明看得见她袅袅上扬的尾音轨迹。

闲话少说，言归正传。这近十天的时间里，微信、电话中，妻子告诉了我如下关于馨儿的情况：馨儿喜欢下地走路了；馨儿听见我电话里的声音，会到处寻找，大概是在想"粑粑在哪里呢"；馨儿真的会说话了；馨儿更喜欢笑了；馨儿不喜欢打针，会做出很不情愿的表情，会瞬间眼泪纷飞；等等。

短短的八九天时间，有这么多变化，我觉得会跟从前一样，有真有假。有些是妻子因为爱之深，思之切，自己幻化出来的。

我在微信朋友圈里发了馨儿"下地走路"的照片，马上有多位朋友告诫道：六个月的婴孩不该让她学走路！我只好问过妻子，然后告诉她们，那是假走，脚步是虚的。

听见电话里我的声音会到处寻找，说明馨儿可能辨别得出我的声音，也可能只是屋子里有别的声音她觉得奇怪。我自然希望是前者。不过，这事有待检验。

馨儿会说话，这事我曾经讲过，我通过对馨儿的观察，认为婴儿是有自己语言的，只不过，这种语言不为成年人所了解。妻子说，馨儿这几天的语言虽然不知所云，但跟以前的不一样，她常常会自言自语。这事也有待验证。

馨儿更喜欢笑了，这我相信。因为，电话里，很容易听到她的笑声。我这次出差前，如何让馨儿发出笑声，对我们而言还是一个课题，我和妻子均尚未掌握随逗随笑的技术。现在听说，只要跟她玩，馨儿就能笑起来。

不喜欢打针，这肯定是事实。上次注射疫苗，我亲眼见过。当时拍下的馨儿的哭泣照片，我在旅途上常常翻看，每次心里都是酸酸的，会联想起馨儿未来人生道路上可能遇到的种种伤心事。这一次，妻子拍的馨儿打针前的照片，那副眉头紧锁，面部皮肉皱起来的不情愿模样，实在有些可笑。

广东的活动今天结束，我下午由珠海飞宁波，准备在老家待两三天。可能接母亲到北京住一阵子（不知道母亲是否愿意）。一别十几天，重逢的时候，馨儿会不会对我表现出陌生感；一直想要一个女孩儿的母亲，初次见到馨儿，会不会老泪纵横。都是我目前关心的问题！

2014. 08. 02

18. 逗子有方

　　孩子需要教育，善于教育孩子者谓之教育有方；反之，则谓之教育无方。婴儿期的孩子，心智迷蒙，言语不通，教育大计难以措手。这个时期，我认为是以逗玩儿为主。

　　自有馨儿以来，近半年的兼职（相当玩忽职守）奶爸生涯，使我充分认识到，逗婴儿玩，决不是一件容易的事情。此事亦有有方、无方之别。

　　成人世界里，你可能是有头有脸的人物，有胆有识的豪杰，有色有艺的明星。但是，在婴儿世界里，身份、地位、名声等等成人世界的标签，都是毫无趣味毫无意义的东西。婴儿对这些全然不领会，她们不懂。想要逗她们玩儿，让她们觉得有趣，让她们喜欢，让她们露出笑容，发出笑声，这些东西统统没有用。她们感兴趣的，全都是些成人世界无足轻重的东西。

　　那么，有方无方，我算哪一方呢？

　　从馨儿跟我在一起时的表情看，我应该算是较为有方的一类（此处可以"嘿嘿"两声以示得意）。我之所以这

样说，有如下依据：

首先是，我比较有耐心。一位台湾某大学教授朋友，年龄比我大不了几岁，但是他的两个儿子，大的在念博士，小的大学四年级。按理说，他是有子万事足了，但是，他对我的老来得女表示羡慕。他说，生孩子太早，当时自己心智不成熟，且为了学业为了职位疲于奔命，心中烦躁，根本无暇观察孩子的喜怒哀乐，更谈不上怀着欣赏的心情，陪伴孩子长大成人，完全是完成一件猝不及防的任务的心态。而我，老来得女，诸事从容，心态平和，可以细细观察、体会乃至欣赏孩子的点滴变化，乐趣无穷。我相信，这位台湾朋友说的是实话。

其次是，我比较有力气。以读书写作为业者，多半是白面孱弱之辈，所谓手不能提肩不能挑。但我显然不属此类，面虽不黑，却也不孱弱。早年即于周末假期参加农业劳动，砍柴担粪，四体大勤。大学期间，在"文明其精神，野蛮其体魄"的名人名言感召下，练长跑，举铁锁，玩单双杠，夏游野泳（在郊区废弃的矿坑里游），冬游冬泳（大学有个露天的游泳池，每天破冰游泳）。总而言之，我的体魄足以胜任抱孩子的工作。懵懂婴儿，一需要哺育，二需要抱持。抱持工作单调冗长，需要有强大而耐久的体力。

最后，也是最重要的是，我多能鄙事。逗乐婴儿，学富五车，名满天下，德比五岳，全无意义。相反，一些成人社会所鄙视的雕虫小技却大有用处。比如说，我从小无师自通的蛐蛐儿布谷鸟口技，曾经让馨儿崇拜不已，笑乐许久。稍微高雅一些的华尔兹，也是馨儿钟爱之事。在她烦躁的时候，抱着她嘭嚓嚓嘭嚓嚓转上两圈，她往往就转躁为安、破涕为笑了。我一直怀疑，孔子办私立学校，能广招天下英才，成为万世师表，不是因为他学识渊博，而是因为他多能鄙事。"吾少也贱，故多能鄙事"，孔子说这话时，该是一副多么得意的神情！

跟婴儿稍有接触的人都知道，讨婴儿欢心，博婴儿一笑，是需要天赋的，决非人人皆能。有些人想逗一下婴儿，竭尽所能，装萌呆，扮笑脸，做逗逼科，婴儿不但不觉其有趣，反而会放声大哭。在这方面，我大概可跻身有天赋者行列。

2014. 08. 03

19. 不愿意孩子长大

　　按照重实用的传统观点，为人父母者应该是希望自己的孩子快快长大的。长大了才可以差遣去打酱油，帮父母干活，各种出色表现使父母脸上有光，挣钱反哺，给父母养老，等等。但是，按照文艺心理的需求，为人父母者又常常并不希望孩子太快长大。一位朋友，有个七岁的可爱女儿，但是，她能当着自己女儿的面，不停地赞美我家半岁的馨儿："馨儿太可爱了！""馨儿真漂亮！""馨儿多聪明呀！"完全不顾一旁自家闺女的感受。好在她闺女大度，不计较自己妈妈胳膊肘往外拐。孩子长大至四五岁以后，便不复可爱，人们普遍有这种看法。最严重的，民间有"八岁九岁狗都嫌"的说法。

　　我妻子已经几次表示，不希望馨儿长大。我曾问她为什么，她想了好一会儿，回答道："她现在已经很可爱了！"

　　这话乍听之下挺怪异，仿佛馨儿以前不太可爱，以后将减少其可爱，或者不复如此可爱。但是，冷静想想，又发现不无道理。

其实，我本人也常有不希望馨儿长大的心理时分。切身感受，细思个中缘由，我认为大致有如下几点：

首先是自豪感。无中生有，二人世界里，忽然多出一个小生命。在短暂的不适之后，伴随着每天、时刻忙碌的，是小生命变化无穷的形态，或啼或笑，时静时动，若智若愚，神秘莫测，目不暇接。因为无所希求，婴儿的任何表现、丁点儿进步，都是人世的奇迹，都值得赞叹，都予人惊喜，都令人自豪。只要没有明显的缺陷，每一个孩子都是父母眼里的小苹果，人间珍宝，世上至爱。妻子常常由衷地说："有女如此，夫复何求！"或者貌似问我其实是自我陶醉的呢喃："你说我怎么就能生出这么完美的孩子呢？"与满足感同在的自豪感，不足与外人道！

其次是责任感。经常可以在微信朋友圈等地方看到有人在发表誓言，为了孩子，不放弃自己，不抛弃信念，要努力，要奋斗，诸如此类，不一而足。爱情的山盟海誓可能有掺假的成分，或者是一时的冲动。但是，这种为了孩子而下的决心，一般是由衷的，能较为持久的。面对着无知无助、明眸清澈、天真无邪的婴孩，怯懦者能勇敢，懒惰者变勤快。不谦虚地说，我不算是一个特别怯懦、懒惰的人。但是，自从有了馨儿，我明显感觉到，自己的责任更重了，做事的动力更大了。经常，看着千娇百媚的婴儿，我会觉得，自己肩上的负荷是满满的。不用说，这种感觉，是可以转化成满足感的。

再次是危机感。有句古话，叫无欲则刚。按照凡事讲阴阳相配道理的国学传统，给它配一句什么话呢？我以为，不妨配以：有爱则柔。任何人，一旦心生珍惜、怜爱、责任、满足之类的感觉感情，便会变得脆弱，变得柔软，害怕受到伤害，害怕失去。家有婴孩的人，一切跟婴儿有关的坏人坏事，都会格外地留心，格外地揪心，想象的世界里，社会人生空前凶险，虎狼遍地，危机四伏。近半年里，我从几个家有小朋友的微信朋友那里，多次看到东南地区有人偷婴儿、婴儿被偷后遭到残忍伤害的新闻旧闻，看得我心惊肉跳，仇恨满腔，恨不能顿时化身超人大侠，扫灭世间一切伤害婴孩的丑类恶徒！

概括是乏味的，婴儿的具体表现却是趣味横生的。这里我忍不住要再说一下馨儿的笑。馨儿一般性的微笑、大笑，我已经写过，这里要说的是一种特殊情况下的笑：病中的笑。成年人身体有病，容易产生悲观情绪，现出愁眉苦脸的样子，勉强挤出一丝笑容，也是苦笑，比哭还难看。婴儿的笑不是这样，可能是心底无愁绪的缘故，婴儿的笑容依然灿烂。最近，馨儿被咳嗽已久的妻子传染，也咳嗽起来。听声音，应该是很不舒服的。但是，遇到高兴的事，看到喜欢的人，馨儿照样展现迷人的笑容，发出爽朗的笑声。显然，馨儿的快乐一如既往地纯粹。只是，她紧接着笑容、笑声的咳嗽，令我们看着心疼！

奶爸系列，自然得有成长记录。时当暑假，我出差的机会特别多，跟馨儿相处的时间非常少，这里只能略记如下：

满六个月以来，馨儿明显的进步有三点：

一是小手能紧握物体了。半月前我去湖南广东出差前，馨儿还不能手握玩具。等我十天后回家，得知馨儿能手握一哑铃形塑料玩具大半天不松手！

二是会玩简单的玩具了。朋友送的一个益智玩具，我都觉得复杂。十天不见，馨儿从完全不感兴趣，变成了玩得津津有味。其中之一是打开一面的冰箱门，摁下代表不同食物的按钮，发出不同的语音，"吃肉肉，长肉肉，不吃肉肉，身体瘦"之类。

三是有争夺东西的意识了。我出差前还整天陶醉于吮啮自己手指的馨儿，我出差回来后，不但能一把将一盆茉莉连花朵带绿叶扯个满手，还能跟别的小朋友争东西。因为没有抢到一个七岁小朋友手里的手机，大哭了一会儿。好半天，任我们怎么逗她，都不露笑容。妻子于是教育她说，不是所有的东西都能抢过来归自己的，比如那个手机，本来就是那个小朋友妈妈的，馨儿怎么能去抢呢？前天，妻子给馨儿奶奶买了一袋多种小吃，结果，被馨儿一把就夺了过去。

在弱肉强食的社会，从小培养一点儿争夺意识和能力，大概也是生存之道吧！

2014.08.11

20. 奶奶亲了

满半岁的馨儿，已经开始认生。有些陌生人逗她，她会友好地微笑，甚至舞动双臂，身体前倾，作投怀送抱状；有些陌生人逗她，她会漠然审视两三秒钟后，毅然扭转身体，不予理睬，甚至发出尖叫、大哭声，丝毫不留情面。

暑假中，接母亲到北京小住。进家门前，我忽然有点担心：万一馨儿对母亲有任何"见外"的表示，敏感、脆弱的母亲一定会感到伤心的。

已经年届古稀的母亲，一直居住在农村老家，一年到头根本闲不住。不但一有机会就到他人工厂里做工，为了赶活，经常做到深夜才回家休息；而且，旱地都留下自种（父亲去世后，水田都让给别人耕种了），蔬菜瓜果，一样不少。施肥挑水，都利用工余时间，起早贪黑，风吹日晒，非常辛苦。加上肠胃不好，许多食物她都不能吃。因此种种，母亲的相貌，清瘦，黝黑，显得苍老。直白地说，母亲缺少慈眉善目、和蔼可亲的视觉效果。

离开家，乘高铁，走访亲友，转飞机，三千余里长途奔波，从早到晚，严重晕汽车、晕飞机的母亲，在晚饭时分抵达我北京家中时，神情、脸色之差，不难想象。

但是，一进家门，没等我"馨儿，这是爸爸的妈妈"的话音落地，馨儿已经冲她奶奶发出了友好欢迎的微笑，很快，又张开双臂，从姥姥的怀抱投向奶奶。

从那以后，母亲在北京的半个月里，只要她伸出双手，馨儿基本上都是第一时间作出投怀送抱的回应。偶尔一两次没有回应，不是因为她刚睡醒，神情迷瞪，就是因为她困了，急于睡觉。这种时候，即使是爸爸妈妈索抱，也可能得不到馨儿的回应，甚至遭到扭身拒绝。

几天前，有位女同事得知我母亲来过北京，问我闺女让不让奶奶抱。由此展开话题，我才得知，颇有些婴儿，对奶奶并不友好。所幸，馨儿不是那样的婴儿。

身材瘦小的母亲，抱着胖乎乎、健康好动的馨儿，看上去，容易令人担心。仿佛，馨儿随时可能出溜到地上；或者，两人随时可能摔倒。但是，馨儿并不介意，想尖叫便尖叫，想手舞足蹈便手舞足蹈。我曾询问母亲"抱馨儿是否很吃力"，母亲很不服气，说我太小瞧她了。她反问道："要是连馨儿都抱不动，种菜时挑水施肥那样的重活是谁做的？那些工厂老板怎么会让我去做工？"她甚至说，论挑担，我的力气都不一定有她大。

父亲去世后，母亲生趣顿减。想起伤心事，或者生气的时候，会说些厌生弃世的话，令我心忧。那个时候，为

了劝慰她，我会跟她说，她得好好活着，将来我有了孩子，需要她帮着带。这一招很管用。一听到需要她带孙儿，她立刻抖擞起精神，变得乐观起来。

母亲一生，共生育过四个孩子（老二因病于七岁上夭折了），都是儿子。她认为，儿子长大后，都不懂得关心娘，不会帮娘做事情，陪娘说说话，还不如生女儿。说什么"生三个儿的哭死，生三个囡的吃死"（女儿逢年过节会给母亲买许多好吃的东西，因此母亲总有吃不完的东西）。听说我们生了女儿，她不但不失望，反而很高兴，连声说"生囡好""生囡好"，完全没有一般农村老太太重男轻女的思想。

这一次我从广东绕道回家，动员她来北京小住。她原本是不愿意的，说路太远，路费很贵。但是，说起馨儿，她自告奋勇，表示可以帮着带孩子，表示可以跟我来北京。但是，当我说馨儿有岳母在带，不需要她出力时，她又表示不想来北京了。最后下决心跟我来北京，可以肯定，她是想见见这个孙女的。当然，她之所以终于愿意来北京，还跟我妻子有关。她曾明确表示，如果是我叫她来北京，她不来，如果是我妻子她儿媳妇叫她来，她就来。

这一次邀请母亲来北京小住，的确是妻子的主意。她一方面觉得我们应该给馨儿尽量多的爱的教育，以后要尽可能创造条件，让馨儿多去老家住住，跟奶奶建立感情，跟她的堂姐堂哥多交往，学一点父亲家乡的方言，以便长

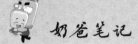

大后多一点乡土情怀；另一方面觉得我父亲去世后，我母亲晚年太孤单，儿孙辈绕膝陪伴，对她会有很好的安慰作用。她经常跟我和她自己的父母说，我母亲烧的豆腐、海鲜如何如何好吃，绘声绘色的，仿佛我母亲是一位民间的厨艺高手。

　　种种原因，母亲只在北京住了半个月，便被我送回老家去了。但是，我相信，除了我几次批评母亲使她感到很不愉快外，媳妇和孙女，留给她的都是不错的印象——得知母亲爱吃零食，妻子立即去超市买了许多小吃，果然都是母亲喜爱的东西。到火车站送行，她又不顾我的反对，给母亲买了好些小吃。可以预料，等馨儿稍微长大些，我们带她去老家，一定会受到母亲的热烈欢迎！

2014. 09. 07

南巡东游

21. 壮游

　　一般而言，生命的孕育、幼小时期，因为脆弱，最好是掬养于安静的状态，洁净的室内。不宜出门，不宜跋涉，不宜颠簸。总之，忌讳多多。我所知道的忌讳最甚的人，是一个同乡朋友的弟媳，孩子长到三四岁，都没有回过三四十里路外的老家。原因只是，路上有个几十米长的隧道。说是隧道磁场不利于婴孩智力的发育。

　　说来惭愧，生计所迫，我们孕育馨儿，几乎是反其道而行之。

　　孕育的早期，我们就"带着她"，四处奔波了。市内不远，但因为是"首堵"，只要开车出门，人在旅途的时间，动辄二三个小时，相当于长途跋涉。反倒不如去我们租赁的京郊农家院（山樱小筑）省时省力，虽然有三十多公里的路程，因为基本不堵车，四十分钟即能到达。自然，妻子怀馨儿的时候，山樱小筑我们是常去的。为了呼吸几口新鲜空气，为了看看乡村景色，放松一下心情。

　　那期间，我们走得最远的地方，是河北省张家口市宣化区。

　　那是去年十月初，看着朋友们利用假期四处旅游，在微信上晒各地美丽风景、美味食物以及各自美好心情。尤其是，小苹果一家，一放假就驾车漫游三晋去了。小苹果她爹不时在各景点作诗怀古抒情，图文并茂地发在微信上。妻子弱弱地提议，"我们也出去走走吧"。自然，孕妇这样的要求是不能拒绝的。我能做的，就是把车尽量开得慢一些，稳一些。

　　我们并非一开始就计划着奔宣化去的，原本只是说好沿着京西北郊区山麓地带，随便往北走走，根据孕妇身体情况，随时折返。过阳坊、流村、白羊城，进白羊沟，青山绿水，空气清新，感觉不错。上了那面有四五个急转弯的陡坡，进入号称"小西藏"的山谷路段，蓝天白云，秋高气爽，不由得心旷神怡。于是，我们继续前行，过了岔往长峪城的路口，到了以前到过的最远处镇边城。停车看了一会儿这座京西北著名的边关镇，妻子意犹未已，说是可以继续北行。

　　在一处有小规模长城遗迹的村庄（事后知道，村庄名叫横岭）停留片刻，拍了几张照片。然后，走走停停，逶迤而行，过了官厅。到延庆时，我提出了下一个目的地：鸡鸣驿。

　　鸡鸣驿我两年前去过一回，这次扮演推荐人兼导游角色。奇怪的是，长假期间，鸡鸣驿景区游人稀少，几乎可以用屈指可数去形容。缺少人气的鸡鸣驿，尽管古迹不

少，游览的兴致还是受到了影响。旅游景点总是这样，人太多，摩肩接踵，汗臭扑鼻，见人不见景，令人扫兴；人太少，满目冷清，仿佛景是被人遗弃的景，自己也是遭了流放的人，难免落寞。妻子认为，只有在一座龙王庙院子里小憩时，能看到较为完整的锥子形鸡鸣山，感觉还不错。

很难说是乘兴，是意犹未尽，还是天色尚早，妻子和爱坐车爱看山水风景的岳母都同意我继续向涿鹿进发的建议。涿鹿，这片传说炎帝、黄帝、蚩尤曾先后建邑的土地，这片黄帝部落与蚩尤部落曾经大战的旷野，对我有着巨大的吸引力。

遗憾的是，到了一看，涿鹿是一座面貌崭新的城市，除了新修的广场、三祖雕塑之类的景点景物外，没发现什么可藉以抒发思古幽情的古迹与古物。只有荒凉的远山、粗砺的原野，使人可以约略联想到上古面貌。

在涿鹿县城转了一圈，一行三人都表示不满意。因此，一致同意实施我筹划的下一个目标：宣化古城。

宣化现在是张家口市下辖的一个区，但历史上，当张家口还只是一个边境小小兵站的时候，它已经是府治之城了。几次去坝上张北县，乘火车或者汽车来回，路过宣化，总是能瞥见巍峨的城楼，有层城如画之感。因此，心里早就有到宣化一游的想法。

离开涿州，开往宣化的路上，有些大起伏的路段，行驶着许多拉煤炭的卡车，岳母和妻子说，像她们到处是矿区的老家，挺亲切。到了宣化，时近傍晚。找到古城，是一条无比热闹的步行商业街。冷清了一路的我们，顿时有重回温暖人间的感觉，心情大好。

　　逛了一会儿街，吃了几样地方小吃。缓缓爬上一家设在二层楼上的快餐店吃了晚饭。又到附近的人民公园逛了一会儿。夜色里，朦胧灯光下，公园有精致的小桥，宽阔的湖面，帘幕般的垂柳，感觉其风情韵致，即使是跟杭州西湖比较，也相去不远似的。

　　从公园出来，已经八点多钟。我的意见是，在宣化找个地方住下。但怀孕六个月的妻子坚持连夜回家。自然，孕妇为大。当晚十点多，我们才回到家里。

　　这一次的长途出游，我们事后说起，都有些后怕。去时的盘山公路，回程的高速公路，对于孕妇而言，都是相当凶险的。

　　尽管我们由此得出结论：我们的壮壮（馨儿胎宝宝时期的名字）是名副其实的。但是，从那时起，直到她出生，我们再没有作过那样的冒险，基本上都在市区活动，最远只到山樱小筑。每次过减速杠或拐弯，我都会把速度降得很低，小心翼翼的。

2014. 10. 17

22. 南巡东游

上一篇《壮游》中的"壮"并非"豪壮""壮举"之类的意思，而是人名。准确地说，是胎宝宝名。因为期盼宝宝健康茁壮地发育长大，妻子提议、我赞成，给出生前的馨儿取了个"壮壮"的名字。所以，"壮游"是"壮壮出游"的意思。

"豪壮""壮举"的游玩，当然是有的。不过，时间是在壮壮出生成为馨儿之后。

虽然老来得女，心里的疼爱可能会比较多些。但是，本性粗枝大叶，精细不起来，并没有把孩子当金枝玉叶养。

馨儿的第一次出游是在她满月那天。馨儿舅舅在航天桥附近的一家鲁菜馆子订了一桌以海鲜为特色的满月筵席，参加者除了我的一个学生，其他的都是家人。男女老少，其乐融融。但是，馨儿基本上都处于睡眠状态。

时值隆冬，京城一派清冷萧瑟景象。按理，筵席结束，应该尽快回家，回到有水电两种取暖设备、有空气净化器的室内。但是，我们意犹未已，竟然驱车四十公里，到山樱小筑待了一会儿。山村气温比城里低好几度，且未安装取暖设备，因此只待了一会儿。

这便是襁褓中的馨儿的第一次出游，京郊山村隆冬游。来回总行程接近一百公里。

自那次以后，家与山樱小筑之间来回行程七八十公里的京郊游，就成了家常便饭，差不多每个星期都有一次。

馨儿第一次离开北京，是五月初的天津之行。天津一家媒体邀请我去录制一个讲演节目，正好家人也有到天津一游的想法。于是，一家三人外加我的一个学生共四人，我做车夫，提前五六个小时，向天津出发。

不料，因为是周末，北京的交通情况很糟糕。正常情况不到半个小时的路，那天却开了近四小时！出北京上了高速公路，一路畅通，到天津也就一个小时。

刚过百天的馨儿，胖乎乎，面团团，一路上都在睡觉。但是，在我们停车游览意式风情街时，她及时醒来，瞪着乌溜溜的双眼，一脸呆萌，充满好奇地四处张望。结果，大受欢迎。一些外国年轻女游客凑过来跟她打招呼，拉拉她的小手，摸摸她的小脸，让馨儿享受了一把明星般的待遇。

我们到达天津的当天晚上，天就渐渐沥沥下起了雨。到第二天早上我们离津返京时，仍在下着。莫非，我家馨儿是个"雨女"？

虽然下着雨，返京的路却十分顺利，两个多小时就回

到了家里。

这一回的天津行，事后遭到了若干亲友的谴责：说我们胆子太肥，心太野，行为太鲁，竟然带着刚满百日的婴儿开车作长途旅行，而且走的是高速公路！

我们虚心接受亲友们的批评，自那之后一直没有带着馨儿开车去过外地。

但是，馨儿进入八个月的今年"国庆"假期，一次长途旅行在所难免。她舅提议，两家一起回河南探亲。这样的提议，我们必须响应。最重要的原因有两条：一是我跟妻子结缡两年多，一次也没有去过她的老家；二是妻子怀孕、生产迄今，岳母一直在我家照顾她，帮我们带孩子，跟岳父、她年迈的父亲一直处于千里离居状态。另外，妻子老家的众多历史古迹，尤其是关于诗圣杜甫的遗迹，我非常感兴趣。

而去河南探亲，最好的选择是自己开车去。乘坐高铁，行头、行李比较困难。两家两个孩子，尤其是我家馨儿，吃喝拉撒需要带的东西非常多。同时，假期出行，购买火车票也很困难。大人小孩一共七个，开两辆车有点浪费，且旅途气氛冷清。最后，馨儿她舅从哪儿借了一辆七座的别克商务车，大家同乘一辆。

这一回，我的安全防范意识有所提高。出发前三四天，经过反复比较权衡，从网上购买了一种车载儿童座椅。到货后，经过半天的琢磨，基本弄清楚了用法。但是，等出发前在车上安装好座椅，却发现一个大问题：不光是馨儿根本不愿意往上坐，我们也不忍心把她往座椅上放。除了不忍将她五花大绑捆在那儿，孤零零的怪可怜，更重要的是，担心馨儿太小（馨儿才八个多月，但座椅说明适合于九个月以上儿童），坐骨、脊椎根本无法承受长时间的颠簸。

最后采取的方法是：大人系上安全带后，抱着馨儿。问题是，跟上一回的天津之行不同，这一次，馨儿醒着的时候，能安静坐着的时间极少，大部分时间是要站在抱她的大人腿上蹦蹦跳跳，东张西望！一旦来个急刹车，后果不堪设想。

不知是由于刚放假，大家归心似箭，还是由于那天天气不好，阴霾较重，车出北京，在京港澳高速公路上，追尾事故特别的多。每次追尾，二三辆至七八辆不等。有些追尾，车辆毁伤程度相当严重，车头车尾都有被撞得面目全非的。两百左右公里的道路上，至少有七八起追尾事故。那些场景，看得我们心惊肉跳的。在嘱咐她舅小心开车的同时，我只有在心里默默祈祷：千万不要让我们遇到那样的情况。

八百多公里的距离，正常速度八九个小时就能到达。那天因为事故多，造成多次堵车。加上京港澳高速河北段在扩修，不少路段只留一个车道通车，邯郸之后干脆禁止通行。结果，我们走了十五个小时才到家。

高速公路上，有一个没有系安全带的八个月大的婴儿，时而在怀抱里睡觉，时而在腿上蹦跳……万幸万万幸，十五个小时里，我们没有过一次急刹车！

有了这十五个小时的经验与历练，我的胆子更大了。原本尚在犹豫中的大学同学济南聚会，我决定参加，驱车前往。

因此，在义马、伊川、洛阳盘桓两天，走了几户亲戚，品过当地名吃羊汤，访过妻子母校旧址，逛了杜甫到过的石壕村，看了李贺故里韩城。然后，我们一行五人（我要去参加同学会，妻子想去看看大明湖；妻子去，馨儿就得去；馨儿去，岳母就得去；岳母去，岳父就得陪着），从义马出发，经洛阳，过巩义，参观了南瑶湾村的杜甫故里。为了绕开在修路的京港澳高速路段，不想走大车较多的连霍高速，想要沿途欣赏一下太行山风景，因此，我选择的路线是：先向北到山西长治，折向东行，过邯郸、聊城，最终抵达济南。

这一绕道，就多出了一百多公里的路。快到晋城时一处隧道坍塌，下高速走了一段。结果，紧赶慢赶，到达济南时，已经是深夜十一点。

这一天的行程，大约有七百公里，都是由我一个人驾驶的。午后一小段时间有点犯困，其他时间都很精神。尤其是晚上，越开越精神，时速保持在120公里左右。我觉得，开通宵都不会成问题。可见，倘若我早年学车，有望成为一个出色的长途客运汽车司机。

整个行程，馨儿由妻子、岳母、岳父轮流抱持。开始的时候，馨儿认生，不让岳父抱。岳父给她吃了两块饼干后，就不再认生了。

济南的两夜一日，我只抽了五个多小时参加同学会活动，酒店晚宴加街边烤串啤酒聚会，其他时间，也就是一个白天，陪着家人逛了大明湖、趵突泉、黑虎泉。五人当中，仿佛馨儿最能领会泉城佳趣。只见她一路之上，吃着饼干，身体转动自如，手舞足蹈，双眸炯炯，嘴里不停地发出"哒哒哒……噗"之类的声音，唾沫横飞，四溅，仿佛趵突泉、黑虎泉，喷涌不止。从大明湖到趵突泉，到黑虎泉，大半天的时间里，未见她有丝毫的疲倦懈怠。馨儿在济南的活跃、兴奋表现，是空前的。我当时把它解释为：馨儿喜欢爸爸念过书的城市。

第二天早上临离开济南时我开车到母校转了一圈，其间，馨儿小朋友一直在呼呼大睡，一点儿面子都不给！

国庆假期的南巡、东游，都颇像《西游记》故事，去的路上挫折多多，返回之路平淡无奇。从北京到伊洛，目睹交通事故不下十起，而自伊洛回京，走大广高速，只见到一起；从伊洛到济南，太行山山道弯弯，有隧道封闭，而自济南返回伊洛，走菏泽、兰考、郑州，一帆风顺，中途还瞻仰了一下水泊梁山的寨门。没有三两三（时间紧迫），终于没有上梁山。

104

　　有了京豫八百多公里的经验，返回旅程的馨儿抱持也不成问题了。她姥姥不厌其烦地一再发出感叹："这孩子真是好孩子，不多事，省心。"想想也是，除了肚子饿哭叫，清醒时蹦跳，一周内三千多公里的汽车之旅、狭窄空间里无尽的颠簸，馨儿没有任何唧唧歪歪的时候。假如没有她的咿咿呀呀，咯咯而笑，呆萌百出，这漫长的旅途该有多么寂寞！

　　我精心挑选的儿童座椅，不但一秒钟也没有派上用场，甚至成了累赘。最后因为它，有个人不得不独自坐高铁回北京。等馨儿长大些，开车出门，我一定要让她坐到儿童座椅上！

　　馨儿跟着我们这样长途跋涉，毫无疑问，是非常辛苦的。但是，想起我自己，儿时的活动范围不超过五公里，直到高中毕业，到过的最远处不过是四十里外的县城。馨儿这样，未满周岁，已经走南闯北，日后说起来，也是一种不错的阅历吧。

2014. 10. 17

23. 耙耙挨骂了

不久前，北京雾霾严重到网络上微信中段子纷飞的一天午后，我抱着馨儿在海淀黄庄街边溜达。结果，遭到了一位素昧平生、满头银发的老太太的一通严厉批评："今天雾霾这么严重，还有汽车尾气，你竟然抱着这么小的孩子在这儿玩，赶紧回家去……"若不是跟老太太同行的女士拽她，催她快走，估计还得批评我几句。

事发突然，我的反应是两句事后想起觉得会令人莫名其妙的话："我也是没有办法，有家不能回啊！"等到老太太离去时，我生硬地冲着她的背影，喊了一句："谢谢您的关心！"

老太太的背影在我的视野中消失后，好半天我都没有回过神来。仿佛一支军队，意外遭到敌方突袭重创，溃不成军了。自我解嘲地对怀抱中的馨儿说："耙耙因为馨儿被老太太批评了。"馨儿正眼望街面愣神，一脸呆萌相，没有任何反应。

说实话，在老太太义正辞严批评我之前，我的心情已经有点糟糕。在人民大学附近街边抱着个婴儿，这是什么

形象，住在北京的人大概都知道。老太太的批评，无异于雪上加霜。

屋漏偏逢连夜雨，那天的郁闷事还没有完。两个小时后，我被停车场管理员笑嘻嘻地告知：有人剐蹭了我家车子的右侧前门，面积还不小。跟肇事者填写完交通事故快速处理单，约好定损、修理的时间地点。肇事者离去不久，我发现左侧后保险杠也被谁剐蹭了！

修车事小，无非是走保险，一个星期不开车而已。让馨儿跟我一起在严重雾霾的天气里，流浪似的徘徊于易滋歧义的京城街头，呼吸着有毒的空气，遭受他人善意的谴责，心里实在不是滋味。

将来，馨儿长大后，万一京城不再有雾霾天气，她不知道 PM2.5 是个啥玩意，跟她讲起这件往事，她很可能像听童话故事一样，表现出根本不以为意的洒脱和大度。不以为意，自然也就无从宽恕。我呢，大概也只能像鲁迅先生在《风筝》一文末尾所说的那样，"我的心只得沉着罢了"。

为了避免那个时候的惆怅，现在必须写出我的"没有办法"和为什么"有家不能回"。

这得从馨儿姥姥我岳母说起。

妻子怀孕以来，岳母就来家里照顾她，料理一切家务。馨儿出生后，她既是全职月嫂，又是全家保姆，做饭、洗衣、打扫卫生，基本上都是她的职责。一年半来，她只中间因事回老家待了三四天，根本没有歇息的机会。终于，因为劳累过度，"国庆"长假期间，多年未犯的淋巴结炎复发了。

长假结束，从河南老家回到北京。我和妻子几次要带她去医院看病，岳母都以老毛病吃点药（假期从老家买了些中西药）就会好为由拒绝了。但是，几天过去，我们看情况未见好转，便利用我没有课的一天，硬是带她去了海淀医院。

妻子带岳母去医院，留我和馨儿在家，由我独立照看馨儿行不行呢？这有相当的困难。冲喂奶粉我能胜任，换尿不湿、把屎，我一定会手忙脚乱的。因为，几乎没有独立完成过。虽说馨儿身体皮实，没有莫名其妙的哼唧哭闹，不无理取闹，是个比较省事的孩子，但是，她也是很有性格脾气的小朋友，有理时很会闹人。最近，给她穿衣服，她都会抗拒挣扎，不愿意穿尿不湿；肚子饿了，会瞬间哭声大作，刻不容缓；抱着她时，不允许坐下，必须站立、走动，她自己则身体 360 度无死角灵活自如转动，到处寻找玩具，随时向目标物投身扑去……带馨儿是一件非常考验体力的事情。我承认，自己不是一个称职合格的奶爸。昨天路上想出两个句子，"外面世界精彩如许，不如回家抱抱闺女"。说给妻子听，她的评论是："说得很好，做得一般。"

岳母作为跟馨儿待在一起时间最久的人，当然愿意馨

儿跟着去医院；妻子其实也愿意随时可以看到馨儿。于是，我们决定，带馨儿一起去医院。相互安慰说：做个身体检查，时间不会太久的。

到了医院，看着许多进进出出的人一脸病容，咳嗽声不绝于耳，我们决定不带馨儿进去，由我带着她，待在车里。

本以为，我带着馨儿在车子里等她们一会儿，很快就可以回家了。不料，等了一个多小时都不见人影，打手机又不接听。馨儿不愿意继续待在车里。医院停车场尚算开阔，却也无甚可供馨儿赏玩之物。无奈，我只好抱着她四处转悠。先是在停车场范围内转。停车场转腻了，就往北边新中关购物中心方向转。看着街上来来往往的男女有不少人是戴着口罩的，目睹他们匆匆的行色，漠然的神情，想起那里离人民大学很近，我忽然感觉不自然起来，快步向新中关购物中心走去。先在大厦外的长椅上坐了一会儿，然后走进商场。

商场内一个有喷泉的金鱼池边长椅上，成了我有效的歇脚地，因为馨儿在那里找到了她无尽的乐趣：趴在栏杆上出神观察喷水，咿咿呀呀，仿佛自言自语，仿佛跟金鱼对话；转身冲着经过的人，手舞足蹈，像是表演节目，像是分享快乐。时而面朝水池，时而面朝行人，圆转自如。要不是妻子来电话，至少还可以待上一个小时。

以为检查完毕，可以回家了。不料，那只是等待验血结果。结果得半个小时后才出来。岳母没有食欲，坐在车里休息，我和妻子馨儿去附近饭馆简单吃点午饭。饭后妻子领着岳母进去看结果。在她们进去一个小时没有音信的情况下，我抱着馨儿重复上午的路线，在停车场转悠，出停车场往新中关购物中心走……老太太的严厉批评就发生在我们去往购物中心路上的街边小憩！

遭批评后，我只好抱着馨儿原路折回停车场。停车场无法让馨儿感到安静，只好进医院找她妈妈和姥姥。陪着她们交费，取药，去打吊瓶。车子被剐蹭，就发生在这期间。

我当然清楚，不厌其烦，记下这流水账，于人，无益；于己，也不过是记录了乱麻般生活状态的一个平凡情节。有过类似经历的朋友，或许会报以同情的一笑。如此而已。

2014. 10. 24

24. 站立起来了

　　馨儿在她出生十个月零几天的时候站立起来了！毫无疑问，在馨儿的人生道路上，这是一件具有里程碑意义的事情。十月怀胎（实际上只有九个多月）来到人世，十个月的人世历练学会了站立。馨儿的头两个十月，意义非凡。

　　馨儿学会站立，当然不是朝夕之功。在此之前，曾有个"预科"时期，主要是攀爬练习和蹦跳练习。攀爬练习是她人生最初的体育运动，基本上已经成为过去式了，这里主要说一说蹦跳练习。

　　蹦跳的具体情形是，在大人双手叉腋的扶持下，馨儿以大人双腿为蹦床，上下蹦跳。这样的蹦跳，馨儿大概不会很累。因为，她实际上只是做一下蹦跳的架势，主要的体力活，托举，是由大人帮她完成的。这很像芭蕾舞，男角干的是搬运工的体力活，需要使出吃奶的力气；而女主角，只须负责比划双手，抛撒眼神，展示优雅。

　　有种说法，婴儿骨骼发育尚未健全，倘若由着她们着力蹦跳，双腿很容易长成罗圈状。一万个不愿意馨儿长成罗圈腿的她姥姥、麻麻和我这个耙耙，当然只有尽力把芭蕾舞中的搬运工角色扮演好。在馨儿一矮身的瞬间，就做好托举的准备；只要馨儿兴致未尽，我们就托举不止。通常，每轮托举，在十至二三十下不等。由于馨儿要求的蹦跳频率快，幅度大，通常一轮下来，力气小一点的，或者缺少锻炼的，就可以有双臂酸麻、额头沁汗的效果。

馨儿的蹦跳阶段，持续数月。这期间，她的体重从五千克增加到了十千克。不用说，托举的劳动强度，与日俱增。我只好以"抱犊跳沟"的寓言宽慰家人，说没准我们都能像寓言中每天抱着小牛犊来回跳过一条水沟的主人公，随着小牛犊的一天天长大，力气也于不知不觉间增加，最终练成能怀抱大牛轻松跳过水沟的绝世功夫，跻身武林高手行列。

馨儿的跳跃阶段，疲惫至极时分，我曾暗自期盼：等到馨儿能够站立，我们便可以从这繁重的体力活中解放出来了。

果然，馨儿自从第一次扶着物体颤颤巍巍站起来后，就对蹦跳兴趣大减。她很少再蹦跶了。最近一段时间，随时随地，她都在寻觅可以扶着站起来的物体。沙发靠背、柜子、小床围栏、大床护栏、大人支棱起来的臂弯和膝盖，都是她站立的辅助物。当然，她最喜欢的物体，要数带层级或者抽屉的家具，站立的同时，可以逐层翻检，触摸、扯出种种意想不到的新鲜玩意。因此，客厅里的电视

机柜和书房里的书桌便成了她最喜欢的站立辅助物。

最无辜、可怜的是我书架上的书籍。只要是在馨儿伸手可及的范围，稍不留神，就会被她一本本抽出来，扔到地上；或者一扯三四本，纷纷坠落。管它是古代的经史子集还是当代的学术名著，都难逃她小人家一双如风小手的拨弄，散落在地。没有被她撕成一页页如蝴蝶飘飞，或者入口咬啮化为纸浆字饼，已经是它们的侥幸了！

馨儿能站立之后，臂膀的劳役免去不少，但眼睛的差事陡然增加。只要一两秒钟的游移他顾，馨儿就可能将自己置于惊险边缘。碰了，磕了，卡了，甚至翻身出栏，一切皆有可能。站立不稳如"隔壁吴老二"的馨儿，其动作的幅度和破坏的能量，已经相当可观。

一本外国人写的育儿书上说，馨儿这个阶段的婴儿，逗弄和激怒大人都是他们了解人际关系的重要方式。作为家长，该如何应对，是我当前面临的一大重要课题。严加管束吧，怕不利于她身心的健康成长，将来产生自卑怯懦的心理；放任她淘气吧，又担心她真的发生危险，造成难以弥补的伤害。作为她的父亲，我深深感觉到，在独裁专政与民主自由两种风格之间，抉择是件难事。

学会站立没几天，馨儿突然有了用手指示目标物的动作，且能立即加以频繁、熟练的运用。指东打西，俨然战场上指挥若定的将军。

不知道两者之间有无因果关系，能扶着物体站立起来的同时，馨儿于自我权利方面的要求也骤增了，而且指向明确，不容商榷，难以糊弄。仿佛向我们宣告：站立起来的馨儿，要从此当家作主人了。比如说，护肤品她要抢过去用口腔进行探索，电视机按钮、电脑键盘她要伸手去拍打或敲击一番，影碟机的光驱她要将手指塞进去看看里面藏着什么好玩东西，诸如此类，层出不穷，防不胜防。稍不如意，馨儿就会立即发出响亮的抗议声，决不保持沉默。

据妻子报告，馨儿昨晚已经能双手离开辅助物"走两步"了。接下去她会有怎样的权利要求和破坏能力呢？我有点儿担心，同时有点儿期待。

2014. 12. 14

25. 我们的 2014 年

回顾与展望，是成功人士的年终必修功课。看着朋友都在热火朝天地公开盘点各自丰富多彩的 2014 年，我也仿佛腊月的萝卜——冻（动）了心。可是，尽管这一年里我也去过一些好玩的地方，看过一些好看的风景，吃过一些好吃的美食，读过几本有趣味的书籍，写过几篇自认为有想法的文章，比起我的一些游贯中西、学通政经、吃遍参鲍……的高大上朋友来，却不免寒酸。于是，不好意思说出来，更不好意思写下来。几次打开电脑想动笔，都突然间没有了效颦的勇气。

就此作罢，却心有不甘。

隔壁房间传来闹觉的馨儿一声清脆的"啊——"，如同暗夜的一道闪电，照亮了我的写作页面，使我顿时有了回顾一下 2014 年的信心。2014 年 1 月 22 日出生的馨儿，到今天已经十一个月零九天了。减去十余次、每次三五天到外地出差，基本上，我每天跟馨儿待在一起的时间都有一两个小时。抱抱她，夸夸她，逗逗她，偶尔喂她奶粉，偶尔给她换尿不湿，偶尔开车带她到郊区到外省转转，隔三差五写篇"奶爸系列"。庶几乎，我可算是陪伴她成长了吧。

陪伴的过程，囊括了人生况味的 AB 两面：既辛苦又快乐，既烦躁又温馨，既觉其漫长，又觉其短暂。

常言道："把某甲的快乐建立在某乙的痛苦之上。"其实，这是合乎逻辑的。有人快乐，就得有人痛苦。正如育儿，有人快乐，就得有人辛苦。馨儿是一个精力过人的孩子，每天十来个小时睡眠之外，不是吃喝拉，就是撒欢了玩儿，蹦跳，攀爬，少有文静的时候。十个月的时候，我们还担心，馨儿不会往前爬，对智力开发不利。不久前的某一天，她突然间就掌握了这门技术，并且立即臻于熟练。"噌噌噌"，瞬间就能爬得老远。会爬之前，放几个大枕头，便可以将她圈住。会爬四五天后，她已经能轻巧地翻身过去。同事送的床围，对馨儿而言，不是防护栏，不是隔离带，而是秋千架，随时都有纵身飞越的感觉。即使是抱在怀里，馨儿也决不令人省心。她是自由转体 360 度无死角，随时探身近 180 度不含糊。抱馨儿，不像一般意义的抱孩子，更像杂技演员表演高难度杂技。对于她姥姥、她妈妈和我这几个非职业杂技演员来说，无疑是极大的挑战。自然，最大难题是晚上哄馨儿睡觉。十一二点，岳母和妻子已经困得睁不开眼睛了，而馨儿尚处于亢奋状态，以"上房揭瓦的架势"爬床头，摇晃床围，身体探过床围去摸空气净化器，抢大人手机玩，要求大人抱着她在

家里各处转悠。种种辛苦，不足与外人道。自然，馨儿给予我们的快乐也是难以言表的。招牌式的微笑，羞赧表情，有求于人时的投怀送抱，最近无师自通的摇头、挥手再见和拍手、拜拜（恭喜发财），和着音乐扭动身体……各种憨态可掬，令人解颐，令人心甘情愿地做馨儿的婢仆，听候她的差遣，指哪打哪。

馨儿是个讨人喜爱的孩子，常会有陌生的叔叔阿姨爷爷奶奶送她礼物，有玩具，也有食物。毫无疑问，她是我们家的开心果，只要她在，家里就会充满笑声，气氛相当温馨。说实话，如果我是一个普通上班族，我愿意把业余时间全部用来陪她玩。但是，备课、读书、给报刊专栏供稿、为了应付朋友们的索字练习书法，我永远有做不完的事情，经常有迫在眉睫的"债务"，心情不免烦躁。因此，我的身心经常处于矛盾的状态中：是陪馨儿玩呢，还是读书写作练书法呢？这是一个非常棘手的问题，难度约等于丹麦王子哈姆莱特的"To be or not to be"。

全天下的孩子，都是"一把屎一把尿"拉扯大的。换言之，每天都有料理不完的吃喝拉撒睡的繁琐事情。给她洗脸、洗澡、换衣服、穿袜子、换尿不湿，她永远持不合作态度。当我们困乏得人仰马翻、眼皮粘胶时，馨儿却手舞足蹈、口中不时发出嘹亮的抗议声。这个时候，我们会深深觉得，培育孩子真是一个漫长的过程。但是，看到孩子所有曾经萌翻我们的表情，在一点点改变，新技能不断表现出来……感到有趣的同时，内心却有着道不尽的不舍与无奈。孩子的成长过程，一切都是不可逆的。比如说，今晚，在大家都吆喝着安排跨年节目的时候，我却突然非常怀念三四个月的馨儿。那么小的婴儿，居然深夜不睡，等着从外地出差回来的我，躺在我的怀里，咿咿呀呀，对着我说一些我根本不懂的话。

今天，2014 年的最后一天，妻子用手机给馨儿拍了一张好照片：午后的阳光里，馨儿白皙细嫩的肌肤，透明似的；加上她无邪而略带羞涩的笑容，真是明艳照人。妻子一如往常，又情不自禁地发出了"有女如此，夫复何求"的感叹。无所"求"，"给"却是无穷无尽的。从今往后，入托，上学，工作，恋爱，结婚，生产……孩子需要父母操心的事情，真不少。

人来到世间，只要活着，辛苦、烦躁是无法摆脱的，日子会一直显得很漫长。但是，随着时间的流逝，回首往事，我相信，留在心里的，将主要是快乐和温馨，我们会觉得世界走得太快了。忍不住会像浮士德博士那样喊一句：世界啊，你真美，请等一等！

2014. 12. 31

26. 会打电话了

不久前，馨儿麻麻对我"奶爸系列"的写作，提出了批评。她说："你不能一味地做赞美派，你的文章里，馨儿可爱聪明，全都是优点，一点儿缺点都没有，读者会反感的。"我承认，她说得很对。作文之道，应该是欲说还休，欲擒故纵，明贬实褒，一味地歌颂，容易使人产生逆反心理。

但是，要想落实在行动上，有一定难度。比如妻子本人，在歌颂馨儿方面，一点都不比我落后。有一阵子，她热衷于描绘馨儿的相貌，"黑黑的头发，圆圆的额头，弯弯的眉毛，大大的眼睛，长长的睫毛，亮亮的眼珠，翘翘的鼻子，小小的嘴巴，白白的牙齿，尖尖的下巴，嫩嫩的皮肤"。一天好几次，不厌其烦。当然，随着时间的推移，馨儿的相貌发生变化，她的词语、句子也会有所调整，增添。但描述的结束语，总是一样的感叹句："有女如此，夫复何求！"

馨儿当然是有许多缺点的。早些时候，给她洗脸、擦鼻涕、掏鼻屎，都跟我们要谋害她似的，大声尖叫，双手乱舞，浑身挣扎。最近这方面略有好转，但是给她穿衣裤鞋袜、戴尿不湿，她仍然会进行强烈的反抗。近期比较令我们头疼的事情是，晚上十一二点，馨儿玩耍兴致十足，到处攀爬，大呼小叫，不肯睡觉。她姥姥、妈妈都已经招架不住了。我虽然比较能熬夜，但读书写字作文章的时间被她挤得所剩无几，也有苦难言。

现实生活中，我们当然会对馨儿的上述表现提出批评。会告诉她，小朋友要讲卫生，早睡早起身体好，等等道理。但是，煞有介事地写进文章，进行批判，似乎没有必要。这是生命成长过程中的一个必然阶段，心智未开的婴儿都这样，且于他人、社会没有危害。

歌颂是危险的，危险来自歌颂对象的复杂性和多变性。比如一个成年人，他做了一件事情，你觉得好，于是写文章加以歌颂。可是，事实上很可能并不如同你所想象的，动机并非出于善意，过程跟他本人描述的有出入，效果并不全是良性的。此外，这个人可能在别的时间、场所，干过不少坏事，是个坏蛋。你歌颂他，就等于欺骗了不明真相的大众。还有，这个人在你歌颂他之前，可能的确没有干过坏事。但是，自从你歌颂之后，因为身份地位发生了变化，堕落了，干出了一系列的坏事，使你从前的歌颂变成了事先传播的谎言。世上的纸张都是两面的（认真说起来是六面，上下两面加四个边），哪能只有伟大光荣正确一个面的！

相比较而言，歌颂一个死者是比较安全的事情。原因有三：一是因为，他已经变成枯骨，化为灰烬，干不了坏事了；再者，因为人们对死者普遍比较宽容，不会跟他们计较什么；三是因为人类普遍有敬畏鬼神的文化传统，说什么死者为大。因此，追悼会上的悼词，追思会上的发言，总是充满溢美之词，人人都是歌颂者。但是，这也远非绝对安全之事。原因在于，人类有记忆，其中仇恨记忆又特别能持久。因此，盖棺往往并不能论定。掘墓鞭尸，挫骨扬灰的事情，历史上也时有发生。

我认为，世上唯有歌颂婴儿，尤其是会说话、走路之前的婴儿，才是一件真正没有危险的事情。撇开人性本恶、本善的哲学争论不说，至少可以肯定一个事实：婴儿心智未开，身体柔弱，她们的活动范围，基本上限于家庭之内，她们的能力不足以对他人对社会构成任何伤害。至于她们长大成人之后犯罪，那是家长和学校教育不当、社会环境浸染所致。无论如何，追溯不到她们的婴儿时期。

当然，最重要的，并非安全的问题。而是，婴儿身上，的确有值得歌颂的东西，那便是：她们日新月异的进步。常言道，活到老学到老。其实，人生的不同阶段，学习的态度、精神和速度，大相径庭。婴儿阶段是人生学习的鼎盛时期，饮食、爬行、起坐、礼仪、语言、行走、奔跑，诸多技能，都在短短的一两年时间里学得有模有样，成绩斐然。婴儿学习时那认真的态度，不知疲倦、锲而不舍的精神，令人感动；婴儿的学习，进步神速，往往出人意料，令人惊喜。

说到馨儿，她的心智、体能未必比同龄（月份）的其他婴儿出色。但是，在我们看来，她已经很了不起了，足以令我们为她感到自豪。远的不说，单说眼前。在她刚满十一个月的这十余天时间里，她就先后掌握了如下技能：摇头，挥手，拍手，作揖。

一天，馨儿对着镜子摇头，被妻子看到。于是，做出摇头示范，馨儿马上跟着摇头。一天之内，馨儿就进步了：不必示范，在她清醒、心情不错时，只要对她说声"摇头"或者"头"，她就会笑着摇头。

以前跟她道别，她会在表情、身体上有所表示，不高兴了，转身，或者身体前倾。不久前某一天，当有人对她说"馨儿再见"时，她忽然伸出手臂挥动起来。我们以为是偶然现象，当即试验，结果是屡试不爽，证明她的挥手，的确是道别的意思。

拍手、作揖的动作，跟挥手道别几乎是同时掌握的。刚开始的时候，她跟复习似的，不时会把挥手、拍手、作揖和稍早学会的摇头，连在一起，做上一遍。

昨天晚上十一点过了，馨儿在我的书房里，席地玩耍。从书桌抽屉里翻出一张上边印满了文字的纸。见她用右手食指指点着其中的阿拉伯数字，我以为她是无意地乱指，未加理会。但是，她一再指着，似乎是让我看。我于

是念了一遍，"400－832……"这时，奇迹发生了：只见馨儿把这张纸举到右耳朵边，做出接电话的样子！

　　我不相信她会懂得那是电话号码，会是接电话的动作。于是，在她放下那张纸后，比划出打电话的动作，装作打电话给她，"馨儿，你在哪里呀？"没想到，她马上拾起那张纸，放到耳边，冲着我乐。我重复了四回，回回如此。其中最后一次，那张纸不知扔哪儿了，她拿的是两张扑克牌。基本可以确定，馨儿知道那串阿拉伯数字是电话号码，懂得接电话的大概样子。

　　今天早上，我们又检验了一下，给馨儿真的手机，让她"给麻麻打电话"或者"给粑粑打电话"，她每一次都是先用手指在屏幕上指指点点，应该是拨号；接着，就把手机举到耳朵边，做出打电话的样子。整个过程，一本正经的模样，令我们忍俊不禁！

　　出生十一个月零十一天，尚未学会说话，还不会走路的馨儿，已经有这些聪明伶俐的行为，作为父母，我们很知足，我们爱她没商量！

2015.01.04

27. 过周岁

　　婴儿的第一个生日是值得纪念的。因为，它对婴儿而言，是一个变化的节点；对父母而言，也是一个容易感慨激动的日子。婴儿满周岁时，能倚坐，能站立，能饮食，能哭笑，生动万状，惹人怜爱。不像"百岁"时，多数时间处于睡眠状态。

　　馨儿周岁生日，早上在她起床不久，我们给她安排了"抓周"活动。临时凑了如下八样东西作为馨儿抓周的道具：书本、毛笔、印章、银行卡、金色钥匙扣、钢笔、勺子、橘子。在馨儿的主要活动场所——大床上，为使道具更加醒目，先摆上两个深色泡沫垫子，再将道具一字排开。馨儿开始抓周前的刹那，我有点担心，她会不会对这些道具都不感兴趣，扭头去玩别的玩具，或者要求离开卧室，像往常那样，用手指着要求去巡视厨房和卫生间。这个担心当然是多余的。屁股才一着床，身体就往前挪移，她马上充满热情地投入到了抓周的活动中。后来，妻子回放手机拍摄的视频，发现一个细节：被放到床上的瞬间，馨儿两手同时捏放两下。用形容成人的词语，这叫摩拳

擦掌！

馨儿首先伸手抓的是金色钥匙扣，但是，把钥匙扣拉到脚边时，她停住了手。巡视了一遍面前的所有道具后，再一次拿起钥匙扣，把玩了一会儿。接着，依次是钢笔、勺子、橘子。其中钢笔、橘子都是象征性地把玩一下，随即弃去，勺子停留在手里的时间稍久。然后是毛笔。抓过毛笔之后，馨儿表现出了异常的兴奋。先是骄傲地向我们展示一番，然后在泡沫垫子上、床单上、橘子上，神情专注地做起了挥毫的动作；坐着挥毫不够，就站起身来，手扶围栏，颤颤巍巍走到床头，在空中，在墙上，在空气净化器上，有模有样地挥毫写字。诸般动作之后，提笔而立，踌躇四顾，俨然书画大家一枚。玩过毛笔，馨儿又礼节性地拿了一下玉石章料。最后，拿过银行卡，笑着冲我们挥手。

因为预约了打防疫针，馨儿麻麻这时便宣布：抓周活动圆满结束——她接受了我的文雅说法，大声宣告："礼成！"事后我们分析，如果不是急着去打预防针，没准馨儿会翻翻书。平时，翻书可是馨儿喜欢的一件事情。她常常把我的书从书架上一本本扯下来，翻一翻，然后扔在地上，直至扔得满地都是。

对于馨儿的抓周表现，她麻麻做出了结论性的阐释：馨儿长大后要做有文化品位的土豪！我认可她这个阐释，我岳母却不认可，说"土豪是坏人，不好"，要求换个词

125

儿。这引得我们一阵大笑，笑她落伍，不懂"土豪"这个词儿现在的意思，思想还停留在"打土豪分田地"的年代。我把馨儿抓周的照片和她麻麻的阐释发到微信上，朋友们纷纷点赞，祝贺馨儿生日快乐。鲁迅《聪明人、傻子和奴才》一文中说真话的傻子和打哈哈的聪明人，一个也没有。我的朋友圈，都是有礼貌有教养的温和人士，这是极好的事情。呵呵！

　　早在数月前，先后有两位土豪朋友跟我打招呼，如果我们准备为馨儿搞周岁派对，一定要事先通知他们。他们的意见是，得好好搞搞。他们表示，再忙都会抽出时间参加。但是，我俩都不是爱热闹、喜欢兴师动众的人。所以，只是极小的范围，在浙江大厦的老家风味餐厅订了一个小包间，陪馨儿过了个简单而温馨的夜晚。刚进包间时馨儿有点羞怯，但很快，这羞怯感便在众人和颜悦色的逗弄和食物的美味中烟消云散。山东煎饼、白米饭、蛋糕奶油、水果，二三个小时里，小嘴就一刻都没有停歇过。自然，馨儿也没有让我们失望。招手，摇头，打电话，憨态可掬，萌态百出。在这里，我要替馨儿向参加她周岁派对的奶奶、叔叔、阿姨们表示感谢！感谢他们百忙当中，抽出非常宝贵的几个小时，参加馨儿人生的第一个聚会，使馨儿有了第一个美好的生日之夜。馨儿是下午六点差七分来到人间的，派对六点半开始，衔接得相当紧凑。其中一对叔叔阿姨，虽然家离饭店很近，但为了预防堵车误点，

早早就从家里开车出发，结果，四点半就到饭店了，在楼下咖啡厅足足等了两个小时！

身为奶爸，给馨儿过生日，我最大的感受是：周岁生日，真的有别于寻常日子。它是孩子成长的一个节点，节前节后大不一样。

节前，馨儿不时会对我做出一些亲昵举止。久别重逢时急不可耐的投怀送抱，困倦时的把头紧紧依偎在我肩胛处，把她正吃着的食物分一点儿递到我的嘴边跟我分享，将她沾满了口水的手指伸进我的嘴巴表示亲近，拽我的腿毛，这些小动作，都令我感动。但是，节后，第二天，她便有了若干更加令我感动的新举止。刚睡醒时，会爬过来，把小脸在我肚子或者胸口上躺一会儿；偶尔会停下她的游戏，忽闪着她长长的睫毛，点漆一般的双目，认真地注视我几秒钟。节后第三天早上，馨儿不小心把她的玩具掉进了床边玩具堆中，我为了替她捡回玩具，没有掌握好重心，身体差一点儿栽倒在玩具堆中，动静不小。馨儿见状，立即大放悲声，眼泪如同两串断线的珍珠，吧嗒吧嗒往下掉。我当时那个感动，根本无法用语言表达！

第一时间，我对馨儿哭泣的解读是，她看到自己亲爱的父亲摔倒的样子，由衷地生出了怜悯伤感之情。我曾不止一次亲眼看到，一些婴孩在看到自己父母摔倒出糗时，拍手大笑。馨儿麻麻听说此事后，也不太认同我的说法，认为还有两种可能：一是馨儿被当时的情形或声音吓着了，她是害怕；二是馨儿觉得是她自己的错误造成粑粑摔倒的，内疚自责。当时在场的岳母认为，馨儿的表情，没有害怕的意思。我也认为，内疚自责，馨儿的内心世界应该还没有如此复杂。

我的感动，可能跟年龄有关。如晋人王羲之所言，人到中年以后，容易伤感。老来得女，未免想得多一些。此外也跟这几天重读张承志的小说《北方的河》有一定关系。《北方的河》中，男主人公横渡黄河，把浑浊湍急的水流比作父亲的爱，感受他从小缺失的父爱的博大深沉；女主人公在十二岁上父亲被红卫兵打死后，怕母亲身体承受不了，以她弱小的双手给父亲擦去脸上身上的血迹……看得我暗自流了不少眼泪！

馨儿长大以后，可能不会记得这一幕。但是，她当时悲伤的样子，已经深深地镌刻在了我的脑海里。

我有个明显的感觉，比起从前，周岁之后，馨儿变得更加文明，更加文艺了。随着岁月的流逝，心智的逐渐成熟，肢体、语言表情达意的日渐丰富与清晰，馨儿今后一定会有更多令我感动的言行举止。用心伴随自己的孩子一天天地长大成人，这是世上最幸福的事情！

在这里，我能说的，却只是一句平淡无奇的套话：

祝我们的宝贝女儿成长快乐！

2015. 01. 25

28. 下江南

返京路上，进入河北沧州境内，馨儿外婆忽然发表感慨道："这次游览江南，要不是带着馨儿，肯定没这么有意思。"

来回八千里路，我们的分工，出发前馨儿妈妈就参照《西游记》作了分派，大致是：我是孙悟空兼白龙马，负责开车；馨儿外公是沙和尚，负责行李搬运工作；馨儿外婆是猪八戒，抱持馨儿，给馨儿喂食，换尿不湿，这些苦差事，多是她的；派活的馨儿妈妈是唐僧，比较轻松，哺乳之外，负责导航。最辛苦的馨儿外婆，有一句话，她说了无数遍："这娃子真是好娃子！"馨儿对她而言，不但不是负累，反而是开心果。我开玩笑提议，回京后得搞个庆功宴，庆祝我们历时半月、行程八千里的自驾车江南行平安归来，我推荐馨儿荣立一等功。大家闻言，纷纷表示赞同。

有位一直关心着我们行程的朋友，在微信里问我：这一路长途跋涉，馨儿没有意见吗？我猜测，这句委婉问话的潜台词是：你这么折腾，馨儿受得了吗？

这里我要认真地告诉她和所有关心我们的朋友：馨儿

不但没有意见，反而相当享受。

从北京到我们此行的目的地，浙江临海，地图上查，有 1500 多公里。但实际上，因为路上要住宿、游览，行程要长出不少。根据仪表盘里程数字显示，来回正好 4000 公里，8000 华里。为了照顾馨儿，每天都是在她早上八九点钟自然醒后，洗漱吃饭，然后整装出发，继续登程，或者去游览。但是，路途还是相当辛苦的。北京出发不久，在天津河北交界的唐官屯收费站堵车近四个小时。为了赶路，多次行驶至晚间八九点钟，车窗外一片漆黑。第二天，一直从山东滨州开到苏州，近 900 公里的道路，有泥泞颠簸的山路，大部分路段雨雾交加，能见度非常低。返回的时候，镇江以南不少路段都下着雨，黑云压城城欲摧的景象屡次出现。在江苏境内，快到镇江时，还遇到了冰雹和鹅毛雪花。总而言之，多数路段，窗外根本无景可看。

但是，整个行程，馨儿并没有表现出任何的不适、躁动、闹嚷。坐在车里，对成人而言，都是一件相当压抑烦闷的事情。这大概可以用"有其父必有其女"的理论予以解释。既然馨儿她爸可以夜以继日全天候驾驶，馨儿也可以昼夜全天候乘坐。

馨儿在车上，岂止不躁动，不闹嚷，饿了吃喝，困了便睡，憋了便尿、便拉，什么也不耽误。正咿呀学语的她还能不时发出一些音节，让大家开心，兴奋。有清晰的

"mama"，不太清晰的 "baba"，有半清晰半含混的
"babamama" 或 "mamababa"，叫我们闻之喜悦，忙不迭
抢答。有时候，馨儿看见窗外什么景物，或者听到节奏强
烈的音乐，她会手指口言，手舞足蹈，也令我们迅速作出
各种猜测，跟着她欢欣鼓舞。有时候，馨儿于安静的呆萌
状态忽然发出一串类似感喟或似有所悟的音节，令我们意
外之余，忍俊不禁。因为大便干燥，馨儿默默努力，神情
专注，一脸严肃认真的模样，也会成为我们漫长旅途热烈
谈论的话题。喜爱、心疼之情，溢于言表。

在景点游览，馨儿对红花绿树、飞鸟鸡鸭、小狗小
猫、同龄小朋友都饶有兴趣，伸手指点，张口发声，双眸
放光，咧嘴微笑，探身欲往，各种生动行为，趣味横生。
馨儿面对陌生人，已经知道害羞。但是，遇到同龄小朋
友，多数情况下，她会在我们的小声提示下，挥手打招
呼，令我们感到自豪。整个行程，无论是晴天还是雨天，
每一个景点，馨儿都能发现有趣的景物，表现出浓厚的兴
趣。这让我们觉得，每一个景点都是有意义的。一般情
况，馨儿都会在到达景点的瞬间醒来，参加游览。但是在
镇江西津渡古街和北固山景区，她都没有及时醒来。因
此，都只能由一人抱着，继续待在车里睡觉。但是，这两
个我们觉得不错的景点，她都在后半段醒来，游览一会
儿。北固山我从前到过两回，他们都是第一次。所以，留
在车上照顾馨儿的任务，由我承担。但是，半个小时后，

馨儿睡醒了，小雨也停了。于是，我抱着她买了张票，用二十分钟左右时间，迅速逛了一遍主要景点。我边走边给她讲解，馨儿或微笑，或手指，或出声，都有所回应，使我觉得她能听懂一些我的话。在多景楼，遥望京口瓜洲一水间，一阵江风迎面吹来，馨儿倒吸几口冷风，唏嘘有声，但面部表情坚毅。那一瞬间，我有点感动，为了刚满周岁的馨儿能够表现得如此勇敢。

这一趟八千里江南行，适逢馨儿人生的一个重要阶段：学步。出发之前，馨儿虽已开始学步，愿意在大人扶持下行走，但相当勉强。腿脚乏力，支撑身体，若不能胜，不双手扶住坚实物体，难以站立；大人帮助她行走，必须抓住她的双臂，并且需要提起她身体的一半重量。就是这样，馨儿的双腿也是不能挺直，双脚不能踏实的。行走的情形，仿佛武打片演员，吊着威亚行走，双腿还在虚空作拌蒜状。但是，半个月的江南行返程行至舟山朱家尖时，馨儿已经能捏着大人一根手指，走上一二十米了。偶尔，还能在没有任何帮扶的情况下，独自走上三四步。现在，步履更加稳定，行走的兴趣更加浓厚。我们想要抱抱她，机会比较难得了，她更愿意我们伸出一根手指，领着她转悠，漫步。

南下路上，山东滨州某宾馆、江苏苏州虎丘公园；北返途中，舟山朱家尖某酒店、绍兴某酒店，在馨儿的学步史上，都是重要的地点。其中，滨州和苏州，都被她妈妈

拍了几张照片。照片中，馨儿步履坚定，表情自信，可笑复可敬。有感于馨儿滨州、虎丘学步，我在微信中先后发了三组照片，配有四首韵语。如下：

> 颠簸当摇篮，路上睡觉觉。
> 身穿尿不湿，随时可尿尿。
> 灯光是美景，拍手复大笑。
> 宾馆也娱乐，满地学走道！
> （《携家自驾游江南，馨儿很快乐》）
>
> 老丁驾车跨河江，馨儿学步度苏杭。
> 父女同行三千里，风尘仆仆奔家乡。
> （《携女省亲》）
>
> 照眼红装宁馨儿，蹒跚学步游姑苏。
> 趔趄犹作龙行相，敢笑吴王不丈夫！

　　胡诌的打油诗，当时的生动情景约略可以传达出十之一二。难得的是，我们父女共同进步的宝贵经历：我驾车走了八千里，馨儿蹒跚学步走了十几处！

　　馨儿下江南，主要目的跟她外婆不同，不是为了见识苏杭江南的山清水秀，她是第一次回自己的老家，认识自己的家门，拜见奶奶，认识两位叔叔、一个堂姐、一个堂哥。遗憾的是，因为在家里待的时间太短，害羞的馨儿，跟奶奶、叔叔都还不怎么熟悉。奶奶一直想抱抱她，都被她拒绝了。直到临走的那天早上，才让奶奶抱了几分钟。

然而，馨儿在老家的五六天，是相当愉快的。没有暖气的房间，她能正常睡觉，玩耍；家里的米饭、馒头、年糕、黄花鱼、带鱼，她都爱吃。院子里种植的蔬菜、花草树木，她都爱看。门厅里玩哥哥的三轮小车、电动车等玩具，晚上到姐姐哥哥房间玩耍，都快接近废寝忘食的境界了。院子里两棵果满枝头的金橘，馨儿也颇感兴趣。她自己几次尝试，都吃不了，但她愿意摘了送给大家吃。尤其值得一提的是，馨儿对家里养了多年的花狗一见如故，每次吃饭时都要求我们给花狗喂食，远远见到花狗，就兴奋得手之舞之，足之蹈之，挣扎着要下地自己走，想上去抚摸花狗。

也许，因为年龄太小，这一次的江南行，馨儿留不下什么印象。但是，有了第一次，一定会有第二次、第三次。我希望，江南乡村的景物和生活，将来能给馨儿这位北京出生长大的小妞留下美好的印象和回忆。

出发之前，曾有不止一位朋友表示关心，提出过忠告，说让这么小的孩子长时间走高速公路，不太安全。我们当然也担心安全问题。为此，我们买了不错的车载儿童安全座椅。但是，我们很快就认识到，把刚满周岁的馨儿独自捆绑在儿童座椅上，是不可能的。既不现实，也于心

不忍。我们只能让她外公外婆妈妈轮流抱着，尽量小心呵护。我呢，尽量把车开得稳一点，避免急刹车。说实话，我心中暗暗作了一个决定：如果哪天出发之前，馨儿有任何莫名其妙的躁动不安的表现，我就临时改变计划，先不上路。我愿意相信婴儿可能有预知灾祸的能力的说法。所幸，这一路上，馨儿不曾有过任何莫名其妙的躁动不安表现，所以，行程没有任何临时的改变。这个事情，馨儿妈妈、外公、外婆，都不知道。所幸，吉人天相，我们一路平安，毫发无伤。

2015. 03. 04

29. 学会走路的一天

突然发现，阳历三月是我家很重要的月份。我跟妻子相识是 3 月 29 日，我们领证结婚是 3 月 30 日，今年的 3 月 13 日又添一项：闺女馨儿这一天开始独立行走！

我以为，馨儿从站立、扶物而行，到独立行走，即跌跌撞撞的学步期，会比较漫长。换言之，我需要付出不少的时间、精力，帮她学习独立行走。孰料，从能独立行走二三步到四五步，到七八步，到十几步，到能中途暂停，能拐弯，能转身，能绕圈，能捉迷藏，她竟然只用了一两个小时！

3 月 13 日，那是个星期五。我到学校上完上午八点到十点钟的两节课后，得知馨儿在妻子的时装店里，马上驱车前往。一到店里，妻子和店员晓晨、盼盼两位美女争相告诉我一个令人激动的消息：就在半个小时前，馨儿第一次自己走路了！

她们所谓的自己走路，指的是，馨儿走路的时候，不再需要捏住大人的一根手指头。具体做法是，帮助馨儿站稳后，在她正前方一二米处蹲下一人，双臂张开。馨儿可

以跌跌撞撞地"走"过去，扑进怀里。

她们管这个叫做馨儿学会了自己走路，我觉得未免有些超前，有些夸张。为了不扫她们的兴，我只好口是心非地附和她们的说法，向馨儿表示祝贺。我理解的自己走路，至少得能走五六步以上。二三步，与其说是走过去的，还不如说是摔过去的。因为，她还没有真正掌握如何在运动中保持身体平衡的基本技能。道理跟游泳一样，憋一口气，纵身一扑，借着惯性，双臂一通乱舞，身体在水面浮出去三五米，这个不能叫学会了游泳。

妻子特别说明，放手让馨儿学会自己走路的是晓晨。我知道，她这一番话有一明一暗两个意思。明的一个意思是夸晓晨教学有方，能让馨儿这么快就敢自己挪动脚步；暗的一个意思是，她自己可不舍得这么做，怕馨儿双腿不能承受身体的重量，怕馨儿摔倒，怕馨儿磕着哪里。半个月前在绍兴，在舟山，在镇江，在连云港，开阔的酒店大堂就已经成了馨儿抓着我们的手、捏着我们的手指练习走路的场地。但是，我总觉得，抓着大人的手、捏着大人一个手指，跟无所依赖自己走路，就跟汽车、火车与飞机的情况似的，前者需要附着在公路、铁轨上，后者一空依傍，压根不是一个技术层面的事情。

我是十点半左右赶到店里的。为了检验馨儿学步史上的巨大进步，我在馨儿面前三四米的地方蹲下，张开双臂。妻子调整好馨儿的站位，让她正面对着我。然后，放开手。果然，馨儿略作犹豫，便咯咯笑着，脚底作拔丝状，趔趄着朝我走过来，很快就扑进了我的怀抱。如是者二三回，距离有所延长，直至达到五六米左右。这一下，我承认，馨儿真的能自己行走了。

这个时候，我以为，馨儿应该累了，当天的学步可以告一段落了。于是，抱起馨儿，想让她休息休息。不料，馨儿挣脱我的怀抱，要自己下地走路。这一回，馨儿竟然不等我们在她前方摆好怀抱阵势，便开步走了，前方的桌椅、沙发，都是她的歇脚处，停泊港湾。距离一次次地变长，从三四米，到五六米，到七八米。

接下来的时间，更加神奇。在我们都以为馨儿只能不停地朝前走的时候，她可以暂停一会儿再走了；在我们都以为她需要时间学习拐弯的时候，她开始在衣架之间穿梭而行了。完全不像她妈妈，游泳学了好几次，迄今只能直线往前，不能中途暂停，不能转身回游。

说实话，本来想象着我需要花些时间帮助馨儿学会走路，觉得会有点儿麻烦；但是，见馨儿这么快就学会了自己走路，不再需要我帮助，心中又不免感到些许失落。

最失落的，应该是我岳母，馨儿的姥姥。她从馨儿出生前好几个月，就来家里做起了"保姆"。只在馨儿出生后不久，因为一件非常重要的事情，回洛阳老家待了四五天。其他时间，都在充当着馨儿保姆的角色。毫无疑问，她是陪伴馨儿时间最多的人，也是最辛苦的人，没有之

一。不巧的是，洛阳家里又有重要事情，岳母不得不跟着岳父，于 3 月 13 日一大早乘高铁离开北京……错过了馨儿学步史上令人惊喜不断、最辉煌的一天！

以前在馨儿站起来的时候，我猜想，随着她视野的扩大，活动范围的延伸，触手可及东西的增加，馨儿会提出许多新的要求，会惹出更多的麻烦，破坏力会成倍地增长……令我这个当爸爸的心生忧虑：管理她时，选择走专制独裁道路还是走自由民主道路，将费尽思量。

事实上，当然不是那样的。站起来的馨儿，并非一味地给我增加烦恼，事实上也省了我不少麻烦。比如，她能自己抓起一些小玩具，自己玩耍。

有了那个阶段的经验，这一回馨儿学走路的时候，我就没有那么多的担心了。果然，馨儿在学会自己走路的同时，也发展出了如下一些惹人疼爱的行为：

首先是给大人提鞋，当她希望我们带她出门去玩的时候，馨儿会自告奋勇，去提了鞋子交到我们手中；

其次是会抱着布娃娃，贴在自己小脸上，用手拍拍，一副爱心满满的样子。在此之前，馨儿对这类玩具毫无兴趣；

还有，她会学着大人的样子，在我抱她的时候，用手拍拍我们的肩头，像是在说"粑粑，馨儿喜欢你"；

还有，更多的爱美动作。拿起项链，懂得往脖子上挂；有了围巾，懂得往脖子上搭。昨天深夜，反复将她母

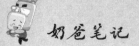

亲的一条粉红色真丝围巾盖在自己头上，像是扮新娘。

　　更重要的是，馨儿喊"妈妈"的频率、花样都明显增加，嗲声嗲气的，叫得她妈妈的心都快融化了，叫得我都有点嫉妒了！

　　馨儿的成长过程，证明了我关于她能力增强后会有更多麻烦的担忧，是多余的；想要对她实行专制独裁管理的想法，是愚蠢的！

2015. 04. 07

30. 不叫我"爸爸"

截至今天，已经一岁零四个半月的馨儿还不叫我"爸爸"。这在我看来，是一件有趣的事情。

跟两位孩子出生时间相近的女同事交流育儿经验，得知她们的孩子，在满周岁不久，就会叫"爸爸"了。而且，叫"爸爸"的时间，要早于叫"妈妈"。从她们为自己孩子先叫"爸爸"而不是"妈妈"多少有些醋意的神情推测，她们得知我家馨儿周岁不久就把"妈妈"叫得很溜了，我猜测，她们心里可能有些替我惋惜，为我不平。

我之所以不但不觉得惋惜、反而觉得是一件有趣的事情，主要是因为，我知道：叫"爸爸"这事，馨儿是"非不能，不为也"。翻译成白话文，就是：她会，她故意不叫。

何以见得馨儿会叫"爸爸"呢？我有如下两个证据：

证据之一，早在七八个月的时候，有一次在跟我单独相处、四目相对时，馨儿已经发出了"baba"两个音节，口齿清晰，字正腔圆。这至少说明，发音已经没有问题了。

　　证据之二，刚满周岁不久的一天，在小区附近的小树林里，跟带着比馨儿大一个月的一位老人互通信息。老人对他孙子还只会叫"爸爸""妈妈"有所不满。我告诉他，比我孩子强，我孩子只会叫"妈妈"，还不会叫"爸爸"。说完就各自走开了。没等老人远去，馨儿挣脱我的怀抱，站到地上，认真地看着我，清清楚楚地喊出两个音节："baba！"然后，一侧身，用手指着她妈妈所在的方向，喊了一声："妈妈！"这行为，大约可以释读为：馨儿对我说她只会叫"妈妈"不会叫"爸爸"表示不服，证明她是会叫"爸爸"的——只是她还不想叫而已。

　　早在周岁之前，甚至可以追溯到出生不久，"爸爸"能指（语言）和所指（我这个人）之间的联系，馨儿的头脑中就已经建立起了，这联系日益牢固。将满周岁的时候，开始玩能指和所指游戏，"馨儿的嘴巴""馨儿的鼻子""馨儿的耳朵"，"妈妈的嘴巴""妈妈的鼻子""妈妈的耳朵"，"粑粑的嘴巴""粑粑的鼻子""粑粑的耳朵"，馨儿已经能用她的右手食指，准确无误、百试不爽地指认出来。

　　每回我去接替她姥姥或妈妈，带会儿馨儿。还没有见到我，一听说"爸爸"来了，馨儿能立刻抛开手中的任何玩具，转体，身如离弦之箭，向我所在的方向扑过来。一旦进到我的怀抱，小下巴微扬，目光巡视四周，手舞足蹈、踌躇满志、洋洋自得的模样，害得她妈妈常常情不自禁、酸溜溜地来上一句："瞧这小样儿，就跟你（她）爸爸亲！"周岁之后，投进我的怀抱，馨儿的第一个动作，常常是快速摇动她那酷似招财猫的小手，跟她妈妈、姥姥再见。她的意思是，此时此刻开始，进入我们甜蜜的父女时间，其他人都"跪安"了。总而言之，馨儿跟爸爸的感情，那是东北人所说，"杠杠的"。

馨儿不叫我"爸爸"，叫我什么呢？说出来，可能会吓你一跳：馨儿叫我"ama"！

馨儿叫我 ama 的历史，跟她叫"妈妈"一样悠久，难分先后。馨儿嘴里的"妈""妈妈"和"ama"之间，有着明确的界限，绝不相混。"妈""妈妈"指妈妈，"ama"指爸爸。

其实，婴孩的叫"爸爸""妈妈"，多半是父母不厌其烦地灌输的结果。我更想看看馨儿语言的自发生成过程，因此，从不教她喊"爸爸"，也建议她妈妈、姥姥别教她喊。馨儿想怎么叫我，就怎么叫我。她叫我"阿玛"，我就回她"格格"。

我感到遗憾的是，馨儿叫我"阿玛"的历史，看样子快要结束了，她快要改口叫我"爸爸"了。不是我心里有什么不可告人的野心，做着三宫六院的春秋大梦，而是我觉得，我的孩子快要习得成人世界千篇一律的语言体系，快要泯然众人了！

2015.06.06

31. 动物爱好者

　　听说很多婴孩是害怕小狗小猫之类小动物的。馨儿不是，她是小动物爱好者。馨儿爱小动物，有时候，甚至超过了爱她的爸爸妈妈。前天，我因为要回家接待入户安装光纤的电话局工人，让馨儿留在她妈妈的时装店里，跟妈妈和姥姥玩。馨儿不干，哭闹着非要跟我走。两行眼泪跟断线的珍珠串似的，吧嗒吧嗒往下落。情急之下，妻子哄她说，带她去看小兔子。馨儿顿时雨收云散，立即就不闹了，由着我走。这样的事情，发生过多次。有时候是爸爸，有时候是妈妈，都敌不过看小动物的诱惑。

　　馨儿喜欢小动物，确切的开始时间，已经记不清楚了。令我印象深刻的是，春节回浙江老家，她对家里养了多年的土狗小灰（我妈叫它小灰，我侄女叫它花妞）的喜爱：当时还不能独立行走的馨儿，眼睛随时被小灰吸引着，咿咿呀呀地总让我们抱着她，像追星族追捧自己的偶像似的，跟着小灰到处走。每次吃饭的时候，馨儿都会"颐指气使"，大声命令我们给小灰扔点儿吃的东西。那时候，馨儿刚满周岁不久。

江南回来，馨儿就成了小动物观赏迷。出门路上，她总是能比大人更快地发现远处的小狗小猫。每逢看见小狗小猫，她就会两手伸出，手心朝上，手掌做不断捏放的动作。我们把她的动作理解为"抓过来""抓过来"，简称"抓抓抓"。她妈妈后来不知道从哪儿听来，说婴儿的捏放动作应该是"挠挠"，摸摸小动物、逗小动物玩的意思。但是，我们还是习惯把它说成"抓抓抓"。没有小动物出现的时候，我们一说"抓抓抓"，馨儿都会条件反射似的做出双手捏放的动作。

每次我们开车到山樱小筑作短暂休憩，逗留，馨儿都会表现出兴奋的样子。因为，村子里到处都可以看到小狗。吠声凶狠的狼狗、藏獒，馨儿有点害怕，但是并不影响她看小狗的兴致。她经常要求我们抱着她去看小狗的一户人家，院子里除了两只矮矮胖胖的小狗，还养着一只凶恶的狼狗。

馨儿喜欢小动物的表示，除了双手捏放外，后来又发展出一种方式：吧唧嘴唇。双手捏放，同时吧唧嘴唇，那就表示，她非常喜欢。一个多月前，听了一位搞摄影的朋友的推荐，我们一家人驱车到延庆香营乡"杏花村"观赏杏花。因为朋友对花期的记忆不准确，杏花没有赏成。枝头的花朵，已经凋谢得所剩无几了。但是，离开"杏花村"的时候，在路边遭遇了一大群绵羊，从树林里水一般漫出来，正准备横穿公路。透过车窗，看见羊群，馨儿兴

奋得一边快速捏放双手，一边大声吧唧嘴唇。看馨儿那如同表演 B-Box 的忙碌样子，我和她妈妈不约而同爆发出笑声。

　　附近的街边小公园里，有人放了一个笼子，里边养着一只小白兔，日放夜收。兔子主人此举，实在是聪明：既可以娱乐附近的孩子，又可以省去许多喂兔子的菜草。带孩子去看兔子的人，不是就近拔些兔子爱吃的草，就是特意买些蔬菜带去。白菜叶、胡萝卜之类蔬菜，经常多得兔子吃不了。自从发现这个兔笼以后，我们几乎每天都要抱着馨儿去看一次。有时候买了胡萝卜带去，有时候空着手去，就近拔些草——我童年、少年时代，安哥拉长毛兔是家庭重要副业之一，油盐酱醋等日常费用，主要依赖兔毛出息。自然，割毛兔草，就成了我放学之后的一项重要功课。春夏秋冬，四季无休。有几年，生产队里办起了养兔场，规模不小。念小学、初中期间，每逢星期天和寒暑假，照例需要参加生产队劳动，为家里挣工分。我和小伙伴们，便经常被队长派去割兔草。因此，我很清楚，兔子爱吃什么草，不吃什么草。我清楚地记得，兔子最爱吃的，是一种类似北方油麦菜的东西，折断菜叶时会有乳白色的浆汁流出，我家乡叫尖刀菜，不同于学名野慈姑的"剪刀菜"。

　　每次我拔了草后，分一些给馨儿，让她去喂给兔子吃。开始的时候，馨儿有点害怕，不敢喂。后来不害怕了，甚至敢于把小手伸到兔子嘴边。我告诉她，兔子会咬她手的，她也不害怕。这个时候，她又想自己拔草给兔子吃了。但是，她几次拽的都是兔子根本不吃的松针。拿了自己买的菜叶和胡萝卜去喂兔子，馨儿的技术并不熟练，而且明显缺乏耐心。她手中的菜叶，总是在兔子嘴边乱晃一气。有一次，她拿着胡萝卜在兔子嘴边晃了两下后，竟然掉转头，喂进了她自己的嘴巴！

有一天，在我们常去的树林里，碰到了一对带着兔子笼的母女。那小女孩三岁。笼子里养着一只白色身体、灰色耳朵的小兔子。小女孩在她妈妈的提示下，邀请馨儿跟她一道，给小兔子喂草吃。馨儿略作害羞状后，很快就跟小姐姐打成一片，投入了共同的喂兔子事业。两个小女孩，头挨着头，蹲在笼子旁边，观看小兔子，神情专注，认真，令人动容。看着两个小女孩的举止，我忽然想起了大儒孟子所主张的理论，人之初，性本善。

要不是家里房子小，到处堆满了我的书，我真愿意给馨儿养两只小兔子。

我们计划，等馨儿四五岁以后，家里养一只小狗。

2015.06.07

32. 父亲节的礼物

　　一位先后拥有过生父、养父、继父的女作家，说自己从来没有真正叫过"爸爸"。原因之一是，她的生父在她三岁时，就死（牺牲）了。对她这种说法，我很难认同。

　　馨儿才一岁零五个月，但是，她已经能熟练地叫我"爸爸"了。叫的时候，不但是有意识的，而且常常饱含感情。比如说，我因事要暂时离开她一下，她会声泪俱下地呼喊"爸爸"，害得我根本无法挪动脚步。我认为，这个时候的一声"爸爸"，是世上最纯粹、最纯真、最真挚、最感人的呼叫。

　　可能是因为我喜欢顺其自然，基本上不教馨儿喊"爸爸"。馨儿会喊"爸爸"的时间，是比较晚的。据说，有些孩子，不到一岁就会叫爸爸了。三岁的孩子还不会有意识地叫爸爸，这实在难以想象。女作家自己也说了，母亲告诉她，她父亲生前是很疼爱她的。一个疼爱孩子的父亲，怎么可能不会赢得两三岁女儿的一声由衷的"爸爸"呢？

　　馨儿刚过一岁时，曾对我跟他人说她还不会叫"爸爸"，表示不服。当时她很认真地看着我，叫了一声"爸爸"。这可以说明，馨儿已经能把我跟"爸爸"这个词语联系在一起了。但是，实事求是地说，她熟练、连续地喊我爸爸，却是最近的事情。自作多情一下，可以说是馨儿给我的父亲节礼物。

我的第一个父亲节，馨儿只有四个多月。虽然那时她的一举一动、一颦一笑，都令我觉得有无限的趣味，我们父女之间也的确已经有不错的眼神、感情上的交流，但说那个时候她给过我什么父亲节的礼物，实在是过于文艺。但今年，我的第二个父亲节，说馨儿给了我礼物，却一点儿都不过分。

父亲节那天，邀请了几位老朋友到我们山樱小筑玩儿，喝茶，聊天。我拿出头一天从老家土豪组织（台州商会）那里得来的大颗粒杨梅待客。为了观察馨儿的当众表现，我让她给大家分送杨梅。结果，她小人家已经有了私心，肥水不流外人田，只给自己家人送，外人一律不给。自己家人间，也有差别。姥姥一颗，妈妈两颗。而爸爸，一颗接着一颗，一共给了七颗！

当时有朋友说，异性相吸，父女最亲，并且搬出了女儿是爸爸的前世情人的理论。

为了表示低调、谦虚，我说："可能跟今天是父亲节有关系吧。"朋友们笑着说我自作多情，说我上纲上线。但是，第二天，当时在场的一位朋友给我来电话。说完正

事，顺便问我在忙什么。我说在带孩子。他就说："你是
该带馨儿，她把杨梅都给了你！"敲锣听声，讲话听音。
这位朋友也承认，那七颗杨梅，意义非同寻常。我把它们
说成馨儿给我的父亲节礼物，不算过分吧。没有生女儿的
朋友们，你们嫉妒一下，我一点儿都不介意。

　　倘若不局限于父亲节当天，广义地讲，馨儿赠给我的
父亲节礼物，除了杨梅和开口叫"爸爸"两种，还有
几样。

　　父亲节前几天，我出差去了趟山东。其间，馨儿无师
自通，学会了一样本事：抛媚眼。就是微闭一只眼睛或者
眯缝双眼，同时，脸上堆笑，眨巴眼睛，扑闪几下她的无
敌长睫毛。等我回家，每当有求于我，比如希望我抱抱
她，带她出去看猫狗，她都会使用这门新近掌握的本事。
我对馨儿抛过来的媚眼，基本上没有抵抗力；她的要求，
只要我当时没有急事，都会不折不扣地予以满足。

　　在学会抛媚眼的同时，馨儿也掌握了飞吻的要领。这
应该是她妈妈教的。在馨儿心情愉悦的时候（一天到晚，
除了犯困、没睡醒或者肚子饿了，馨儿都是挺愉悦的），
只要我说"给爸爸飞一个"，她会马上撅出小鱼嘴，吧唧
有声。有时候有手掌的配合，有时候没有手掌的配合。没
有手掌配合的，是馨儿飞吻的简化版，有敷衍了事之嫌。

　　更重要的是，父亲节前后，馨儿的语言能力在迅速提
高。"妈妈"喊得更溜，长短高低，疾徐轻重，有各种喊

法；学会了说"妹妹"、"猫"（说成毛）、"狗狗"等词；父亲节后一天晚上，开车去山樱小筑的路上，她妈妈教她说话，"奶奶""姥姥""汽车"，她都能学得有模有样的。今天，她突然会说"兔兔"了。看样子，塞音的送气音，对馨儿来说，不是容易发的音，她发成了类似"dudu"的浊声母音节。职业病，我不禁由此联想：上古汉语之所以有系统的浊辅音，跟人类的童年不会发送气音有关系，从瑞典人高本汉给上古汉语拟出送气浊声母，可以推测，他是没有观察过婴儿学说话过程的。有趣的是，馨儿有两个词的发音，跟英文有点相似。一个是从台阶上往下跳时，馨儿会发出类似"jump"的音；"狗狗"，馨儿开始的时候发成类似"dogdog"的音。莫非，英语比汉语更接近人类自发自然的语言？

自然，在各种能力快速成长的同时，馨儿也发展出了若干令人头疼的能力，比如叛逆性格，比如动不动要去购物，以至于附近的三家小超市、两家水果店、一家鲜奶屋，营业员们都认识她了，每次去，都会跟她打招呼："小美女，你好！"开始的时候，馨儿还比较听话，买一两瓶矿泉水、纯净水之类就可以完成购物行动，顺利回家。现在，不是那么好糊弄了，她还会要冰柜里的雪糕冰激凌之类东西。馨儿能一口气吃完一支冰棍，奶油沾满嘴巴、双手和衣襟。

昨天、今天，有两件事，令我觉得不可思议。昨晚，

她妈妈的时装店打烊回家前一刻钟左右，馨儿出人意料地从哪里找出一把雨伞，要求我打开。我耐心地跟她说："宝贝儿，屋子里不可以打伞，屋子外面没有下雨，你打着伞，叔叔阿姨们会说'这个小朋友怎么这么奇怪呀？'"等走到门口，发现外边真的下起了不小的雨！一刻钟前，我刚抱着馨儿从外面回屋，那时完全没有天要下雨的迹象。

今天我们领着馨儿去附近一家大超市，给她买奶粉、尿不湿之类的东西。一到尿不湿货架边，馨儿立即扯出一大包尿不湿。她妈妈说："馨儿，你不要拿，那不是你用的东西。"我拿过来一看，L号，9－14公斤，男女通用，正是馨儿目前可用的纸内裤。因为一直买的另一种美国牌子的纸内裤，用得挺好；加上馨儿扯出的这一种日本牌子纸内裤，比较贵，30片，168元。最终没有买这一种。尽管如此，我和妻子还是情不自禁，异口同声发出一声感叹："馨儿好眼力！"

2015.06.26

33. 广场舞的影响

一个婴儿，在刚刚学会站立走路的时候，听到音乐，能够无师自通地扭动身体，踏步，转圈，手舞足蹈，而且基本上能合乎节拍。这大概是每一对父母都会为之感到自豪的事情，甚至据此认为自己的孩子有舞蹈方面的天赋吧。我也有过这样的美好阶段，曾屡次绘声绘色，跟亲友描述馨儿自发的舞蹈行为。但是，最近几天，发现情况有些不妙：馨儿的舞蹈动作，不再单纯；我们也不再能站在一旁，做轻松愉快的观赏者。

从前在大学里修文艺理论课，被教导说，人类的文艺创造活动起源于劳动。但是，通过观察馨儿出生至今将近一年半时间的行为，我发现，那说法是站不住脚的。比如说，馨儿的舞蹈，就不是起源于劳动，而更像是一种本能的生理反应，或者是与生俱来的爱好。几个月大的婴儿，根本不会劳动，可是她们已经会"舞蹈"了。

我国古代文论中有一番著名的论断，说舞蹈之所以产生，是因为人类心中涌起了感情的波澜。"情动于中而行于言……不知手之舞之，足之蹈之也"。这说法也明显不

对。馨儿手舞足蹈的时候，一定是她轻松悠闲的时候。感情强烈的时候，她会哭，会喊，声嘶力竭地哭喊，会摔东西，会把一切她够得着的东西毫不犹豫、毫不吝惜地摔在地上。是四分五裂，还是浑身碎骨，她一概不管。

安徒生童话有个红舞鞋的故事，说一双具有魔力的红舞鞋，人们一旦穿上它，就会永无休止地跳下去，直到累死倒下为止。这个故事也不能很好地诠释婴儿的舞蹈行为。馨儿即使穿着普通的鞋，甚至光着脚丫子，听到音乐，她也都会跳起舞来，一直跳到她不想跳为止。

因为留意馨儿的跳舞行为，我们也发现了一个事实：早在她未满周岁的时候，馨儿的听力，对音乐的感知能力，就都已经发育得不错了。抱着馨儿走在路上，感觉到她的小身体突然扭动（跳舞）起来，我们先是表示疑惑，"哪儿有音乐呀？"通常需要仔细寻觅一番，才能确认，的确有音乐声传来。或者来自街边的一间理发店，或者来自一辆路过的汽车。

一个朋友在馨儿三四个月大的时候，送了一个玩具，形似宝塔，四周共有十几个形状各异的按钮开关，能放出各种声音。大概七八个月时，馨儿就能比较熟练地找到两个可以放出有节拍的音乐的按钮，坐在那里，一前一后耸动身体，表示跳舞。一个曲子是《祝你生日快乐》，另一个曲子是《太阳起床我也起床》。问题是，这两个按钮，都并非一按就出来乐曲。乐曲之前，一个是关于蛋糕的两句话，一个是鸡叫的声音。需要按两次，才能出来乐曲声。馨儿懂得连按两次，才会出来乐曲，开始跳舞。

最近几天发现的不妙情况，都跟广场舞有关。

发现馨儿的舞蹈身手动作花样挺多，而且不断丰富，我们先是惊喜，觉得这孩子悟性高，能够自己创新。然后，渐渐地发现，她的有些动作，其实来源于附近小树林大妈们的广场舞，而非她自创。

更不妙的情况是，馨儿不但学习了大妈们的广场舞的若干动作，还学习了广场舞的集体主义精神。她不再满足于我们只做她的观众，而要求我们跟着她一起跳起来。不管我们手上正忙着什么工作，或者正在吃饭，都得立即停下来，围在她身边跳起来。直到她自己兴趣转移或者不想跳为止，不得中途退出。带过孩子的人都知道，婴儿是一种不知疲倦的动物。跟着她跳舞，做到善始善终，真是苦不堪言。请闭上眼睛想象一下吧：三四个成年人，围在一个一岁半不到的小屁孩身边，亦步亦趋，笨拙地跳起了广场舞。这是多么滑稽可笑的场面！

所幸，目前馨儿还只要求我们参与，对我们的舞蹈动作是否跟她一致，是否准确，是否优美，都并不计较。日后的情况会不会更糟糕，我不敢想象。

广场舞的危害，早有耳闻。比如说，夜晚声音扰民，使得附近居民的生活工作受影响，难以入眠；导致附近楼盘的销售出现困难，房价下跌；许多男孩，因为由奶奶或

姥姥看管，跟着学会了大妈广场舞，举手投足，妖媚销魂，令其父母担心他们心理发育不正常，将来找不到女朋友，结不了婚。万万没有想到，我自己竟然会成为广场舞这种形式的受害者！

我不需要担心馨儿因为学习广场舞，心理发育不正常。我担心的是，这种没有多少技术含量、过分强调整齐划一的舞蹈，会对她性情的自由发展和创新能力的养成，产生不利的影响。

2015. 07. 18

34. 去看大草原

　　本以为，跟着姥爷姥姥和两个舅舅去内蒙古草原玩两天，和留在妈妈爸爸身边，两者之间，馨儿会毫不犹豫地选择后者。之前一两天我们几次问馨儿，在爸妈都不去的情况下，愿不愿意跟着姥姥他们去草原玩两天，馨儿都以摇头作答。因此，我觉得，说服馨儿让她跟着姥姥他们去草原玩，会是一件困难的事情。临别之际，会有一番难舍难分的情形；离开母亲在外面过夜，还没有断奶的馨儿，会因为不习惯，啼哭不止。某个片刻，我的脑海里，甚至浮现出了蔡琰《悲愤诗》所描写的母子分离场面，"见此崩五内，恍惚生狂痴"。

　　大大出乎我的意料，实际情况，全然不是这样！

　　离别的时候，馨儿不但没有悲伤的表现，甚至可以说，是愉快地踏上了三日两夜草原游的旅程。悲伤只属于她的妈妈。当然，一旁的我，心里也有些怅然。当时我在微信上发的一首《馨儿去看大草原》诗，可谓母女离别实录：

馨儿去看大草原，二姥二舅伴身边。

行前阿母心纠结，临别阿母涕泪涟：

诞育五百五十天，阿囡迄未离母眠。

白日唤娘犹可说，深夜啼哭真可怜。

最怕草原毒蚊虫，娇娃鲜血供夜餐。

可叹浮生不自由，化身鲲鹏护阿囡！

　　本来，我们是计划全家人一起去看大草原的。但是，妻子因为一直没有招到合适的员工，服装店缺人手，她难以抽身；我也不凑巧，第二天要去广西出差。总之，都去不了草原。这样一来，馨儿何去何从就成了问题。妻子心里非常纠结：让馨儿跟着去草原吧，她担心姥姥姥爷照顾不好馨儿，同时，她自己心里也不舍得；让馨儿留下吧，她怕耽误工作，更怕一不留神，馨儿被人抱走。

　　为了解决妻子的纠结，我提出一个解决办法：到时候让馨儿自己选择。如果馨儿自己选择去草原，说明她更愿意出去玩，不会有被嫌弃抛弃的感觉，不必担心她幼小的心灵受到伤害；如果馨儿选择跟妈妈在一起，不去草原，妻子那三天就不去服装店上班，待在家里，做馨儿的专职保姆。

　　临别之际，馨儿大舅很希望她跟着去草原玩。在汽车即将开动的时候，不由分说，把馨儿从我怀里抱了过去。出乎我们意料的是，馨儿并没有反抗。相反，当我伸出双手，做出要把她抱回来的样子时，她却扭过身去，表示不愿意。这说明，馨儿愿意去看草原，不愿意留下来。当时，我既是自嘲，也是安慰妻子，说了句："馨儿就是这样，在待在家里与出去玩之间，她永远选择后者。跟谁在一起，倒不那么重要。"

馨儿一走，妻子便开始胡思乱想，觉得她爸妈在照顾馨儿上存在着诸多问题，觉得自己不在身边，馨儿一定会受许多委屈，晚上怎么入睡，草原上蚊子又大又多……想着想着，就忍不住啜泣了起来，很快便"泪飞顿作倾盆雨"，嚎啕大哭。并且近乎歇斯底里地喊叫着，要我赶快开车，把馨儿追回来。

我只好安慰她说，不会有问题的。如果不放心，我们可以要求他们随时发图片、发视频回来，眼见为实。要是夜间馨儿真的啼哭不止，就让他们连夜把馨儿送回来，或者我开车去把她接回来。

很快，微信上看到馨儿大舅发回的照片：坐在车上的馨儿，满脸欢笑，正在享受她的草原之旅。妻子这才停止哭叫。当然，情绪稳定下来后，惆怅难免，她抱怨了几句馨儿没心没肺之类。

三四个小时后，在微信家庭圈里又看到馨儿大舅上传的几张照片：草原上，有彩虹，馨儿笑逐颜开地站在草原上！

到了夜间，妻子最担心的情况，也并没有出现。电话

里得知，大舅呼朋唤友的大餐桌上，馨儿毫不怯场，啃完一个兔头后，接着又啃了一根羊肋骨。津津有味的样子，不难想见。妻子只顾抱怨他们不该让馨儿啃兔头，她说："他们太不像话了，明明知道馨儿非常喜欢小兔子的，还让她吃兔头！"只顾抱怨，以至于冲淡了担忧的情绪。大约在十点钟左右，馨儿喝过奶粉后，玩了一会儿，没哭没闹，就入睡了。这真是出乎所有人的意料。在家里，馨儿的入睡时间是在十一点以后。十二点左右最常见，两点多钟偶尔有之；十一点以前，少见。据说，馨儿的姥姥姥爷大舅，当晚都做好了为哄馨儿入睡自己整宿不眠的心理准备。为了避免馨儿因为想念妈妈，大哭不止，当天晚上，通电话的时候，他们没让妻子跟馨儿说两句。回来后，馨儿姥姥才说起，临睡前，馨儿倒是念叨了两句"妈妈"。但是，并没有出现在家时的情况，一说到妈妈，必须马上出门，刻不容缓。以前的文章里说过，几个月前某天，我跟馨儿在家里玩得好好的，当我一说到妈妈这个词，就捅了娄子。只见馨儿，当即射出两行眼泪来——真的是"射"出来的，既不是流出来，也不是涌出来。若是非要用一个固有的词语，说飙出来，庶几近之！

入睡之后的馨儿，有如古代小说里常见的一句套话，叫做"一夜无话"。

第二日、第二夜、第三日的情况，也一样。馨儿能吃，能玩，能开心地笑，能把她自创为主吸收了大妈广场舞的舞蹈，跳到了广袤的草原，跳到了元朝皇帝避暑打猎的地方——上都。有图，有视频，我们不得不信。

馨儿回家的当天晚上，我从广西飞回北京后，又参加了一个活动。等我回到家里，已经是深夜，快十二点了，馨儿已然入睡。第二天，馨儿一看到我，就扑了过来，亲热一番。在旁看着的妻子，颇感不平。说自己头天下午见到馨儿的时候，她正跟同游草原的小伙伴喜鹊姐姐（比馨儿大半岁）玩儿，见到妈妈，一副爱理不理的样子，全然没有久别重逢的喜悦和激动。

一番感慨过后，妻子和我得到一个共识：虽然还只有一岁半，但我们的孩子开始懂事了。为此，除了失落和欣慰，我们别无选择。

2015. 07. 30

35. 大海初印象

　　我虽然出生在浙江省的一个滨海县份——临海，村子距离海岸只有四五十公里。但是，我第一次亲近大海，却要晚至十九岁那年：大学三年级，毕业实习，到蓬莱、威海、烟台三地游览参观。前后一个星期，游览了蓬莱阁，参观了北洋水师基地刘公岛，大半时间住在烟台某海军基地内。印象里，第一眼看见大海，是在蓬莱阁。一个浙江海边出生长大的人，第一次看见大海却是在山东半岛。这事说起来，我多少有点儿惭愧。

　　馨儿不会有这种惭愧。因为，她刚满周岁的时候，就已经到过海边。而且不止一处，有：少有人知的三门县木勺海滩，也有名闻遐迩、号称"东方威尼斯"、我国第一缕曙光照射地——温岭石塘镇，还有我国第一大群岛——舟山群岛。自然，都在父亲老家附近。因为是隆冬季节，还没有学会自己走路，在木勺海滩，馨儿基本上都待在爸爸妈妈姥爷姥姥的怀抱里；但是，在石塘古镇的海边，巷子里，馨儿都主动要求下地，让我们拉着手，或者她自己扶着路边石块站立，学步，兴味盎然；在舟山群岛，一架架形态各异的跨海大桥、一艘艘排列有序的渔船，曾令馨儿兴奋得手舞足蹈。总而言之，在刚满周岁的时候，馨儿就已经看见过大海，经受过海风的吹拂了。长大之后，跟大多数出生在内陆地区的同龄人比较起来，馨儿可以为此感到自豪。

馨儿的自豪，不光是早在一岁就看见过大海，接受过海风的洗礼，还有一岁半时，就已经跟大海有过亲密的接触：在海边玩水、玩沙，在海里戏水、"游泳"！

在馨儿看大草原回来不久，妻子就开始筹划带她去海边玩儿的事。四天前，接近中午时分，我们开车从北京出发，将近三个小时后到达承德。大家都急着看海，因此，在承德只游览了个"小布达拉宫"，避暑山庄是开车绕了一圈，"棒槌山"是遥望几眼。在"小布达拉宫"景区附近一家小饭馆简单吃了顿饭，便驱车直奔辽宁兴城。

到达兴城，已经入夜。夜游古城街道后，找家海景酒店，住了一宿；次日早起，在酒店旁的海边稍作逗留，就去兴城海鲜市场，采购了螃蟹、大虾、蛤蜊、海瓜子、螺蛳等海鲜，到一位朋友临时的家，享受了一顿丰盛的乡村海鲜大餐。大餐过后，意外地，在某军事基地内观赏了一场长达两个多小时的高规格劳军演出，有歌舞，有小品，有甘萍宋祖英等明星献唱。接近傍晚时分，挥别友人一家，驱车前往东戴河。

到达东戴河的时候，天色全暗，在止锚湾找了一家靠

近海滩的农家乐入住。晚饭后，我和妻子随意到海滩上散步。出乎意料，海滩上热闹异常，有马戏团、旋转木马之类八九十年代风靡过、设备简陋的游乐项目，有露天卡拉OK，点唱的都是八九十年代流行过的歌曲，有出售彩虹圈之类玩意的小摊，当然也有出售较为先进、带荧光的航拍小飞机……简直是一个大游乐场。当时，我们就感觉凌乱了，时光倒流，时空错乱，兼而有之。我的脑子里，闪出了加西亚·马尔克斯《百年孤独》开篇描写马孔多镇每年三月吉卜赛人各种表演的文字。我跟妻子开玩笑说："若是咱们馨儿长大后做了作家，没准经她一写，也是一段动人的文字。"

次日，凌晨四时左右，我意外醒来，看到微信上朋友们在纷纷转播关于天津塘沽危险品爆炸的新闻，无法继续入睡。五时许，索性起床，独自到海边看日出。天色灰暗，没有看到像样的海上日出。但是，晨曦中的海滩，别有一番风情。拍了几张照片，发了一条微信。自我感觉，比较满意。全体起床，吃过早餐，已近中午时分。步行到海滩上，涉水，拍照，各自忙了一阵子后，我去买了一套儿童玩沙的道具。结果，馨儿就于烈日下，玩了一个多小时的挖沙、浇水游戏。看着馨儿小鼻尖上沁出的一层层细密的汗珠，专心致志的模样，我有点感动。

在馨儿玩得差不多的时候，我们继续上路，向南戴河黄金海岸出发。

　　不到一个小时，就到了黄金海岸。人少，沙细，海清。妻子表示非常喜欢。我们因此临时决定下海游泳。于是，租赁了一把遮阳伞，购买了泳装、泳裤。海水清浅，妻子为之雀跃；浴场短小，我引为遗憾。馨儿一直只在岸边玩沙，不敢下水。看我们换上泳装，她便大哭，表示反对，似乎是担心爹妈溺水。劝了一会儿，馨儿同意爸爸下水，不同意妈妈下水。（两种解读。其一，由此可见，爹不如妈……重要；其二，馨儿知道，爸爸比较会游泳，妈妈不太会游泳。）费了好大的劲，妻子终于获准下水。我多次想抱馨儿下水，她都断然拒绝，非常害怕的样子。最后，妻子结束海浴去冲澡时，馨儿对不远处什么东西感兴趣，提出了"爸爸，抱抱"的要求。我于是利用机会，悄悄地抱着她走向水中。见馨儿未加反对，我便得寸进尺，越走越深，直到齐腰处。馨儿不但不再害怕，甚至探身下去，伸手撩海水玩！我顺水推舟，让她两只手都伸到水里。后来，我让她双脚也浸到了海水。馨儿竟然非常喜欢这种手脚同时着水的准游泳。最后，我已经累得够呛，她却意犹未尽，不肯上岸。

　　在黄金海岸游完泳，我开车带着他们沿海岸北上，边走边看。在最热闹的中海滩停车，感受了一会儿人海景象。吃过晚饭，驱车兜到两年前吃过饭的码头一带，然后踏上返京旅途。近三百公里的高速公路，三个小时，就回到了北京。

　　一路之上，值得一提的有两件事：一件是，遇到一次停车检查。公安查验每个人的身份证，旁边有荷枪实弹的特警。我们前边一辆车子，一个乘客被命令下车，贴墙站立。如临大敌的情景，让我们猜测，又有罪犯越狱了；还有一件是，百度导航。在我们刚进高速公路的时候，接连提示：前方两公里处"有两百米行驶非常缓慢""有九百米行驶非常缓慢""有两公里行驶非常缓慢""有六公里行驶非常缓慢"，害得我心里叫苦不迭。结果，两公里过去了，四公里过去了，六公里过去了，前方都不见一辆车子。直到二十公里之后，才陆续有车辆出现。而且，二百多公里，没有一段是"行驶非常缓慢"的。百度地图，呵呵！

　　这一回以看海为主题的三日游，说实话，计划有一半是为一岁半的馨儿设计的。今天早上，我选了九张跟馨儿有关的照片，发了一条微信，文字说明是："……若干年后，馨儿关于盛夏海滨的最初印象，会有这些情景吗？"有朋友毫不客气地加以否定，评论道："没有。"一般而言，一岁半的孩子，是留不下多少记忆的。这条微信只是表达我一时的主观愿望而已。当然，假如日后我们经常给馨儿看这些照片，她会有印象的。

　　至少可以肯定，这一路，海边某军事基地看演出，海滩上玩沙子，海水里"游泳"，吃新鲜的大虾仁，馨儿都感到了快乐。其中，军事基地两个多小时的太阳底下看演

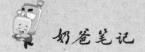

出，馨儿竟然一直很兴奋，没有犯困，没有烦躁。宋祖英等明星在台上唱歌，馨儿在台下和乐而舞，憨态可掬，把两个表情严肃的军队纠察都给逗乐了！在基地看演出之前，馨儿形容飞机都是随手一划拉，嘴里发出"呜"的一声；之后，馨儿就会双手向背后伸出，作战斗机状，然后，撅起嘴巴，发出一声"呜"的长音。因为，基地劳军演出舞台两侧，停着两架半收机翼的国产歼 15 战机。

2015. 08. 15

36. 观看大阅兵

昨天，公元 2015 年 9 月 3 日，我在微信朋友圈发了这么一条微信："今天完成了七千字的'红学'文章，能据此断言俺没有看大月饼吗？"结果，有朋友留下这样的评论："祝贺你没有看！"其实，我的想法，没有这位朋友想象的那么"右"。我喜欢中庸之道。对宏大、整齐划一的活动（运动）场面，不复有太大的热情，跟政见、历史观无关，跟年龄有关。知天命之年，还动不动振奋，激动，有违摄生之道——我血压偏高。

坦白地说，昨天我是看了阅兵电视直播的。而且，是从早上九点开始，一直看到直播结束。当时忘了看时间，应该是接近中午十二点了吧。昨天国家元首在讲话中引用了《诗经》里的两句诗，"靡不有初，鲜克有终"。我看阅兵直播，是有初有终、善始善终的——尽管央视现场摄像或后方导播拍摄、切换画面的技术烂到了难以容忍的地步，阅兵方队军人的身姿、步伐、声音都没有得到像样的再现！

不是矫情，我自己对于阅兵直播，看与不看，持无所

谓的态度。但是，家里既有对大场面、整齐活动感兴趣，说起革命年代就能心潮澎湃、激情燃烧的二十世纪五零后长辈，也有未谙世事、需要往脑子里填充东西的二十一世纪一零后小朋友。换言之，家里有想看的人，也有可能想看的人。再者，胜利日、抗日战争、反法西斯、70 周年，这些关键词，连在一起，怎么说也是个历史的大日子，我不能因为自己的热情消退，便剥夺她们感受、亲历历史大日子的机会。此外，对于她们在看阅兵直播时会有怎样的反应，我是有不小的兴趣的。直白地说，我想要看看一岁零七个月的馨儿小朋友，会对什么感兴趣。

因此，在直播开始前半小时左右，我着手摆弄客厅里的电视机。

已经尘封了近三年的电视机，我不太确定能否正常播放电视节目。首先是，收费的歌华公司，我们早已不是它的用户了，不知道我家电视还有没有信号来源；其次，电视机和机顶盒的遥控器，一度成为馨儿小朋友的玩具，她毫不客气地拿着它到处挥舞，敲敲打打，摔到地上无数次，不知道早已遍体鳞伤的遥控器，是否一息尚存；还有，多年未用过的电视机，也不知道它能否运行。

所幸，一切正常。非商业性的若干个频道，还能播放清晰的画面。直播已经开始，故宫南侧、天安门北边、端门旁边，出席阅兵活动的各国来宾，正在一个个走下汽车，踏上红地毯。

　　有哪些国家领导人来参加活动，他们乘坐的轿车都是些什么牌子，我国提供的红旗牌礼宾车是否都能防弹，他们的配偶相貌、着装、气质如何，接受我国元首及夫人握手、合影礼的顺序怎么定的，我国元首及夫人跟各国领导人的亲疏关系在举止上的表现，用什么语言跟各国来人打招呼，白俄罗斯总统带来的小儿子算不算帅、将来会有什么样的命运，握手后不知道风在哪一个方向吹、爱秀肌肉的俄罗斯总统普京在城楼台阶上嘘出一口气是否表示他头天晚上没休息好……所有这些成年观众可能津津乐道的事情，馨儿小朋友一概不感兴趣。

　　可能是对客厅里的电视机居然能够放出画面感到好奇，可能是对姥姥、爸爸、妈妈一字排开坐在沙发上的场面感到新鲜，开始的几分钟，馨儿小朋友对坐在爸爸妈妈之间表现出浓厚的兴趣，或坐，或躺，挺享受的样子。很快，她的兴趣便转移到了食物上。山楂片，好多鱼，轮着吃；吃了一会儿食物，又对玩具感兴趣，独自坐在铺了泡沫垫子的地上玩了好一会儿。总而言之，整个阅兵前奏部分，馨儿真正感兴趣的，只有偶尔在天空飞过的鸟，那个时候，她会大喊一声："鸟——！"高平声调，北京话的第一声。

　　长话短说，接下来的一个多小时的阅兵仪式，大部分时间，馨儿小朋友不是在吃零食，便是在玩玩具。看样子，馨儿小朋友对全家人聚在一起、朝同一个方向看、不时轻声议论几句的氛围很有好感：她颇能自得其乐，不怎么打扰我们看电视。只是中间一度腻在妈妈身上，又是抛媚眼，又是耍赖皮，要吃咪咪，直至达到目的，方才罢休。整个方队、装备检阅过程，馨儿感兴趣的有如下几个画面：

一是汽车。汽车是馨儿每天见惯的东西，而且多次坐在里边走南闯北。但是，"车"字的音，她至今不会发。每当看到她感兴趣的小汽车，发的是"嘟嘟"的音，也许是对汽车喇叭声的模拟。看到电视画面出现汽车，她就喊"大嘟嘟"三个音节。

二是飞机。可能是因为不久前去过航空博物馆、某舰载航空部队基地，看过不少飞机，尤其是能折叠机翼的歼15战斗机，感到亲切。每当有飞机出现的画面，馨儿小朋友便会倒剪双臂，嘴里发出"呜——"的声音，表示飞机在飞。

三是火炮。在航空博物馆参观的时候，战斗机，馨儿觉得是可怕的东西。因此，基本上不敢下地自己走，更不敢接近去看。但是对炮车却丝毫都不惧怕，一见如故，马上就站到上边，东摸西摸的。手舞足蹈，大呼小叫，要求我们跟她一起玩儿。当火炮方队出现在画面中的时候，馨儿的小嘴里就发出了欢呼："炮炮——！"

四是女兵。对于女性的称呼，尚处于独词句阶段的馨儿，现在除了"妈妈"，只会"姐姐""妹妹""奶奶"几个

词。其中"妹妹"一词，发音最为熟练，清晰。路上看见年龄跟她相仿甚至大几岁的女孩子，她一律称之为"妹妹"。当电视中出现仪仗队中的女兵时，馨儿喊起了"姐姐!"对于男性军人方队，馨儿没有兴趣。可惜的是，馨儿感到亲切有趣的女兵方队，央视导播给私藏起来了，基本上没看到。

五是鸽子。无论是麻雀、喜鹊、乌鸦，还是白鸽，在馨儿那里，都是鸟，她都感兴趣。因此，当成群的象征和平的鸽子飞起来的时候，馨儿小朋友就"鸟——鸟——鸟——"地喊了起来。

出乎意料的是，对于五颜六色的氢气球，馨儿小朋友完全不感兴趣。

我感兴趣的是，此刻正在我身边饶有兴味地玩几个白板磁扣的馨儿，若干年后，懂事的时候，她会记得自己这一次观看"纪念中国人民抗日战争暨世界反法西斯战争胜利 70 周年"阅兵电视直播的情形吗？她会记得哪些情节、哪几个画面，或者哪几样事物呢？

2015. 09. 04

37. 有限的词汇量

已经一岁八个月零七天的馨儿，词汇量仍相当有限。

基本上都是名词，按照习得先后顺序，有：妈妈、面面、馍馍、兔兔、丢丢（指狗）、爸爸、妹妹、姐姐、舅舅、肉肉、虾、菜、牛、袜袜、鞋、爷爷、奶奶、羊羊、背背（背包）、鸟、鸭鸭、肚肚、鱼、臭臭、树、鸡、猴猴等。

一直负责照看她的姥姥，馨儿也是最近一个月里才会叫，发音很不标准，没有声母"l"，近乎"奥奥"。最近几天，馨儿开始学习使用"叔叔""阿姨"，发音含糊、生硬。

动词只有：抱抱、谢谢、尿尿、臭臭（拉屎）、下（下雨）等。

象声词不少，听见什么学什么。比如，飞机在天上飞是"呜——"，小孩子哭是"哀——"，牛叫是捏着鼻子的"哞——"，羊叫是"美——呵——呵"。

显然，馨儿的词汇，叠音词居多。但虾、菜、牛、鞋、鸟、鱼、树等，都是单音节。探究原因，虾、菜、

牛、鱼、树可能跟发音难度有关，叠音比较难发；鞋、鸟可能是为了跟谢谢、尿尿区别。鸡两可，有时也说鸡鸡。爸爸、妈妈，不耐烦的时候，她会使用单音节形式妈、爸。每次奉妈妈、姥姥之命喊我吃饭，由"爸爸"而"爸"，一声高过一声，直到我乖乖离开书房、走向饭桌为止。这给了她妈妈一个幸灾乐祸的机会："终于有个治得了你的人了，呵呵！"

这些词的发音质量，参差不齐。妈妈、爸爸、面面、馍馍、妹妹、姐姐、袜袜、爷爷、背背、鸟、鸭鸭等比较清楚准确，兔兔、丢丢、舅舅、羊羊、虾、菜、肉肉、奶奶、肚肚、鱼、臭臭、树、鸡、猴猴等发音比较含糊。其中丢丢、舅舅、臭臭，不注意听，容易混同。在挺长一段时间里，她姥姥都误以为她在说"妈妈舅舅""爸爸舅舅"。不久前才弄明白，她说的其实是"妈妈臭臭""爸爸臭臭"。原来，小家伙在拿爸爸妈妈耍嘴皮子开心呢！

一般而言，馨儿的词汇都是单义词。但是，"丢丢"这个词例外。开始是指狗，相当于"狗狗"。后来，词义范围不断扩大，不知名的四足动物、四轮的车辆、四条腿的雕塑造型，再后来，就连虫子之类东西，她都叫"丢丢"。大个儿的东西，她一律称之为"大丢丢"；个头特别大的，"大"字发音时特别用力，停顿比较长，表情比较严肃。

现在基本上是独词句阶段。词组有"大丢丢""大姐姐"之类；类似句法的组合，有："妈妈抱抱"（让妈妈抱抱馨儿）、"爸爸抱抱"（让爸爸抱抱馨儿）、"妈妈背背"（让妈妈背上包）、"爸爸背背"（让爸爸背上包），"妈妈，鞋"（让妈妈穿上鞋）、"爸爸，鞋"（让爸爸穿上鞋），"妈妈袜袜"（意思是妈妈穿着袜子）、"爸爸袜袜"（爸爸穿着袜子），"妈妈呀＃￥＠％＆"（妈妈如何如何）、"爸爸呀￥＠％＆"（爸爸如何如何），"丢丢哇哇"（狗狗汪汪叫）。

馨儿有限的词汇中，语音表现有几点值得记下来，或许可作语音学、音韵学研究的参考资料：声母上，双唇塞音最早出现，其次是舌头塞音；塞音多有浊化倾向，清塞音送气音很少，比如，"兔兔"，近乎"毒毒"；鼻音"n"很早就有了，边音声母"l"至今尚未出现。韵母上，基本上是单元音韵母，元音舌位有中央化倾向，典型的高元音、低元音都还没有出现，鼻音韵尾都还没有出现。声调上，高平、低降最先出现，高升调稍晚，曲折调至今尚未出现。我有个直觉，婴儿的语音情况，或许会对上古音研究有重要的参考价值。有可能，上古音跟婴儿语音有许多相同相通之处。

语言学理论中，对语言的定义是：语言是人类最重要的交际工具。

但是，在馨儿这样的阶段，语言还不是最重要的交际工具，手势、表情跟语言大致成三鼎足之势。

以成人世界的生产、生活需要来说，如果没有语言这

种交际工具，是无法想象的；像馨儿这样的手势、表情、语言三足鼎立情况，也是难以容忍的。但是，从婴儿的立场看，成人世界的语言，大概也是过于繁琐、复杂的。

常常听人说，孩子三四岁以前都是可爱的，三四岁以后就不可爱了。依我对馨儿语言状况的观察，我觉得这跟孩子的语言发展水平有直接关系。成熟、高水平的语言，反而是不利于人们之间情感交流的。原因之一是，语言水平低下造成的陌生感，能给双方带来新鲜感、神秘感；原因之二是，强弱语言之间交流，强者易滋怜爱、宽容之心，而旗鼓相当，往往激起抵牾、对抗情绪；原因之三，语言水平达到一定程度时，双方不会满足于纯真的情感交流，而更喜欢进行思想的交锋，观点的论战，火药味很浓，直至不欢而散。

进入一两岁婴儿的语境，是一件好玩的事情。不久前，馨儿还不会说"叔叔""阿姨"时，男的都是"爷爷"，女的都是"奶奶"。我抱着她在路上走，她总是伸出手指着前面走过来的陌生人大声喊"爷爷""奶奶"。开始时我觉得不好意思，会给人道歉。时间稍久，我竟然习惯了，觉得她那样叫其实挺好玩的——只是当她冲着我的朋友们这样叫的时候，我才发现不好玩，我被她降低了辈分！

婴儿的语言，乍一听，会觉得幼稚可笑。时间久了，听得多了，容易受其影响，被其同化。一位跟馨儿接触比较多的年轻朋友，说她几次在路上看见小狗大狗，都差点儿脱口而出："丢丢！""大丢丢！"

毋庸置疑，一个人掌握的词汇量越多，其表情达意便会越丰富，越深刻，越准确。但是，有限的词汇量，辅以必要的手势、表情，却也有其独特的形象生动、天真烂漫的魅力。天空中飞过一架飞机，语言成熟的人，会说："看，飞（hui）机！"而馨儿则是用手指一下天空，嘴里发出"呜——"的一声，有时候会配合一个弯腰躬身、倒剪双臂的动作，令人忍俊不禁。

古语道：行胜于言。馨儿有一些无法用语言加以表达的事情，她会用哑剧的形式进行表达。比如，见过一个老太太嗑瓜子，她觉得好玩，便经常主动给我们表演《嗑瓜子》：伸出左手，作拈瓜子状；右手伸出，作从左手掌撮瓜子状；送往嘴边，舌头打唪，模仿嗑瓜子声；闭嘴，作咀嚼瓜子仁状。表演完毕，面露得意之色，等待掌声和喝彩声。我们经常要求看馨儿的《嗑瓜子》表演，基本上每次都能得到满足。

常言说：恶语伤人六月寒。成年人的词汇系统里边，有许多词语是用来表达不满、对抗、咒詈等不良情绪的。这些词语一旦出口，犹如一支支利箭，射向交际的另一方，从而引发战火。迄今为止，馨儿的词汇系统里，因为贫乏，还很干净，还没有这一类负能量的词语，不可能出现恶语伤人的现象。

当然，也不能太低估婴儿的智商和语言能力。馨儿已经开始有她自己的意见和性格了，她所不喜欢的事情，会一概以"不要不要"加以否决，没有商量的余地。今天晚上，带她去商场买衣服，可能是两次制止她钻桌子底下之类的行为，催她回家，没让她玩痛快。回家路上，她嘴里翻来覆去、不停地说着"爸爸臭臭""臭臭爸爸"。让她换成说"妈妈臭臭""臭臭妈妈"，她置若罔闻，全然不像平时那样听话。尽管我有一路抱着她回家的苦劳，也无法换来她小人家的宽宥，嘴下留情。

2015. 09. 29

38. 冀西北三日游

国庆七天假，如何去"欢度"？这是自入秋以来，我所面临的一个不大不小的课题。到妻子的中原老家省亲兼访古？到海边看海景吃海鲜？到租赁的京郊山村农家院踏踏实实休息几天？翻来覆去，议论了好多回。最后，我出其不意的一个建议，得到了众人的一致赞同：重走馨儿在娘胎里时走过的一段长路。

前年国庆期间，妻子怀着六个来月的馨儿时，带着她的贴身"侍者"——我的岳母，斗胆作了一次自驾壮游：走京西北乡村公路，经海淀温泉、苏家坨和昌平阳坊、南口流村、白羊城等村镇；穿白羊沟，翻山经横岭、镇边城等古边关村庄；在官厅水库附近上京张（八达岭）高速；游览了沙城县境内的古驿站——鸡鸣驿，在相传黄帝、蚩尤曾经大战的涿鹿县县城附近转了转；于黄昏时分抵达宣化，逛了古城，夜游古城边的人民公园；晚饭过后，连夜返京，回家。时近中午出发，晚十点左右回到家里。这为时大半天、驱车四百余公里的壮游，我们三个人都小心翼翼、提心吊胆的，怀孕中的妻子更是受尽颠簸之苦。但

是，因为天公作美，景致不错，尚未出生的馨儿也相当配合，总的来说，玩得还是相当开心的。这是一段紧张而美好的旅程。原班人马，原先在肚子里的馨儿，现在已经能活蹦乱跳地自己走路了，重走这一段旅程，颇有纪念意义。

简单的重复，不是一件好玩的事情。因此，出发前，我和妻子大致商定，把旅程延伸一下。我的建议是，先到蔚县转一下，然后去北岳恒山看看。如果意犹未尽，五台山、云冈石窟，都不太远。我提过，可能的话，我想去坝上张北转转。对此，妻子不太赞成，理由是三四年前去过两次了。

这样的路线设计，我当然是有私心的。到蔚县，我是想吃毛糕（黄糕）。四五年前几次到张家口、张北都吃过这东西，非常喜欢。见饭馆里打的都是"蔚县毛糕"的招牌，想象蔚县的毛糕应该更正宗，更好吃。从前看电视剧《大境门》，男主角的家乡是蔚县，女主角家镖局押的镖在飞狐峪被土匪劫了，对蔚县、飞狐峪都有浓厚的兴趣。去北岳恒山，是为了凑齐我的"五岳游踪"。"东南西北中，泰衡华恒嵩"，我只有北岳恒山没有到过。李太白有诗云，"五岳寻仙不辞远，一生好入名山游"。交通如此方便的今天，我没有理由连旅行基本靠走的唐代诗人都不如。重游坝上，主要是想要看看张北的变化，希望继续为这颗坝上明珠写点东西。四五年前，应当时张北县领导之邀，我曾几次到张北，深入乡村农户，寻访人文自然景观，写过十几篇类似游记的文章。那一届为了使张北"一年一变样，三年大变样"、全年无休、一个人当三个人用的县委县政府领导班子，有许多宏伟的计划。数年未见，不知张北的面貌变化有多大。

常言说得好：计划没有变化快。今年 10 月 1 日，是个大风天。起床之后，诸事安排妥当，已经是中午时分。为了节省时间，一出发，我们就偏离了方向，上了还没有完全通车的京新高速公路。在十三陵附近进山时，高速公路没有了。走普通公路翻越山岭时，小堵片刻后，一路畅通。上了高速，眺望连绵的秃山，不多的几片浮云，耳听着呼呼的风声，还有馨儿那脆中带甜的咿呀学语声，不知不觉就到了蔚县。

想象中的整饬古城并没有出现。城门窄小，道路也坑坑洼洼的，古城内的交通状况相当混乱；午后三点半，所有饭馆都打烊了，期盼中的黄澄澄的毛糕，未能见到。于是，逃也似的离开县城，就着自带的面包、牛肉干，胡乱填一下肚子，奔飞狐峪、空中草原而去。

飞狐峪出乎想象的精彩。无需购票，山谷中没有一个徒步的游客，峡谷中蜿蜒的柏油公路上，没有见到一辆大卡车，小轿车也不多。车在峡中缓缓前行，只见四周山势如削，如凿，如奔，如涌，如九曲回肠，如迷魂兵阵；山谷中多次迎面而来的羊群，遍布峡中已经干涸的河滩，有

如千军万马……把个喜欢"羊羊""咩咩"的馨儿，看得目瞪口呆，忘了发出声音。因为时近日落，远处山峰被夕阳染成了金黄的颜色，像一座巨大的金山。金山随着峡谷的变化，而显露出不同的形状。我想，我那些搞摄影的朋友们看到这种景致，非高兴坏了不可；那些做生意的朋友们看到这种景致，一定会满心欢喜，金山在前，这是多么吉利的景象！

峡谷将尽处，公路盘旋而上，到了山顶，眼前是高山草甸——空中草原——景象。作为景区的空中草原，需要离开公路，继续往高处攀爬，不知何故，已经停止接待游客。山高风冷，天色向晚。于是调转车头，原路返回。

驶出山口，我临时提议逛个古镇：暖泉镇。

二十多公里后，夜色中我们就进了暖泉镇。事先并没有做什么功课，我对暖泉镇所知甚少，只是听一个朋友提到过，古堡建筑和民俗打树花、剪纸有名云云，是值得一逛的古镇。行车中，又见路边景观标示牌上有它的名字，于是产生了看个究竟的想法。进村伊始，一条直道，两排北方乡村常见的平房，心中不免狐疑，觉得不像是古镇。但是，看街上行人不少，有些像是外地来的游客，猜测应该是还没有走到地方。

进了村子，先解决吃饭问题。也许是饿了一顿，也许是厨师手艺真的不错，在一家号称老字号的小饭馆，寻常饭菜都吃出了不寻常的滋味：大碗羊肉、扣碗蒸黄米、黄花豆腐、清炒土豆丝、黄糕（蘸菜吃）、莜面卷、疙瘩汤等。如今我们出游吃饭，好不好吃，有一个重要衡量标准：馨儿喜不喜欢吃。蒸黄米、土豆丝、豆腐、黄糕、疙瘩汤，馨儿都吃得津津有味。可见，是家好饭馆！

有个小插曲，饭馆老板和家人都劝我少吃点黄糕，说是晚饭吃多了容易积食。结果，因为第二天晨起来先逛景，八点多钟才吃早饭，当时我已经是饥肠辘辘了。北方面食为主的人，不了解我这个糯米作主食（麻糍）长大的江南人肠胃的厉害！

我们原本准备回蔚县县城或者到大同投宿的，但看了几眼夜色里的暖泉古堡之后，我们决定就在古镇过夜。几经周折，在古堡内的一个农家院要了两间房子住下。院子中央有株大杏树的农家院，主人夫妇都是说话慢条斯理又不乏热情的当地人。最重要的是，一间土炕房，大得馨儿的欢心：在大炕上奔跑雀跃，大呼小叫，迟迟不肯睡去。第二天一早，撩起窗帘，冲着对面房间住着、同样来自北京的一个五六岁女孩大喊："姐姐！"姐姐没理她，她便改口喊："妹妹！"

暖泉古堡如何历史悠久，形制美观，哪些影视剧曾经在那里拍摄，取景，诸如此类的情况，有兴趣的读者，上网搜索即可，我就不一一介绍了。总之，我们一家四口，有喜欢建筑考究的，有喜欢街巷整洁的，有喜欢民风淳朴的，各得其所。馨儿一听说要给她照相，立即摆出各种姿

势，还时不时抢夺我们的手机去拍照，看得出来，小朋友很喜欢这个地方。我呢，对街巷里看到的几幅手写楹联特别感兴趣。随手拍了三副，发到微信朋友圈，赞扬声响成一片。我的配文是："三副对联，尽显暖泉古镇文化软实力。字这么好，说明镇上有书法人才；这么好的字都没被偷走，说明民风淳朴。"有朋友认为，对联显示的书法造诣，至少比当今中国书协主席高明得多。连逛两遍，我们都有流连忘返、徘徊不忍去的意思。

离开暖泉镇，我们就奔恒山、悬空寺而去。大段的高速公路，前后都不见车辆，道路两旁有一些兔子不拉屎的荒山秃岭。窗外没有任何能引起馨儿感兴趣的景物，因此，她美美地睡了一觉。

馨儿一觉醒来时，车已经驶进浑源县城。出城未等靠近恒山山脚，只见警察正在疏导交通，驶往山里的道路，车辆首尾相接，望不到头。见此形势，我们立即达成一致意见：迅速撤离此地，不去任何著名景点。跟恒山擦肩而过，大同云冈石窟也不去了。游兴大发、意犹未已的妻子，主动要求去坝上，去张北。

在浑源街边一家小饭馆吃过我认为是生平最可口的刀削面，给车加满油之后，我们上路，驶往坝上、张北。路过山西大同县时，高速公路边有块名胜景区告示牌，上书"大同火山群，20公里"，妻子下达指令："看之！"不料，20公里指的不是距离景区的路程，而是距离当前高速公路出口的路程；下了高速，换另一条高速，另一条高速走了十几公里，一查地图，还有 40 多公里。简直是欺诈行为！一怒之下，我们决定：不去了。

车过张家口市万全县，爬坡上坝时，道路旁火炬树红黄相间，天空中蓝天上云卷云舒。车中大人小孩，全体兴奋起来。手机照相机的咔嚓声中，妻子又一次得出结论：她的决定是多么英明。馨儿看到坝头的发电风车，如见故人一般，连声高喊："大丢丢，大丢丢！"馨儿初见风车是在官厅水库那里。因为靠近高速公路，显得特别高大，给馨儿留下了深刻的印象。因此，在暖泉镇那家小饭馆，吃嗨了的馨儿，仰头看见天花板上的吊扇叶片时，立刻激动地指给我们每一个人看："大丢丢！"表示她已经认识这东西了。孔子曰："学而时习之，不亦说乎！"馨儿曰：识而时见之，不亦嗨乎！

到了坝上，是下午四点多钟。我先带她们在张北县城转了一下，然后奔中都考古遗址、安固里淖。在中都遗址景区门口，因为门票要 40 元，我四五年前去看过三回，拍过大量的照片，不想再进去了。妻子和岳母听说只有几段土墙和一个土堆，也不愿意进去。售票窗内的大婶完全不在意我买不买票，一个劲地夸我怀抱中的馨儿"真亲"（方言，可爱的意思）。景区门外停车场边的杨树，叶子已经变黄。馨儿的小脸蛋，在夕阳的映照下，格外娇嫩。妻子拿着她的爱疯，噼里啪啦给馨儿拍了好多张特写。

　　离开中都遗址后，时速一百多公里，一路狂奔。找到安固里淖时，已经是暮色笼罩四野时分。四五年前的"安固里淖旅游度假村"，已经改名为"安固里草原度假村"了。湖泊意思的"淖"已经悄然去掉了。曾经的华北地区最大高原内陆湖，自从2004年完全干涸以来，再也没能恢复往日的风采！

　　在安固里草原度假村附近，邂逅一大群牛。馨儿一边兴奋地喊着"牛牛"，一边捏着鼻子"哞哞"地学牛叫。我看着老年夫妇俩在几只牧羊犬的帮助下，赶着牛群，横穿过公路，走过一株旷野中树冠亭亭如盖的树，脑子里不由得记起《诗经》中的诗句，"日之夕矣，羊牛下来"；想起安固里的前身安固里淖（意思是：鸿雁的湖泊），拥有20余万亩水面的碧波，曾经是辽国的"春捺钵"（春季的行宫），皇家游乐之地，"弓开满月箭流星，鸳泊弥漫水气腥。毛血乱飞鹅鸭落，脱鞲新放海东青。"（清陆长青《辽宫词》）曾经是元朝百姓的乐土，"……山低露草深，天朗云气薄。积水风飕飕，平沙烟漠漠。凫鹭杂翔集，巨鳞倏潜跃。居人岁取给，远眺近一勺。原隰多种艺，农畬犬牙错。涤场盈粟麦，力穑喜秋获。"（元周伯琦《扈从诗·鸳鸯泊作》）不禁感慨系之。

　　在张北的晚饭，本想让家人入住我曾经多次下榻的县政府宾馆，可惜的是，我们到得太晚，只剩一个标准间了；本想让家人品尝一下美味的蒙古手把肉，遗憾的是，我们好不容易选中的那家饭馆（我们选饭馆，环境适合馨儿小朋友是第一条件），手把肉售罄（沽清）了。

好在，第二天早上原本只想到中都草原、馒头营乡随便转一下就离开坝上的，却意外地有了一个跟一群没有上笼头鞍配的骏马亲密接触的机会，有了一个在一片蓝天白云映衬下黄叶树林边奔跑照相的机会。几乎可以伸手摸到马，把馨儿给兴奋得，嚷着让我给她准备草料，她要给马"喂喂"。在黄叶林间，眼看着如洗的碧空，一点点生出白云，成朵，成团，成片，漂浮着；如鸟，如兔，如马，不停地变化着形状。爱照相的两位女士，兴奋地摆出各种自认为最优美的姿势，或者自拍，或者把我指使得团团转。馨儿在开满白茅的野地里跳跃，在黄叶的树林里奔跑，跟我玩捉迷藏。要不是我催着她们走，她们能在那里玩上一整天！

在馒头营，听说从前种植的薰衣草，没能成功。费了一点周折，找到了五年前拜访过的独居老太太。有130多年历史的五间土房，变成了三间砖瓦房；老太太也已经年过八十了，依旧独居。五年前所写的《古宅中的独居老人》中有个错误，因为老太太带着白色小帽，我误以为她是回民。这一次通过跟邻居打听和跟她本人核对，确认她不是回民。

离开张北，曾经动过取道崇礼、赤城、延庆、怀柔的念头。因为惦记着要回到山樱小筑聚餐，就直接返京了。

中间只在东花园服务区停留片刻，休息了一会儿，给车加满了油。

在接近东花园高速公路出口时，看到道路上有 LED 提示，八达岭路段进京方向车辆较多，正好我们原计划也是下高速，走本文开头说过的妻子怀着馨儿时北行的翻山路段，经镇边城、横岭、白羊沟、流村、阳坊，到达目的地。可惜的是，在长途跋涉之后，馨儿小朋友累了，困了，把颠簸当成了摇篮，一直睡到阳坊，我们准备停车买些羊肉蔬菜的时候。

我们抵达目的地的时间，正好是准备晚饭的时间。

为时三天两夜、来回一千四五百公里的旅游，对于三个成年人来说，有不少值得日后回忆、向人叙述的情景。而对于一个只有一岁零八个月的孩子来说，按照自然记忆，一般是不会留下什么印记的。但是，通过我这流水账似的记录文字，馨儿日后长大成人，倘若能够读一读，大约不失为一件有趣的事情。我的儿时记忆要算是比较早的了，记得二三岁时经历过的若干情景。但是，因为我的父母都是文盲，没有留下关于我婴儿时期经历的文字记载，因此，我的人之初数年，几近空白。对于那些年父母养育我的辛苦与欢乐，毫无所知！

2015. 10. 05

39. 小小画家

　　结束国庆假期冀西北自驾三日游，回到我们的山樱小筑。晚饭时分，我在大厅练字。馨儿走过去，迫我让出位置，站到藤椅上，夺过我手中的毛笔，开始画了起来。

　　馨儿一出手，就让我吃了一惊：她的运笔方法，或由近及远，或自远而近，推拉皴染，轻重疾徐，颇有章法。她留在纸上的墨迹，并不杂乱；浓淡粗细，枯涩洇润，自然天成，看起来挺像一丛兰草。等她画完，我接过毛笔，在她的作品上添了几笔，兰草丛便变成了盆兰，中间有一枝花蕊——后来有朋友批评我是画蛇添足。

　　撇完兰草，馨儿就离开我的写字台，自顾自玩儿去了。过了好一会儿，在我结束练字之后，她又拉着妈妈，要求再去画画儿。结果，画出了一幅跟兰草截然不同的作品。笔画有横有纵，有弯曲；构成图形，或方或圆，自有其合理性。整体上，有点像简化了的中国结。

　　两幅作品，使我觉得，馨儿画画儿，不是信笔乱来的，有她的想法和讲究。因此，我认为，这一天是值得纪念的日子。2015 年 10 月 3 日，精确地计算起来，是馨儿出生一年零八个月又十天。万一将来馨儿真的成了画家，那么，她绘画生涯的开端，比绝大多数画家都要早。加以文学夸张，可以说，她是神童画家。

数字巧合，无处不在。有趣的是，这一天，是我出生的次日。馨儿的出生月日，比她妈妈早一天（馨儿是自然顺诞，不是剖腹所产），这事一直让我妻子引为自豪，说馨儿跟她比较亲。现在，在我出生的次日，馨儿开始作画。据此，我可以说，后天的技能，馨儿比较像我。

在这之前，馨儿抓过毛笔，也在纸上画过。早在三四个月大的时候，一个深更半夜，她第一次抓过一支毛笔，紧紧握住，不肯放手。抓周的时候，在手中把玩最久的，也是毛笔。大概是五六个月的时候，曾有一次，顺手夺过我的毛笔，涂了几笔。八九个月以后，喜欢用铅笔或蜡笔，在纸上乱画一气。

但这一次的毛笔作画，跟以往的抓笔、涂画，有本质的区别。

首先，她是老远地看见我在练字，于是主动走过去，要我让位于她。态度明确，要求强烈。我让得稍微慢了一点儿，她都不高兴，眼看着就要发火，叫嚷起来。

其次是，她绘画的过程，首尾始终，十分完整。从占位到撤离，从落笔到收笔，界限清晰；绘画过程中，毛笔是紧紧握在手里的，谁也不能将其拿走。一旦结束绘画，她就把毛笔往我手里一递，动作利索。然后，跐溜下地，爬高上低，搬过簸箕、笤帚打扫卫生，玩她感兴趣的事情去了。

再次是，她的笔画和构图，都是有想法、有讲究的。她落笔的时候，有时会口中念念有词，"大丢丢""大——丢丢"。在馨儿的语言体系里，"丢丢"，最初指狗，后来扩大到形状类似狗的其他不知名动物，再后来更扩大至动物界以外，比如汽车。所以，她口中的"丢丢"究竟指什么，难以确知。作画中间，她会停下来，身边的人举起她的未完成作品，吆喝在附近的妈妈或者姥姥，停下手中一切活计，观赏她的作品。然后，继续作画。

最后，她完成作品的意识非常清楚。当她结束绘画，把毛笔往我手里交的时候，我问她"不画了?"或者"再画几笔?"她会把脑袋摇晃得跟拨浪鼓似的，嘴里同时连声说"不要不要"。决不纠结，决不拖泥带水。

如果说，一天，两次，是荷花塘着火——偶然（藕燃），可能只是信笔涂鸦。那么，接下来的四天里（白天，我跟她妈妈下山进城，由她姥姥舅舅照顾；晚上，我和她妈妈上山，跟她玩），每天作画一两次，一共作过六幅，每次的行为表现均如上所述，每幅作品，笔墨的浓淡、枯湿，构图的正侧、疏密，均无违背情理、视觉之处。凡此种种，大概已经可以说明，馨儿的确是在作画，不是涂鸦。

最后一次，尤其有趣。馨儿摆起了大画家的谱：先是

让她妈妈拿走舅舅搭在椅背上的一件衬衫；接着要求我把桌面、毡子上的东西清理一下，铺好宣纸后，将镇纸移到两旁；让姥姥、舅舅往后退几步，站到远处；让爸爸妈妈分左右站立，贴身伺候；作画过程中，两次停笔，让妈妈举起她未完成的作品，给姥姥观赏（舅舅到别的屋子里，作诗填词去了）；整个创作过程，馨儿四次要求更换毛笔，用过其中四支，第三支，我刚从笔架上取下，未及濡墨，便被她摇手制止，她瞧不上。完成之后，我问她画的什么，她想了想，认真地说："兔兔。"

文字描述，难免枯燥、空虚，好在都有视频照片，可资印证。我把馨儿国庆山居期间所作的全部八幅作品，都发到了微信朋友圈中。许多朋友点了赞，发表了评论，鼓励有加。他们可以证明，我所言不虚。

有朋友看过馨儿作品的照片后，认为她的确有绘画天赋，建议我们找个画家给她指点指点，及早培养。我和她妈妈的想法，正好相反。我们认为，孩提时代，健康、快乐地成长，是头等大事，学习技能是次要的。我们不想早早规划馨儿的未来，从事什么职业，成为什么样的人。这些事情，都要视乎她自己的兴趣和禀赋。关于绘画艺术，我也并不认为，学院派的技法就是通往艺术殿堂的不二法门，我不认为一上来就按部就班地灌输孩子线条、色彩之类教科书里的条条框框，是艺术教育的好方法。

至少，在七八岁之前，我们不会让馨儿拜师学艺，不打算买绘画方面的书让她模仿，也不会要求她按时练习，定期创作。在这个事情上，我们既不做她的启蒙老师（事实上，我和她妈妈都不会画画儿），也不做她的学监督导，我们只做她的赞助人：给她提供纸墨笔砚，她想画就画，决不吝啬；画得好，我们就给她赞美、鼓励，出钱装裱，挂在墙上，予以收藏；她哪天不想再画了，兴趣转移了，也悉听她小人家尊便。

馨儿能否真的成为画家，完全取决于她的兴趣，取决于她的天赋，取决于她跟绘画艺术的缘分。

2015. 10. 10

40. 再游天津

　　上星期，接到天津今晚报业集团旗下某报一位年轻编辑的电话，告诉我，我的一篇杂文获奖了，让我去参加颁奖仪式。对于获奖名目、几等奖、奖金多少等都没有弄清楚，我就爽快地答应出席了。答应的原因，除了对今晚报业旗下几家报纸数年来刊登过我不少文章心存谢意之外，还有一点私心：趁机带家人尤其是馨儿，再游天津。去年，在馨儿出生三个月的时候，曾应邀参加《今晚报》举办的一个演讲活动时，带她们到天津玩过一次了。但是，那一次不凑巧，只看了几眼夜景，逛了一会儿意大利风情街，天就下起了雨，没玩好。再说，那时候馨儿还太小，大部分时间都在睡觉。

　　颁奖会于上午九点半开始。为了准时出席，我决定，提前一天到达天津，自费入住宾馆。头天下午一直有课要上，事先又跟一班外国学生约了一道吃晚饭。因此，出发的时候，已经是晚上八点半了。

　　一百四五十公里的路，因为是晚间，挺顺畅的。但是，提着行李走进宾馆房间的时候，已经是深夜十一点了。忘了说，跟上次一样，这一次也是开车去的。

馨儿虽然只有一岁零八个月，但已经是宾馆的常客了。进宾馆房间，跟进自己家门一样，完全没有陌生感，可以瞬间进入玩闹状态。一天的工作，加上长途旅行，我和妻子都累得很快就睡着了。馨儿什么时候入睡的，我完全不知道。第二天，妻子说自己依稀记得馨儿在玩床头柜上的电话机，猜测她可能拨了一些电话。想起来有些后怕。不是因为拨电话，是她可能去玩床头灯，用手指抠电源插口！

第二天上午，我到下榻酒店旁边的今晚大厦领奖。领奖之后，有一个座谈会。全部结束的时候，是十一点四十分。东道主热情邀请我携家人参加午餐会，被我婉言谢绝了。我认为，玩比吃重要。

我手握奖杯，一路小跑回到酒店房间的时候，妻子惊诧地问我，是否看见她们了。她说，她跟馨儿也刚刚进房间。原来，她抱着馨儿去接我了。等了好一会儿没见我出来，就先回酒店了。妻子说，在今晚大厦前，她告诉馨儿爸爸在里边开会，馨儿便冲着大厦大叫了一声："爸——爸——！"

办理好退房手续后，在酒店边的东大清真寺门前拍了几张照片，我们便驱车直奔位于塘沽外滩的极地海洋馆。在北风、降温、下着毛毛雨的天气里，海洋馆几乎是唯一的选择。

海洋世界对馨儿有着不小的吸引力，黑白色的南极企鹅，色彩斑斓的各种鱼类，馨儿都看得目瞪口呆，饶有兴味。回到北京后，还能给人模仿企鹅、大鱼在水里游动的样子，手脚并用，嘴里配音。馨儿不爱听白鲸凄厉的叫声，头紧紧贴在我的肩膀上，不愿意下地自己走路，好像很害怕，催促我们赶快离开。海洋馆里有好几个儿童玩具店，馨儿喜欢在里边逛，东摸摸，西看看。但是，我问她想要什么，她都摇头作答。我看到一种彩色的小石子手链，她可以戴，问她要不要，她摇头之后，说："姐姐！"我们理解她的意思是，她自己不要，但可以送给姐姐。于是买了三串。各种海洋生物造型的毛绒玩具，馨儿巡视之后，只选中了一个半大的北极熊。紧紧抱在怀中，在店里穿梭一般地奔跑，不肯撒手。标价 98 元，不便宜。考虑到这是馨儿自己选中的东西，且将是她游览海洋馆唯一的纪念物，我便将其买下。馨儿见状，拍手表示欢心。

馨儿喜欢企鹅。馨儿妈妈也认为，企鹅形象好，气质佳，品种多，堪称天津海洋馆的一大亮点。因此，看完一圈，最后回到一楼，我们又去看了一次企鹅。离开海洋馆之后返京的路上，最激动的是岳母，她说，幸亏最后又看了一次企鹅，不然她就不知道企鹅在陆地上是怎么走路的。原来，第一回看企鹅，她的目光一直没有离开过在水里游泳的企鹅！

离开海洋馆，因为洋货市场就在近处，于是，在我的提议下，去参观洋货市场。

我去洋货市场，不是为了购物，是为了怀旧。作为有身份的人，花百十元钱买块瑞士手表戴着，买个意大利皮包提着，即使别人看不出来，自己心里也会觉得别扭。十年前，我跟馨儿妈妈（当时还是恋爱时期）寻访塘沽炮台之余，慕名到洋货市场逛过。跟十年前一样，到洋货市场没有购买任何"洋货"，倒买了一些当地土产——两瓶虾酱，一些十八街桂发祥麻花。在一家小饭馆吃饭时，发现街对面两男一女三个新疆年轻人现烤现卖的馕相当美味，于是买了两个。

天色尚早，想起赵丽华的"梨花公社"，想起不久前在甘孜时跟赵丽华相约，我要带馨儿去吃她做的"全天下最好吃的"馅儿饼，返京路上可以在廊坊稍作停留，实现夙愿。于是通过微信，跟赵丽华约好后，又买了五个烤馕、两根大麻花和几斤沙窝萝卜，作为见面礼物，便直奔梨花公社而去。可惜的是，导航时出现理解误差，把目的地设为"京津花园"一期。结果，下高速公路后，开了三四十公里的普通公路，才发现那根本不是赵丽华梨花公社所在的京津花园——这处香河县境内的京津花园，距离梨花公社所在的京津花园还有二十多公里！

最后，到达梨花公社时，已经七点多钟，比预计的六点钟，整整晚了一个小时。天已经完全黑了。梨花公社的两个小家伙，毛球和小灰，在黑影里以吠声迎接远道而至

的我们。

赵丽华以一顿丰盛的晚餐招待了我们。席上,除了一些荤素菜肴和朴实憨厚的沧州包子,还有一道赵丽华隆重推荐、从霸州购得、大有来历的铁锅焖泥鳅——据说是按照美食家苏东坡的爹苏洵在霸州文安县做主簿时发明的烹饪方法烹制的美食。遗憾的是,全天下最好吃的馅儿饼,连踪影都没有见着。赵丽华说,留个遗憾,以便再聚。

梨花公社的四合院,梨花教主的丙烯画,都在她的微博、微信中反复见识过。但是,到了实地,仍不免感到震惊:气氛、色彩,都比照片所见丰富,浓艳,好看!

当然,我承认,震惊的原因,跟馨儿的态度不无关系。进了梨花公社,馨儿很快便消除了对毛球、小灰的恐惧心理,没有了对主人和环境的陌生感,跟正在梨花公社做客的黄菡阿姨混熟了。看画,乱窜,跳舞,兴奋不已。我跟她妈妈都说,时间不早,馨儿该回家了,我们下次再来。馨儿都装聋作哑,默默爬上秋千架玩了起来。看得出来,馨儿喜欢梨花公社,磨蹭着不愿意离去。

八点半,我们离开梨花公社,一个多小时后回到自己家里。一夜一日的天津之行,画上了句号。

这样的流水账式记录文字,一般读者,大约是会感到无趣甚至无聊的。但是,对于我们,却是非常有意义的。因为,它是我们所爱的孩子成长的印记,每一个足迹、每

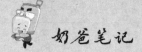
一个细节都充满温馨和欢乐。对于馨儿，我想也会是珍贵的。在她长大成人，尤其是我们离她而去之后，翻看这些文字，了解在她懵懂无知的时期我们一家人在一起时是多么快乐，了解我们曾经为了使她能够健康快乐地成长，做过种种的努力，用心良苦，她应该感到幸福，感到欣慰，从而更加热爱她身边的人，更加热爱属于她自己的生活！

2015. 10. 24

明年要当小模特

41. 明年要当小模特

　　馨儿一岁又九个月了。一岁又九个月的馨儿平生第二次置身时装发布会现场。

　　第一次是在一个多月前，中秋节那天。台州商会假朝阳区行宫酒店露天花园，举行中秋联谊活动，我应邀带妻女参加。该活动有一个环节：木真了时装有限公司有个简短的时装秀。有庭榭水池的环境，华丽的服装，高挑的模特，显然激起了馨儿浓厚的兴趣。她几次鼓着掌，冲着女模特喊"姐姐"，几次想要冲上 T 台参加表演！

　　那一次的时装秀，以助兴娱乐为主。四五位专业模特之外，还邀请了几个非专业人士（其中还有两个小朋友）参加表演。相比之下，今天上午在朝阳公园南侧郡王府黔香阁举办的"复苏·木真了 2016 年春夏新品品鉴会"，才是正式、专业的时装秀，十几位表演者全部是专业模特。

　　所谓郡王府黔香阁，其实应该是"紧挨着郡王府的黔香阁"。黔香阁乃是一家高档次的贵州菜馆，系由袁崇焕祠改建而成。木真了时装有限公司选中作为 T 台的地方，是宴会大厅。大厅其实并不很大，长度不到三十米，宽大约二十米。厅内有不少金丝楠木柱子。划作 T 台的区域两侧，各摆放着三排椅子。整个大厅看起来就满满当当的。加上宾客众多、音乐声很大。因此，一走进大厅，馨儿就感到不自在，要求离开。无奈，我们带着她在大厅外边逛了逛。馨儿对古老的摆设，仿古食器，石刻文物，都有相当的兴趣，凡小手所能及，她都想要触摸一下。

逛了一会儿，馨儿对环境不再感到不安。进了大厅，在我的座位上坐下，在附近玩耍，跟在自己家里一样，全无拘束。

但是，时装展示会一开始，中年男主持人说话声、音乐声起来，模特踩着恨天高的高跟鞋鱼贯而出，馨儿马上就嚷嚷着要出去。

没办法，只好由她妈妈领到厅外待着。事后得知，馨儿在厅外并没有闲着，她顺着红地毯，一个人煞有介事地来回走着。仿佛，那是她一个人的 T 台。厅内，专业模特们沐浴着众人的目光，款款地、袅娜地走着猫步，展示出我国传统服装独特的魅力；厅外，馨儿，也有节奏、有气势地踏着红毯，走出了一岁零九个月大孩子的风采，并且引起了包括黔香阁经理在内的多位服务人员的关注和赞赏。据一直伴在身边的馨儿妈妈说，馨儿的大眼睛和长睫毛，格外引人关注。

动态时装展示持续了一个小时。11 点开始，12 点结束。然后是静态展示，一些专业人士挨件打分，进行评

比，一派繁忙景象。在我们准备打道回府的时候，被告知，留下共进午餐。黔香阁，顾名思义，是贵州菜。以乡野菜为特色的贵州菜，被包装成豪华版后，有些菜还真不错。我个人印象最深的，是滋补盗汗鸡。口感香糯，出乎意料。难能可贵的是，也有馨儿特别爱吃的一道佳肴：鲍汁拌面。

吃过面后，馨儿离开餐桌，到旁边一组大沙发那里玩耍。同席一位朋友的八九岁男孩，很愿意照顾馨儿，俩人玩得不亦乐乎。妻子过去找她，被馨儿推开，嘴里嚷道："妈妈，走！"小小的人儿，竟然开始"重色轻妈"了！为这事，回家路上，妻子感慨系之。看样子，有点失落。

在准备离开黔香阁的时候，木真了时装公司总经理梁枫女士笑着对我们说，明年四月份，有个花园时装秀，届时请馨儿当小模特，客串一把。

明年四月份，馨儿也才两岁零三个月。我的心里，既期待，又担心：到时候，馨儿知道朝哪个方向走吗？会不会乱跑一气？想了许久，渐渐释然。梁总她们这方面应该是有经验的，一定会有办法让馨儿完成她小模特的任务！

2015. 11. 03

42. 卫生纸的故事

不久前，我在微信朋友圈上发了一篇关于小女馨儿的帖子，全文如下：

麻麻如厕，发现没手纸了，喊一声"馨儿，给麻麻拿点纸来！"馨儿便拆开整提的卫生纸，撕掉每一卷的塑料纸，给麻麻搬送过去，把麻麻感动到流泪！（当时只有馨儿和麻麻在家）

发出去之后，意犹未已，我自己第一个评论说："父母对孩子做不到如此慷慨！"很快，朋友们纷纷点赞，发表评论。"乖""大方""可爱""好孩子""小帮手""好可爱""好贴心""偷心高手""勤劳又有爱心"，简直把馨儿夸成了一朵花。

但是，后来听妻子说，我的描述有失实之处。当时的真实情况是：馨儿拖着整提的卫生纸给她妈妈送到卫生间，妻子取出一袋之后，馨儿又将剩下的袋子拖回客厅。其他纸卷被一一拆开，不是为了送给妈妈，而是为了她自

己玩耍。

我之所以那么写，决不是我为了塑造馨儿的小可爱形象，为了煽情，有意造假。我是根据妻子的一篇帖子改写的。妻子的帖子原文如下：

> 如厕，手纸没了。"馨儿，帮妈妈拿卷手纸。"宝宝很努力地拖着手纸袋子过来了。"妈妈，即（纸）。""宝宝真棒。"拿出一卷，"帮妈妈放回去吧。"宝宝很努力地又拖着袋子出去了。偶悠哉悠哉如厕完毕并暗暗欢喜，我的小棉袄长大了……

我转述失实，原因有二：一是看妻子帖子不够认真细心，二是妻子的帖子配图是馨儿抱着满怀（四卷手纸）的照片。我问照片怎么回事，妻子笑着说道："那是事后摆拍的。"

我本无意拔高、美化闺女形象，但由于粗心和误会，实际上做了这样的事情，有了这样的效果。这是我应该检讨反思，并向朋友们致歉的！请朋友们不必客气，说些"即使是真实的情况，馨儿仍然很可爱"之类的安慰话。失实就是失实，错了就是错了。

因为，我希望，馨儿长大以后，要努力做一个诚实的人。

在这里，我也要因为一个事，向馨儿道歉。

大概有二三个月的时间，馨儿因为什么事哭闹过之后，我们问她"刚才谁在哭啊"，她的回答都是"妹妹"。因此，我曾多次跟朋友们说，馨儿也是会撒谎的，不承认自己哭闹过。

　　但是，两个星期前开始，馨儿不再说"妹妹"了，都是老实承认："馨儿。"馨儿还不会发鼻音韵母，每次都说成类似"虾儿"的音。

　　我这才意识到，从前可能是我冤枉了馨儿。馨儿之所以回答说"妹妹"，应该不是她有意撒谎，推诿。她所说的"妹妹"，应该就指她自己。那个阶段，馨儿的语言系统里，还没有自称，还不会说"虾儿"。就是现在，馨儿也还不会说"我"。

　　因此，我也希望，在馨儿未来的人生里，能够多一些轻松自由，不要遭受太多的冤枉！

2015. 11. 06

43. 夜猫子

不知从何时起，馨儿练就了夜猫子功。通常不玩闹到深夜十二点，她是不会睡觉的。有时候，甚至会玩到一点多钟。这成了我家当前一件烦恼的事，我和妻子都为之感到头疼。

今天早上六点半，我出门去上课前，照例"查铺"，看看馨儿是否蹬掉了被子。由于不小心，碰到床沿，发出声音，惊动了馨儿。只见她于半梦半醒间，嘟囔了句："觉觉，不要！"

每天晚上，为了哄馨儿早点睡觉，九点下班的妻子，于十点钟左右开始对她用"喂奶哄睡"计：带馨儿上床，企图让她吃着奶入睡。但是，馨儿从来都是"光吃奶，不中计"。妻子跟她说："馨儿，咪咪，觉觉。"馨儿总是回答："咪咪要，觉觉不要！"我们都想把她绕进去，故意说："不要觉觉，就不能吃咪咪！""咪咪要，觉觉也要！"或者"觉觉要，咪咪不要！"可是，一次也没有成功过。无论我们说什么，馨儿的回应从来都是"咪咪要，觉觉不要"，或者简称为"咪咪要"。如果我在旁边帮妻子的腔，

— 209 —

馨儿就会对我下驱赶令："爸爸走！爸爸走！"奶声奶气，却干脆利落。最近，馨儿的语言能力有所提高，改成了："馨儿吃麻麻咪咪，觉觉不要！"

不管是十点半，还是十一点，吃完奶，馨儿一骨碌就爬了起来，在床上奔跑，蹦跶，跳舞，撒野，大呼小叫，咯咯地笑个不停；或者滚下床，到书房找我玩。如果我在用电脑写文章，她会一边用手把我推开，一边嘴里说"爸爸走！"我说："这是爸爸的地方！"她会回答："馨儿地方！爸爸走！"然后，不由分说，爬上椅子，乱敲键盘。屏幕上出现人物图片，她嘴里就会不停地喊"姐姐！""阿姨！"相当有礼貌，令人啼笑皆非。

早晨没有睡醒的情况下，她都能喊出"觉觉，不要！"由此可见，每天晚间，馨儿是多么不愿意睡觉！

不得不承认，馨儿之所以成为夜猫子，我有相当的责任。我也有"白天犯困，夜里精神"的毛病，早已习惯了"白天优游，夜晚耗油"的生活。但是，这是进入中年以后的事情。整个青少年时代，我都喜欢早睡晚起。吃晚饭时，没等放下碗筷，人已经入睡的情况，是经常发生的。记忆犹新的是，七八岁以后，每当红薯收获季节，吃过晚饭就得帮父母削红薯皮，以便赶第二天早晨挑到溪滩上晾晒红薯干。现在回想起来，我还觉得，削红薯皮是一件十分痛苦的事情。因为，削不了几个红薯，我的上下眼皮就会开始打架，直至粘了强力胶似的睁不开。那时候，红薯

干是家家户户重要的主食，需要削皮的红薯数量巨大。所以，只有到困得能把手掌当红薯削，父母才会发话让我去睡觉。得到睡觉的许可，不啻罪犯遇到大赦。冲到床上，无缝入睡！

对照我小时候的表现，馨儿简直是反其道而行。不到两岁，熬夜的功夫，已经跟如今的我不相上下了。

最近几个月，只要我在家，夜晚十点半以后，我们家就出现"两困两醒"的局面：岳母和妻子母女俩，偃旗息鼓，非睡即困；我和馨儿父女俩，精神饱满，胜过白天。换言之，十点半到十二点之间，家里基本上只有我一个人尚有体力，奉陪馨儿玩耍。

为了哄馨儿早点去睡，以便看书，或者写文章，我想过一些办法。我曾故意问她："馨儿喜欢麻麻吗？"我知道，她一定会回答："喜欢！"于是我就接着说："馨儿喜欢麻麻，就去跟麻麻觉觉。"这个时候，馨儿就会抗议道："馨儿觉觉，不要！"我曾冲着馨儿假装打哈欠，因为哈欠是会传染的。但是，假装的哈欠显然没有转染的性能，馨儿从来不受影响。我也曾假装躺下睡觉，嘴里发出呼噜声。这个时候，馨儿就会毫不客气地使用拉、扯、拽、揪等多种手法，嘴里发出"觉觉，不要！""爸爸，馨儿，陪！"之类的指令。总之，我的哄睡方法，全都不奏效。

可能有朋友会问，深夜不去睡觉，不到两岁的小朋友能玩些什么呢？爬高上低，椅子、桌子都是她攀爬运动的道具；拧开各式化妆品瓶子，学她麻麻的样子，往她自己、我的脸上身上涂抹；找到各种笔，往我书上乱画；找了纸笔，递给我，命令我，"爸爸，画画（发发）!"占领我的台式电脑，装出很内行的样子，敲打键盘，移动鼠标。出现她感兴趣的画面，便得意洋洋。没有出现她感兴趣的画面，便暴躁起来，敲打的动作变得粗暴，有力，害我担心电脑被她弄坏。不由分说，抢过我的手机，要看"虫虫"。韩国动画片《爆笑虫子》，她百看不厌，曾经喜欢的《天线宝宝》，她已经完全没有兴趣了，别的小朋友喜欢看的《倒霉熊》，她也没有丝毫兴趣。动画片中出现强节奏的音乐，她会马上站起来，和乐起舞。看到精彩处，她会激动地用我听不太懂的语言，作出评论。为了推延睡觉时间，馨儿会突然提出要求："爸爸，馨儿，吃（七）梨（姨）。"边用手比划着削皮的动作，让我去给她削梨吃，刻不容缓。吃完梨，还不想睡，又让我给她剥栗子吃。风干生栗子，有点软，很甜……总而言之，花样百出，难以枚举，无法预防，无计可施。

馨儿的夜来疯，妻子担心两件事：一是影响她身体发育，个子长不高；二是将来上幼儿园需要早起，难以适应。说实话，这两个问题，我都不太担心。我不相信，个子不是遗传来的，而是睡出来的。我小时候的睡眠时间，肯定符合发育长个子规律，但并没有长到一米八。上幼儿园早起问题，我认为会是船到桥头自然直的，提前担忧，

属于自寻烦恼。

我真正感到烦恼的是，因为馨儿晚睡，我的写作、书法受到了很大的影响。专栏、约稿，经常只能在半睡眠的疲惫状态下勉强完成，质量必然会受到影响；答应给各地朋友写的字，总是迟迟未能寄出。写字貌似简单，写好其实需要聚精会神。我个人感觉，写字比写文章更需要体力充沛，情绪饱满。

有等着看我"奶爸系列"的朋友问，你好久没有写馨儿了，是不是没有东西写了。当然不是这样的。对我而言，关于馨儿，那是永远写不完的；只要馨儿像此刻这样，睡着了，不再霸占我的电脑，一篇二三千字的随笔，是唾手可得的。我是晒娃狂魔，不是江淹，不可能发生江郎才尽的事儿！

2015. 12. 04

44. 婴儿语言里隐藏着的秘密

数十年前，我国一位研究中医疗法的生物学家，提出了全息胚学说。该学说认为，一个生物体各个不同的结构和功能单位，例如动物的头、颈、节肢，植物的叶、枝、花瓣等，在本质上都是同一种东西——全息胚，均含有生物整体的全部信息。

我不懂中医，也不懂生物学，但是，我对这种学说有浓厚的兴趣。我觉得，这是一种有趣且有用的学说。

馨儿出生以来的一岁又十个月时间里，根据我并不认真、仔细的观察，也发现一个现象：许多古音、方音的问题，在她牙牙学语阶段，都有所反映。这提示我们，也许婴儿的语音体系中，蕴含了汉语音韵的古今演变和汉语各地方言语音差异这两个方面的大量信息。

先说音韵古今演变的信息。

汉语音韵的古今演变中，声母上普遍有个浊音清化的过程。中古及以前的浊音声母，并、定、澄、从、邪、崇、床、禅、群、匣等全浊声母，在许多方言中，先后演变成了清声母。今天，较为完整保存浊音声母系统的方

言，只有吴方言和湘方言了。事实上，吴方言和湘方言，也岌岌可危。湘方言区的大中城市，这一类的浊声母，基本上已经完成了清化过程，只有小城市和乡镇才保存着浊音声母体系。吴方言中，有些方言也已经开始了浊音声母清化的演变。比如越剧演员中，年青一代已经有把"同"字唱成"通"的音，"道"字唱成"套"的音。跟多数方言浊音清化时，遵循"平声送气，仄声不送气"的规律不同，年轻的越剧演员似乎是"不论平仄一律送气"。

馨儿的学语阶段，也有这个演变过程。开始的时候，多是接近浊音的声母。"兔兔""狗狗""爸爸"，"跳舞"中的"跳"字，她的发音都更像浊音，而且伴随着送气现象。猜测其原因，可能是，她在发音的时候，并不能将声带与咽喉、舌头等发音器官、部位合理地分开，使它们各司其职，也不能准确地控制气流的强弱。因此，声母多浊音，且伴随送气现象。婴儿语言中，浊音声母伴随送气现象，对瑞典著名学者高本汉的上古音构拟是一种支持。可惜，老高已经作古很久了。经过数月的混沌阶段，馨儿语音中的清化现象已经很明显了。兔兔、狗狗、爸爸，都是清晰、准确的清声母了。只有"跳舞"，还是"蹈舞"。

关于上古汉语的语音系统，清代学者钱大昕提出过两个得到音韵学家普遍认同的观点：古无舌上，古无轻唇。简而言之，所谓古无舌上，就是上古汉语中没有今天舌尖后至舌叶及面一带的某一类塞擦音声母。这类声母，上古时期读舌尖前（端、透、定等字）的音。所谓古无轻唇，是说上古汉语没有上齿咬着下唇发出的音，即 f、v 等音。后来读 f、v 声母的字，上古读上下嘴唇相碰的音，例如 b。

这两种情况，在馨儿学语的初期都可以得到印证。她的语音系统里，根本没有舌上音，但是有舌头 d 的音。"大兔兔""大狗狗""大姐姐"，其中的"大"字的音，她很早就会发了，而且发得不错。学语初期，还没有长牙齿，当然不可能发出 f、v 的音。不过，相比之下，没有轻唇音的阶段比较短。长出门牙，她就能发 f 的音了。几个月前，馨儿就能比较清楚地称呼她的"菲菲姐姐"了。

音韵学者普遍认为，舌尖后声母，也就是通常所说的卷舌音、翘舌音，是比较后起的声母。馨儿的语音系统也是如此，至今不能较好地发出 zh、ch、sh 等声母。"纸"发成"几"，"吃"都发成"七"，"是"发成"细"。

许多音韵学者，认为上古汉语中有复辅音声母，有的人甚至提出有大量复杂的复辅音声母的看法。

从馨儿的语音发育过程看，这种理论是难以理解的。馨儿的语音成长过程，许多方面暗合语音的历史演变。迄今为止，她一个复辅音都不曾发出过。

多位享有国际声誉的语言学家，看到闽方言里有把舌尖后至舌面前一带的某类声母的字读成舌根（舌面后）声母的现象，于是提出了"古南方话"的假设。认为这种跟

中古时期共同语标准音（《切韵》音系）不是嫡系祖孙关系的"古南方话"中，这两类声母来自同样的复辅音声母。后来之所以分化成两类，是因为 r 介音的保存与失落。煞有介事地把照三跟见组的相混（也可以说是舌上跟舌根的相混），说成语音的历史演变。

在馨儿的语音系统里，也有这种相混，但方向相反。"狗狗"被她发成了"丢丢"的音。结合汉语方言里，见、章两组多有相混的现象，可以说，这是一种基于生理原因的混同，是共时现象，并非历时变化。

上古韵母有点乱，有开尾、元音尾，鼻音尾不同的韵母之间，常常有相通的现象。音韵学家、训诂学家提出了对转、旁转、通转、旁通转等说法加以解释。

从馨儿的学语阶段看，这似乎是习得的难易程度或者说阶段性问题。开尾、元音尾韵母，对馨儿而言，比较容易，鼻音尾韵发音相当困难。迄今为止，馨儿的鼻音韵母系统还没有建立起来。只有 an 韵稍稍好些，但也不准确，像是鼻化音。"饭"的发音，有点像江浙地区人们不标准的普通话，因此被她妈妈讥笑为"像粑粑老家人说话"。自称"馨儿"，开始时像"虾儿"，现在稍好，像"希尔"，开口度小了。

也许，上古（原始社会时期），汉语的音节中，就是没有鼻音、辅音韵尾的。

历史上，日本从我国借去大量汉语词汇，音节多丢失鼻音、辅音韵尾。这也许能说明，日本人在语言习得的禀赋方面，接近我国一二岁的婴儿。

汉语史学者认为，y介音或者说撮口呼，是相当晚起的韵母。馨儿的语音系统支持这种说法，"雪花"，她迄今为止都是"些花"。名字里有个"雪"字的一位阿姨，我们都叫她"小雪"，馨儿一直管她叫"大蝎"。

上古汉语的声调情况，所能凭据的文献、材料极少，有无入声也存在争论。从馨儿的语音情况看，我倾向于认为，汉语曾经有过没有入声的阶段。韵母以口辅音收尾，而且是"短促急收藏"，太难了。

再来说说方言语音差异的信息。

现代汉语某些方言中，有如下一些语音现象：zh、ch、sh跟z、c、s不分，n、l不分，f、h相混，sh（u）、f相混。

这些情况，馨儿的语音系统里，都有所反映。

"走"，馨儿一直以来，都说成"粥"。比如，让我带她走，或者她要占用我的地方，都会说："爸爸粥!"听起来，跟辽宁人似的。

n声母，馨儿已经会发，"酸奶"她能说成高平调的"牛奶"，但至今不会发"l"的音。"姥姥"，先是发成"奥奥"，现在是说成"哇哇"；"辣"，至今仍是"啊"。

"花""话"，馨儿经常说成"发"，"回家"馨儿经常说成"肥家"，跟福建、湖南等地人似的。

"喝水"，馨儿经常说成"喝飞"，跟鲁南鲁西南人似的。

需要说明一点，馨儿的语言环境里，没有这些地方的人。

无论是音韵演变，还是方言语音的差异，或许都可以从婴儿的牙牙学语中获得启迪。

音韵历史演变和方言语音差异的形成研究，我们似乎应该更多地关注生理（发音器官）方面的原因。生理器官成熟过程，可能蕴含了语音演变的大量信息。

馨儿的语音现象，只是个案，不一定都具有普遍性。科学研究，需要调查大量的样本，进行认真、仔细的观察，使用科学的方法进行分析、归纳。本文只是一个语音研究者的笔记和遐想，记录下馨儿人生历程的一方面印记，日后或许会成为我们父女间闲聊的一种资料，趣味为主。

有个研究音韵学和方言语音的爸爸，把她牙牙学语时期的一些发音情况，都记录了下来，馨儿长大成人之后，会有怎样的感想，觉得厌烦，不好意思，还是好玩呢？

2015. 12. 18

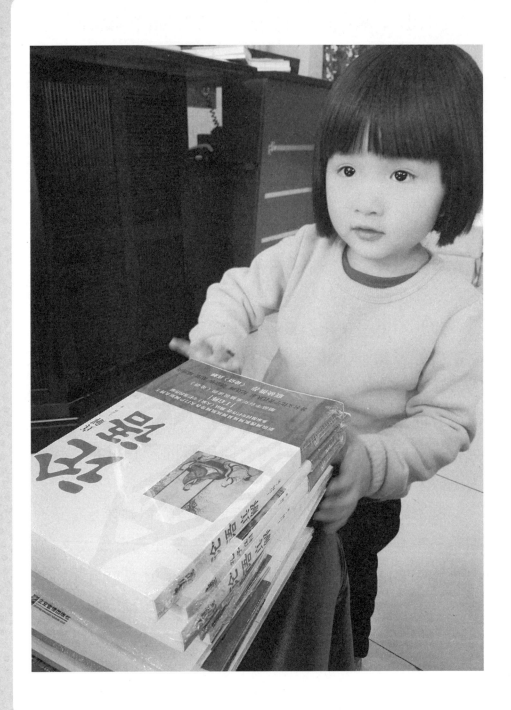

45. 晒娃狂魔的理论

　　我从来都不是一个赶时髦的人。但是，微信时代我却做了一件挺时髦的事儿：晒娃。隔三差五发几张馨儿小朋友的照片，平均每半个月，写一篇奶爸随笔——不到两年的时间，已经写了四十余篇。渐渐地，有朋友赠我以"晒娃狂魔"的雅号。

　　乍听之下，"晒娃狂魔"这个雅号有点刺耳。但是，我很快便释然了，怡然了，悠然了。

　　为什么？因为，晒娃是一种情不自禁的行为，是一桩皆大欢喜的事情，是一桩有利于社会稳定、天下太平的事业。晒娃能给孩子留下成长的记录，能给他人带去快乐，同时方便自己日后回味育儿过程的酸甜苦辣。

　　一定会有人认为，我爱晒娃，跟我老来得女有相当关系。其实，这只是表面现象。一个全新的生命在我们的期盼中，来到我们身边，然后千姿百态、日新月异地成长起来。我相信，任何心智正常的人，都会觉得这是一件非常神奇的事情，都会有说出来或者写下来跟他人分享的冲动。许多人之所以没有这么做，有的是因为他们有自认为更重要的事情需要去做，急着去做；有的是害怕被世俗眼光视为婆婆妈妈，有损自己的光辉形象；有的是自认没有相应的口才或文才，为了藏拙。总而言之，晒不晒娃，跟年龄大小关系不大。网络上晒娃晒得热火朝天的年轻爹妈，海了去！

的确，婴孩身上有太多让爹妈忍不住要说出来、写下来的美好的东西。

馨儿出生前的一张 B 超照片，照出了她的侧脸和下巴。说实话，看了那张照片，我的心里是不太满意的，担心她遗传我的短下巴。但是，看着妻子那得意的样子，怕扫她的兴，就始终没有把不满意说出口。在产房，看到助产士从手术台上抱到我面前的馨儿额头上满是胎垢，当时并不觉得好看。但是，为了安慰躺在产床上、疲惫不堪的妻子，我还是夸赞说："你看，我们的小宝贝长得多漂亮！"这时，出生才十来分钟的小东西，竟然睁开眼睛，瞄了我一眼，然后，冲我嫣然一笑。瞬间，我真心认为，我的闺女是世界上最漂亮的女生！

馨儿出生的时候，几乎没有啼哭。我当时挺纳闷，莫名地有些担心。问助产士为什么我的孩子不爱哭，助产士的回答是："你担心她不爱哭？等下瞧吧。"意思大概是，她会有哭得你心烦的时候。可是，一个小时过去，一天过去，一月过去，一年过去，馨儿都不是个爱哭的孩子。事实证明，馨儿因为体质好，适应新环境的能力比较强，用

不着哭泣。近两年间，有多次，妻子、岳母、我，挨着个儿地感冒。但是，馨儿不怎么受影响，往往是咳嗽两声、流两天清鼻涕，就没事了。不用吃药，不用打针。如此省心的孩子，我没有不为她感到自豪的理由。

在我看来，婴儿的最大魅力在一个"真"字。啼饥号寒，喜怒哀乐，必有其客观的原因。不懂掩饰，也不会无中生有，矫揉造作。婴孩仿佛是一面镜子，可以照出成年的我们的虚情假意，令我们自惭形秽，心生拜她们为师的励志念头。懵懂、幼小的婴儿，顿时浑身散发出智慧的光芒，形象立刻高大无比。

吃奶的婴儿，有些表现，实在是出人意表的。从不满周岁开始，每次出游，每一个人都是馨儿关照的对象。姥爷、姥姥走得慢些，她都会嚷嚷着让我们等一下他们再走。一个都不能落下，一个都不能少，颇有领袖范儿。每次看到爸爸妈妈像吵架的样子说话，馨儿在不会讲话的时候，是用咿哩哇啦声抗议我们的"争吵"；现在，则是坚定、清晰的"爸爸说话，不要！""妈妈说话，不要！"或者"爸爸妈妈说话，不要！"

不到两岁的馨儿，规则意识相当强。家里吃饭，座位大致固定。一旦我坐了妻子常坐的椅子，馨儿一定会指着我常坐的椅子，大声纠正道："爸爸地方！"不让我坐她妈妈的椅子。"地方"的概念是这样来的：我在书房电脑前写文章，馨儿想玩电脑，便会走过来，无可商榷地命令我："爸爸走!"我抗议道:"这是爸爸的地方。"馨儿马上还嘴:"馨儿地方!"最近,我加上一句"爸爸要工作",馨儿也不客气,"馨儿工作。"或许,馨儿的小脑瓜里还有一条规则:馨儿的是馨儿的(比如她的玩具,一般是不允许我们动的),爸爸的也是馨儿的。

婴儿的热情,也是相当感人的。馨儿喜欢跳舞,无论是在家里,妈妈的时装店里,在商场,坐在车上,只要听见节奏稍强的音乐,她一定会闻声起舞。假如场地许可,她还会要求身边的人跟着她一起跳舞,不允许有人置身事外。馨儿的热情,好像一把火,要让每一个人都燃烧起来。

婴儿最令人感动的,当数她学习新知识新技能的精神和日新月异的进步。为了练习手指的抓取能力,哪怕是丁点儿食物碎渣,掉到桌面、地上,都要不辞辛苦地捡起来,塞到嘴里;用口腔探索世界的阶段,一切东西都敢往嘴里边送,无所畏惧;学步之初,为了提高上下台阶的能力,那叫一个不厌其烦,不畏艰险,不辞辛苦;吃饭的时候,非要跟大人一样,自己拿着勺子、筷子,完全不在乎弄得自己满头满脸满身都是食物;为了证明自己是互联网时代的孩子,爸爸妈妈的手机电脑,一有机会就要抢过去,摸索一番,话还说不利索,智能手机触摸屏的使用手法已经相当熟练……一岁半以后,馨儿在语言上的进步,是一天一个样。上星期,我到浙江出差五天。出发前,看

到自己抱着几卷卫生纸的照片，馨儿会说："馨儿，纸。"五天后我回到家里，看到同一张照片，我说："馨儿，纸。"馨儿毫不客气地纠正道："馨儿抱纸。"主谓宾齐全，句法已经完善了。

婴儿身上有很多潜能，一旦表现出来，令人惊诧。一岁零七个月开始，馨儿主动要求，在宣纸上画画儿。她的"作品"，很多画家朋友看后，都不能否认它们是画儿。

……………

孩子的世界，繁花似锦，惊喜不断。只要是不太自私的人，大概都会产生晒出来跟他人分享一下的想法。因此我说，晒娃是一件情不自禁的事情。

原本以为，我事无巨细地把馨儿的成长过程用文字记录下来，"孩子是自家的好"，字里行间难免有主观色彩，有私心，有偏爱。我曾经担心，这会使旁人感到无聊，不适，乃至反感。但是，有许多朋友告诉我，他们爱看我的"奶爸系列"。假如我有一阵子没写"奶爸系列"，便会有几个朋友提醒我，甚至命令我，该写新篇了，他们在等着看。这些朋友，有同事、亲戚，更多的是素昧平生的网络朋友。据说，馨儿小朋友也有不少"粉丝"了。可见，晒娃某种意义上是一桩皆大欢喜的事情。

儒家先贤将人生的使命归结为"修齐治平"四个字，修是修身，齐是齐家，治是治国，平是平天下。在我们这个生育必须计划、三口之家占多数的国度，在核心家庭模式盛行的时代，齐家基本上已经简化成了育儿。在儿女的婴幼阶段，实际上就是逗娃。因此，"修齐治平"实际上就是"修逗治平"。娃之不逗，国家无从治理，天下难望太平。可见，晒娃是一个多么伟大的事业！

微信时代，人之患在好晒。晒容貌，晒衣着，晒美食，晒收藏，晒交游……比较而言，各种晒中，晒娃无疑是最稳妥、最安全、最有趣的事情。晒容貌，可能被不善者人肉出素颜照，相形失色；晒衣着，可能暴露非法收入，被纪委约谈；晒美食，又名拉仇恨，无意间树起许多敌人；晒收藏，会被高人识破是赝品，遭人耻笑；晒交游，没准跟某个政治团伙沾上关系，跳进黄河也洗不清。

晒娃，最大的风险莫过于：被别人发现，娃不像你。这有何妨呢？"遗传变异"的理论抵挡不了时，认"不劳而获"是一种便宜，保准天下无敌——我胆敢这么写，是因为，没有人能说馨儿不像我，呵呵！

2015. 12. 21

46. 语言艺术

　　两岁娃还在牙牙学语，能有什么语言艺术？我估计，朋友们看到这标题，大多会有这样的疑问。

　　通过对馨儿语言变化情况的非专业观察，我可以肯定地说，两岁娃的语言是有艺术的；而且，在某些方面，超过了我们这些成年人。说明一下，馨儿说话，还有许多口齿不清的地方，发音上还有不少"特点"，需要折合。否则，一般人听不懂。总之，我并不觉得我家孩子在语言表现上有多出众。

　　去年春节期间，我们自驾回我的老家省亲。离乡返京那天，走到村口，看见马路对过吴浙宁同学开张不久的海鲜新馆，决定停车进去跟他道个别。打算说一两句话就走，因此，车没熄火，我就开门准备下去。在我开门的刹那，馨儿说："我也要下去。"因为觉得只是待一会儿，再说那天气温也不是很低，不至于冻着她。于是，我打开车门，要抱她下车。不料，遭到了馨儿的大声抗拒，道："衣服！风！树叶动！"她的意思是：我要穿上外套，天气很冷，有风，你看，树叶都在动。在此之前，基本上处于

"独词句"阶段的孩子，突然以"中国好舌头"浙江电视台主持人华少念某品牌饮料广告词的语速，冒出这么一串词语，令我们吃惊不小！

事后思之，我觉得馨儿小朋友的这一番话大有可取之处：

首先是精炼。她要表达的意思，用这些词语，恰恰好，简直不能增减一字。

其次是生动。衣服，有款式，有颜色；风，看不见，但感觉得到；树叶，绿色，随风摆动。画面感很强。

再次是讲理。一般来说，小朋友讲话不太讲道理。"我要""我喜欢"，无不随心所欲。但是，刚满两周岁的馨儿，为了要穿上外套再下车，提出了天冷的证据；为了证明天冷，提出了风的证据；为了证明有风，提出了树叶在动的证据。环环相扣，讲的都是道理！

说实话，要我在那样的仓促之间，完整说出信息那么丰富、逻辑那么严密的话语，都不一定做得到。

两周岁以后，馨儿的语言表现，更是日新月异，时常给我们以惊喜。有时候，我甚至想：语言学家把婴儿从不会说话到会说话的过程叫做"语言习得"，是不准确的。从馨儿的情况看，她似乎并不需要"鸟数飞也"（《说文解字》对习字的解释）那样的反复练习过程；而往往是，语法规则，词语，第一次就能准确运用，很少出差错。倒更像是，她头脑里原本就是有词汇、有语法的，只是激活一

下而已。

现在，馨儿是两岁又五个月，说话仍然有口齿不清的问题，但已经能说稍微长些的句子，人称代词我你他已经能熟练使用。两三个星期前，馨儿给我打电话，上来就问："爸爸，你感冒好点了吗?"我告诉她好多了。电话里听见，她转头就跟妻子说："妈妈，他感冒好了!"上个星期有一天，跟她妈妈并排坐在沙发上，忽然说："妈妈，你觉得我的腿长吗?"

会使用我你他，但是，她并不像我们成年人用得这么滥，她更喜欢直呼其名。自称虽然有时用"我"，但"馨儿"仍占多半。"这是谁的书?"她会说"馨儿的书";"这是谁干的坏事?"赧然一笑之后，她会老实承认："是馨儿。"比起自称"我"，自称名字，好处多多：亲切，谦和，生动，义气，等等。可见，在自称词语的选择上，小孩子天赋异禀——这一方面，成年人退步、退化了。

身材高大、神情威猛的朋友倪昆，很喜欢小孩子，喜欢馨儿，经常送她好吃好玩的东西。但馨儿一直对他敬而远之。我问她为什么，她开始说"爸爸，馨儿有点害怕"。后来改成了"爸爸，馨儿不好意思"。前个星期的一天傍晚，倪昆两口子又来看馨儿。馨儿坐在我腿上，我悄悄鼓励馨儿，不要不好意思。馨儿假装无意中踢了跟我并排坐在沙发上的倪昆一脚，以此试探倪昆的反应。倪昆不但没有责怪她，反而鼓励她继续踢。这一下好了，从此不再保持距离，主动蹭过去，糖人似的粘在倪昆膝盖上。

晚九点，妻子的时装店收工打烊，我们要到郊区租赁的农家院去过夜。刚一上车，馨儿就问："××去不去?"像是"你——喷去不去"。见我们没有反应，馨儿连说两遍，我们这才明白过来，她说的是"倪昆去不去"。馨儿还不会发舌根声母，昆字发成类似喷的音。这大大出乎我们的意料！我们一直以为，她只有叔叔的概念，孰料她其实已经记住了这位叔叔的姓名——直呼其名，熟悉得跟老朋友似的。后来，我们把这事告诉倪昆，倪昆表示"非常荣幸"。

记得成功学创始人卡内基说过，记住并叫出一个人的姓名，是对他（她）的一种尊敬，能大获好感。没想到，两岁的娃娃，已经懂得这个道理。

老话说：玉不琢不成器。实际上，这话有时候讲不通。比如说，稍加引申，就有如下说法：一个人的修养，是后天教育所致。换言之，如果不经过教育，人都是粗疏鲁莽的。但是，从馨儿的语言成长看，情况就不是这样。迄今为止，她的语言是一片纯净。成人语言里的咒詈词语、脏字儿，她脑海的词库里一个都没有。大人之间说话声音大了些，她的抗议语言也不过是"你们不要说话了"；爸爸妈妈之间怄气，她决不会火上浇油，而是楚楚可怜地分头劝慰，"爸爸不生气""妈妈不生气"；让她在两个人、两样东西之间分出高下优劣，馨儿简直温婉得跟最优雅的

职业外交官似的。你问她爸爸妈妈之间更喜欢哪一个，她的标准答案是"喜欢妈妈爸爸"，谁都不得罪，还懂女士优先的世界性礼节；你问她两个东西好坏优劣，她常常回答的是"不一样的吧"，平衡掌握得很好。

娃娃语言转换之快，令人咋舌。无论多么任性，多么生气，馨儿的天空都可能瞬间由阴转晴，从善如流。爸妈认真地跟她讲道理，"下次要尿尿的时候，告诉爸爸妈妈或者姥姥，稍微忍一下。""饮料不能喝得太多，不然，牙齿会长虫子，会很疼的。"她会说："馨儿知道了。""今天天气不好，咱们就不去博物馆了（馨儿特别爱去博物馆），改喝一杯酸奶怎么样？"她会爽快地答应："好！"有一次通过投影看动画片，网络不好，暂时没了画面。馨儿立刻就哭了，真是泪如泉涌。画面再现，顿时破涕为笑，跟妈妈要了面巾纸，自己擦掉眼泪，并且自嘲说："哈哈，又有了。"这种不记恨、易快乐的精神，实在是值得我们这些成年人好好学习的。

孔夫子有句名言，叫"辞达而已矣"。前人多将其解释为"言辞，只要足以表情达意便可以了"。从两岁的馨儿小朋友的情况看，我觉得还可以有一种新的解释：言辞，一定要说出来才罢休。"爸爸，馨儿有点害怕！"听到这话，我会觉得自己伟岸了许多，可以保护我的闺女。"妈妈，馨儿保护你！"说这话时，馨儿一定会走过去，搂住妈妈的脖子，妻子会立即幸福得像花儿开放，满脸笑容；而同样的举动和句式，妈妈换成爸爸时，我会不由得想起一个古老的说法：女儿是爸爸的小棉袄，对发明这个说法的人由衷地服膺。有了这个爱把心里所想随时说出来的女儿，我感觉，家庭气氛比以前更加轻松，更加亲密，更加甜蜜了。成人世界，总是把感情深埋心底，说什么"爱你在心口难开"。结果，轻则令人感受不到他人的关怀，严重的还会产生误会，造成隔阂，乃至发生矛盾冲突。兄弟阋墙，夫妻反目，家无宁日，这些人间悲剧，相当部分是由于不善言辞表达，缺乏交流所造成的。不难想象，假如没有爱说话的馨儿，两次自驾回我浙江老家过年，车上坐着四个人，岳父、岳母、我妻子和我，漫漫长途，会有多沉闷。

说到过年，联想起馨儿小朋友的过年情结。从浙江老家回来，直到最近，小半年时间过去了，馨儿似乎仍沉浸在过年的快乐里，动不动就会大声喊道："过新年也，新年快乐！大吉大利！"最近，还发明了一种游戏，让我们每人手里举一串小红灯笼或者其他任何红色的小东西，跟她兜圈跑，嘴里喊"过新年了，新年快乐！大吉大利！"游戏固然幼稚可笑，但很能制造快乐祥和的气氛。

两岁的娃娃当然会耍赖。想要独立做事、喝饮料的时候，我们说，小孩子不能这样，馨儿会反驳说："馨儿长成大女孩也！"但是，当我们想让她做她不乐意的事情，或者吃她的爱吃的东西时，她又会说："馨儿还是个小女

孩呢。"一副无赖又无辜的样子，令人忍俊不禁。

耍赖不过分时，可谓狡黠。馨儿有这种狡黠，她会乾坤大挪移：于不知不觉间转换角色，反宾为主。比如今天早上，我涂了剃须膏准备刮胡子，馨儿看见后笑着说："爸爸抹油油也。"我说："不是油油，是泡沫。"馨儿马上转口道："你答对也！"经常会有这样的情况，馨儿向我们问她不知道的事情，我们告诉她答案，她听后就说："答对了！"她摇身一变，成了出题的主持人，爸爸妈妈倒成了答题的嘉宾。

或许，两岁娃的语言艺术，不是自觉的行为，而是与生俱来的能力。成人世界里，这些与生俱来的能力，不是愈益丰富，而是日渐衰减。因此，这种语言能力便弥足珍贵！

2016.07.09

47. 不开心的事

常言道：人生不满百，常怀千岁忧。可见，人的忧虑是跟生命相始终的。有了生命，便有忧虑；生命不息，忧虑不止。

话是这么说，但是几天前，我刚刚两岁半的女儿馨儿神情幽怨地对我说"爸爸，馨儿不开心也（了）"时，我还是为之一惊。这么小的孩子，就懂得忧虑了吗？

岳母有事回老家去了，我成了全职奶爸。白天，只要天气许可，我会带着馨儿去附近的公园、大学校园或者商场超市，逛一至三小时；其他时间，我就带着馨儿待在妻子的时装店里。没有顾客时，妻子可以照看馨儿，我能趁机喘口气，休息一下，或者看会儿书，写点东西。几乎每天都会有熟悉的顾客正上幼儿园或者小学的孩子，去找馨儿玩。每当这个时候，馨儿会说一声"馨儿好朋友来也（了）"，便毅然撇开我，跑去找她的小伙伴玩去了。店里备有滑梯、秋千、木马、滑板车、三轮车等儿童玩具。馨儿还算大方，玩具都可以让她的朋友们尽情地玩。常找馨儿玩的朋友，有依依、佳佳、点点等，多数是姐姐。

　　傍晚时分，五岁的依依在她妈妈带领下，到了店里。一如往常，馨儿雀跃着跑去跟依依玩儿。依依是个文静的孩子，因为比馨儿大两岁，会照顾馨儿，事事让着馨儿。因此，俩人玩得很开心。但是，依依临走时，馨儿却跟她发生了矛盾。依依喜欢店里酬宾活动时用过的金色字母气球，妻子便顺手给了她四个。馨儿见状，不乐意了，要将气球抢回来两个。抢夺之际，依依哭了，馨儿也很不高兴。见场面有些纷乱，妻子也不忙，我便进了库房，准备休息一会儿。

　　过了一刻钟的样子，店里没了孩子们的玩闹声，安静了下来。

　　又过了几分钟，馨儿如同往常那样悄悄地走进了库房。但是，她没有像往常那样，看见我时，甜甜地叫一声"爸爸"，然后蹭过来黏着我，要我陪她玩。这一次，她一言不发，在距离两米左右的地方，蹲下去，坐到地上，低头玩她手里的一个小夹子。见她脸上没有丝毫笑容，我问："馨儿是不是累了，困了?"过了三四秒钟的样子，馨儿撅起嘴，低声地答复道："爸爸，馨儿不开心也（了）。"那情形，我当时觉得好笑。于是问她："馨儿为什么事不开心了?"馨儿还是迟缓、低声地回答我："好朋友抢馨儿气球也（了）。"原来，馨儿还在为刚才妻子送依依气球的事生气。我随口安慰了几句。这时，馨儿的小脸上露出了笑容。我以为是自己的安慰起了作用，但是，馨儿自言自语的话却说明，另有原因："依依妈妈摔倒也（了）。"我听着，有报复心理起作用的意味。问她依依妈妈怎么摔倒的，她却不说了。

馨儿那么认真地说自己不开心了的样子，我还是觉得好玩，心里也有女儿突然间长大、懂事了的些许惶惑与不适。大约半小时以后，我把馨儿说自己"不开心了"前后的情形描述给妻子听，妻子听后，也感到诧异，说："还在生气呀，刚才我和依依妈妈，为了哄她们高兴，玩游戏，扮演坏人，装中枪后的痛苦样子，依依妈妈甚至装出中枪倒地的样子，终于逗得她俩破涕为笑，握手言欢。当时都好了呀，怎么还不开心呢？气性这么长吗？"妻子的话，让我觉得，事情并不简单，有必要再探询一下。

后来，我装作漫不经心的样子，问馨儿当时为什么那么不开心。馨儿回答说："好朋友把馨儿的气球都拿走也（了）。"其中"都"字的音发得又重又长。我想起依依当时为了拿走四个气球，手忙脚乱的样子，顺势问："你是不是觉得，好朋友不应该拿走那么多气球？"馨儿答："是的。"我再问："如果依依当时只拿走两个气球，可以吗？""可以！"这一次，馨儿回答得很爽快。

至此，我算是放心了。馨儿并非小气，也不是蛮不讲理。事实上，她还有一定的道理。

但是，因为忽然想起几句古人词句，我的心里不禁有些黯然起来。元代诗人徐再思《折桂令·春情》："平生不

会相思，才会相思，便害相思。身似浮云，心如飞絮，气若游丝……"。女儿会慢慢长大，她会有接踵而至的种种人生烦恼，需要她自己面对、解决的不开心的事情，会越来越多，越来越大！

2016.08.03

48．思想境界

　　进入两岁以后，随着语言能力的飞速提高，馨儿的笑声也越来越多。一些押韵的句子，排比句，绕口令，有趣的故事情节，滑稽的动作，都能令她掩口葫芦而笑——觉得最好笑的时候，馨儿都会伸出一只手，挡在嘴边，哈哈大笑。不知道她这动作是从动画片里学来的，还是天生就会的。可以肯定的是：既非跟身边的人学的，亦非像有些成年人那样做是为了遮挡牙齿的缺憾。因为，身边没见谁曾经如此古典、优雅地笑过；馨儿的牙齿遗传了她妈妈的，整齐，洁白。因为爱吃山楂片、巧克力、冰激凌、棒棒糖之类甜东西，上齿两颗门牙之间有了龋齿的苗头，但不仔细端详是看不出来的。总而言之，馨儿是个爱笑的两岁小女孩——准确地说，是两岁半。

　　但是，有一件事情，无论我怎么启发，诱导，馨儿都坚持认为，那是不可笑的。童谣《小花猫》："小花猫，上学校。老师讲课，它睡觉。左耳朵进，右耳朵冒。你说可笑不可笑？喵——！"她摇头晃脑念完这首童谣时，我问她："馨儿，你说可笑不可笑？"她都是一本正经地回答

说："不可笑！""真的不可笑吗？""真的不可笑！"如果我
为了配合自己的观点，装出很可笑的样子，她就以一副无
比呆萌的表情看着我，仿佛她的爸爸是个外星人。这样的
测试，三四个月来，我进行了多次，结果都是一样的。一
个两岁的小女孩，为什么不觉得小花猫的行为是可笑的
呢？我百思不得其解。

直到两天前发生的一件事情，我才找到了答案。

最近常走的我家附近一条单向双车道马路，内侧车道
有一段，路面凹凸不平。开车经过时，无论速度放得多
慢，车体都会抽搐似的严重颠簸两下，令车里人感觉很不
舒服。我被摇晃了二三次后，发现该路段外侧车道的路面
是平整的。因此，我都会选择走外侧车道，过了凹凸路段
后，才向左并线，然后再左转。常常会发生这样一幕情
景：要直行过红绿灯的车辆，司机因为不知道这个道路情
况，抢着走内侧车道，走近了看到凹凸路面，赶紧刹车减
速；而要到丁字路口左转的我，因为熟知路况，反而走外
侧车道，过了凹凸路段，趁着直行车辆减速的机会，从容
向左并线。两辆车，在凹凸路段后交叉而行。本来可以不
遭颠簸之苦的他人，因为不熟悉路况，被颠簸了两下；本
来可能被颠簸的我们，因为熟悉路况，平稳驶过。那情
景，先是我觉得好笑；告诉妻子后，她也觉得好笑。我大
胆揣测一下君子们的腹，大概多半会觉得好笑的。

然后，前天上午，路过那里时，又发生了那一幕。我

和妻子，不约而同，发出了笑声。馨儿觉得奇怪，可能是我的笑声比较大些，她问我："爸爸，你们笑什么呀?"我把事情大体跟她说了一下。本以为，她也会觉得好笑，并且跟着笑的。不料，她不但没笑，反而很冷静地说了一句令我和妻子都感到惭愧的话："道路应该修一下吧!"

妻子反应挺快，马上将自己置身事外，幸灾乐祸地说："瞧你这个爹怎么当的，思想境界比两岁的闺女都低，而且低这么多!"

我承认，闺女的思想境界的确比我高，而且高不少。

这事启发我思考：作为成年人，在他人表现欠佳、遭遇尴尬时，只要没有造成实质性的伤害，我们多半会有幸灾乐祸的心理——因此觉得可笑。而两岁的小孩子，心地单纯，没有这种幸灾乐祸的心理，所以觉得小花猫的欠佳表现和他人的被颠簸，都不是什么可笑的事情。

2016. 08. 12

49. 长大后做什么

　　自从孩子出生以来，先后有若干朋友在闲聊时向我提出同样的问题："你希望馨儿长大以后做什么工作?"虽然我每次都貌似潇洒地答以"这要看她本人的能力和兴趣，我不会替她设计人生道路，更不会把自己想法强加给她"。但内心里，我也很想知道：长大成人后，馨儿会靠什么安身立命呢?

　　老话说：三岁看到老。馨儿尚不满三周岁，但是，她的言行性情，似乎已能看出一些端倪。

　　馨儿是一个兴趣广泛但能专注一事的孩子。

　　最早表现出来的兴趣是跳舞。才几个月大时，抱着她走路，每当街边店铺里传出有节奏的音乐声时，她便会立刻兴奋起来，扭动身躯，大致能跟音乐合拍。嘴里刚能蹦出屈指可数的几个双音节词语，其中就有"跳舞"（发音接近"蹈舞"）一词。能够下地趔趄着走路的时候，带她逛商场，路过播放着强烈节奏音乐的铺位时，她总会停住脚步，就地手舞足蹈一番。引来众人围观，毫不怯场。满两岁后，有几个月时间，对跳舞简直着了魔似的。自己满地打滚以外，每当有好朋友到访，都会要求她们跟她一起跳舞；自己一个人时，就把她的玩具，被她取名"鹦鹉"的充气塑料小红马、四轮牛头车、三轮车、塑料小摇马，都排列起来，变换队形，时而站立，时而躺地，说是跟她一起在跳舞。原来，她是一人而同时身兼编舞、艺术指导、舞者、舞蹈队队长。看她忙碌得小鼻子两翼沁出汗珠的样子，觉得好笑的同时，也会有几分感动。那一段时间，她经常跟我们要求，等她长成大女孩了，把她送到舞蹈学校去学习。她说，在舞蹈学校，会有很多好朋友。每次说到舞蹈学校，她那眉飞色舞的神情，使我敢预言，不久的将来，她会是儿童舞蹈班上最用功的学员。

接着表现出来的兴趣是唱歌。先是听儿歌，学唱儿歌，最爱听、爱学唱的，是"小燕子，穿花衣"；后来，又学唱《大头儿子和小头爸爸》之类她常看的动画片主题歌；不久前，学起了邓丽君的《小城故事》。不过，馨儿学唱的兴致，不是很高。一旦登上"舞台"（任何一块小小的平台，都可以成为她的舞台），拿着"话筒"（没有真话筒的时候，会拿勺子、牙刷、矿泉水瓶之类东西充当），她唱的都不是这些歌曲，而是她自己作词、作曲的歌。馨儿最早的一首"单曲"，是摇滚风格的"猪八猪八戒，耶！耶！"当时我和她妈妈，都猜测是"走吧走吧街，耶！耶！"是一首有关逛街的歌。后来，"猪八戒"成了她的

"咒语"，我们又都糊涂了，迄今无解。现在，已经两岁零八个月的馨儿，每次我们要求她在亲友面前表演唱歌时，她仍然是演唱她自己作词兼作曲的歌儿，都不是模仿的儿歌或动画片主题歌，每次都是她自创的新歌。自然，她的自创新歌，总是谁也听不懂的。不过，她演唱的歌曲，音节和旋律，都不是杂乱无章的，而有一定的规律。可惜的是，我不懂音乐不会作曲。否则，记录下来，加以整理，没准能成为一首首好听的童趣歌曲。从馨儿大声演唱自创歌曲时表现出来的忘我神情看，她的内心应该是自信、快乐的。

除了唱歌跳舞这两项文艺爱好以外，馨儿体育方面的兴趣也很浓厚。还不会走路的时候，就已经把那辆牛头造型的双脚蹬地四轮车，玩得滴溜转了。她那快速左冲右突、进退自如的样子，令人眼花缭乱。

接着学会的是玩滑板车。买了滑板车，因为忙，我和妻子连着二三天都没顾上教她。等妻子有了空，准备教她，转眼看见她一只脚踏上去，另一只脚在地上蹬了几下，就是一个漂亮的滑行。很快，她就能在完成蹬地动作之后，将右腿抬起，自然地向内侧弯曲，身体前倾，整个动作流畅而优雅，宛如冰上芭蕾。可惜的是，在她爱上玩滑板车后不久，滑板车却不见了踪影。过了好几天，我给她买回一个前边有风车、更加漂亮的粉红色滑板车时，馨儿欢天喜地地冲过来，给了我一个大大、久久的拥抱，嘴里连声说道："谢谢爸爸！"当时，我的心都被融化了。

我们给馨儿买的第三件体育用品，是一辆三轮车。刚买回来时，馨儿的双腿还够不着安装在前轮上的脚蹬板。因此，只能让她坐在上边，由我们推着她往前走。忽然有一天，看见她能够自己爬上去，蹬着往前走了，这才发现，原来，我们闺女的身体已经长高了不少，双脚够得着脚蹬板了。不久，馨儿就能骑着三轮车，前进，转弯，后退，一点儿都不含糊。不过，看她骑着三轮车在路上快速前行的样子，我真有些提心吊胆：那样的速度，她姥姥根本就撵不上！

馨儿经常念叨着想要学习的项目，有骑自行车、滑冰和游泳。

馨儿好动的同时，也好静。她从不到一岁时看《天线宝宝》开始，就一直爱看动画片，而且能一看小半天，不带挪窝的。迄今为止，除了《天线宝宝》外，《爆笑虫子》《大头儿子和小头爸爸》《粉红猪小妹》《米奇妙妙屋》《超级飞侠》《小马宝莉》等，她都不知道已经看过多少遍了。她甚至还从头到尾，饶有兴致地看了两遍好莱坞动画大片《功夫熊猫3》。我们深知长时间观看动画片可能损害她的视力，但是，奈何她兴致浓厚，要求强烈，难以拂逆。为了减少对她视力的伤害，妻子给她购买了台投影仪。据说，二三岁的婴儿，一般不能像馨儿这样，长时间集中注意力，保持浓厚兴致，观看动画片。

　　我承认，许多事情上，馨儿的表现比我和她妈妈都强。最突出的是，与人相处时的大方周全。这种美德或者说优良素质，我们俩承认，自己均有所欠缺。但是，我们的女儿，这方面却相当出色。

　　早在馨儿刚满周岁时，自驾车全家作长途旅行。每个景点，馨儿都不允许落下任何人。只要有一个人落在后边，她都会要求先行的人等待。直到人会齐了，才允许继续往前走。显然，出门游玩，她有"一个都不能少"的原则。

　　前个星期天，我邀请了一帮朋友到我们山庄玩，有两件事情，很能说明馨儿为人处事的大方与周全。一件是，主动拿出她的棒棒糖，跟两个比她大得多的好朋友分享。须知，棒棒糖是馨儿目前的最爱。妻子一句"等你长大了，就可以吃棒棒糖了"，使得她日夜都盼望着自己快快长大。那几颗棒棒糖，是中秋节那天，王宁老师奖励她的，她视若珍宝。另一件是，一大帮人一起爬山时，馨儿空前第一次，自己下地爬坡。一会儿跑到前边，让最前边的几个人走慢一点；一会儿，留到最后，让后边的人快点走；不时强调，要走道路的旁边，可能会有汽车通过。有人不照她的话做，她就批评他们"不乖"。在山上，两个哥儿们要另辟蹊径，穿林而行，馨儿不同意，便警告他们："前边有大灰狼，会咬你们！"

　　一路之上，两岁零八个月的馨儿，忙前忙后，照顾、指挥我们六七个几十岁的成年人。那场景，看着滑稽，思之感动。

那天真把馨儿宝贝给累着了，当天晚上，她满床翻滚，久久难以入睡！

一个兴趣广泛、好动亦能静、有相当专注力、为人大方能顾全大局的孩子，长大以后，她适合做什么工作，会做出像样的成绩吗？身为她父亲的我，也很想知道！

2016. 09. 27

50. 敏捷应答

不知道别家婴孩情况如何，我闺女馨儿的言语应对之敏捷，是常常出乎我意料的。这，令我喜忧参半。

早在一岁多的"独词句"阶段，就屡屡发生这样的情况：我和她妈妈，她妈妈和她员工，商量出去吃饭或者游玩之类的事，听话一方还没有反应过来，正在旁边玩耍的馨儿，已经大声表示："好！""去！"或者："走！"

几乎每一次，馨儿的反应都比大人快半拍。

令人称奇、不解的是，我们多是停下手头工作专心说话的，馨儿却是正投入地忙碌着她自己的玩耍项目，玩积木，滑滑梯，甚至正骑着三轮车，风快地满屋穿行——因此，看见的人会情不自禁地称她为"风一样的女子"——就是说，馨儿一心二用时，脑子还比我们转得快！

大家常说，要是有适合她的抢答游戏，馨儿一定将我们秒杀。

昨天早上七点来钟，馨儿还在睡觉。看样子，睡得很香。妻子小声跟我闲聊，说到一个人的性格是怎么形成的。妻子从星座入手，分析起我的性格，头头是道，其中不乏借机讽刺之语。我于是说："既然说到这里了，我提醒你一下，今天你应该对我说一句话，四个字的。"妻子一脸茫然，连声问"为什么""什么话""什么事"。我只好告诉她："今天是我的生……""日"字刚出口，说时迟那时快，话音未落之际，睡梦中的馨儿，眼睛还没有睁开，嘴里已经喊了起来："我要对我的爸爸说，生日派（快）乐！"须知，长久以来，馨儿都是上午八九点钟才醒的，绝无七点来钟睡醒的道理。加上前天坐车长驱八百多公里，第一次坐那么长时间的儿童安全座椅，她应该十一二点以后醒来，才合乎情理。

实话实说，当时惊诧之余，我有点激动。我的小棉袄，才两岁零八个月，已经如此贴心！——尽管稍后证实，馨儿真正关心的事情，其实是她可以吃蛋糕了。

回到本文开头，为什么说，馨儿的言语反应敏捷，是令我喜忧参半的问题。自家孩子不傻不呆，将来上学念书不会太成问题；外人面前，表现得聪明伶俐，乖巧可人，博得他人几句夸赞。人之常情，会感到欣慰，感到有面子。但是，直接的间接的经验，都一再告诉我：于整个人生而言，聪明未必是件好事。"聪明反被聪明误"，这是百姓俗话；"惟愿孩儿愚且鲁"，这是大文豪苏东坡的切身感受；君子应该"讷于言，敏于行"，这是孔圣人的千古遗训。我不敢高攀大文豪，说什么"我被聪明误一生"，但是，几十年的人生阅历，的的确确，让我

充分认识到，高智商往往于事无补，高情商才是赢得人生的必备资质。在我们这个讲究因循迎合，轻视思考发明的国度，尤其如此！

2016. 10. 03

51. 家天下的观念

一直以为，家天下是夏朝开始出现的一种封建思想。

不久前才知道，家天下其实是一种童稚心理。

从两岁半左右开始，馨儿开始对身边的人进行分类和角色分派。先是把人分为两类：朋友、其他。走在路上，看见自己认识的小朋友，馨儿会大喊一声："我的好朋友！"同时嘴里发出一串咿哩哇啦的音节，手舞足蹈，或者干脆挣脱我的怀抱，出溜下地，向她朋友的方向跑过去——当然，跑过去之后，拉手拥抱之类的情节是没有的。快要接近的时候，反而会停下脚步，淡定下来。

有一天，我在屋里看书，听见屋外小区花园里传来一嗓子："我的好朋友！"恍惚间，我以为别家小孩也这样。再一细听，是馨儿！原来，她姥姥带她在小区里玩耍。在这个危机四伏的人间，我家闺女的豪气或者说江湖气，令我感到些许安慰！

我会逗她，问："爸爸是不是馨儿的好朋友？"她会笑着回答："不是。""妈妈呢？""不是。"慢慢地，她可能理解了朋友的含义，改为肯定的回答。国庆假期我们自驾去

河南洛阳，路上，馨儿自得其乐地玩起了语法练习："爸爸搭（和）妈妈是好朋友！""外公搭外婆是好朋友！""盼盼搭馨儿是好朋友！"我们效法她，说"妈妈搭馨儿是好朋友""爸爸搭馨儿是好朋友"，她便笑得花枝乱颤。

稍稍比朋友概念晚些出现的，是一家三口的概念。目之所见，耳之所闻，一切事物，馨儿都会将其联系到一家三口上去。率土之滨，莫非家人。

在小区里看到一只小狗小猫，她会先指定其为"小狗/小猫宝宝""小狗/小猫妈妈"或"小狗/小猫爸爸"；然后，用目光搜寻它的家人，问我们："小狗的妈妈在哪里?""小狗的爸爸在哪里?"

在一个常去玩耍的小树林里，看到地上的蚂蚁，她会问我："爸爸，小蚂蚁的家在哪里?""小蚂蚁的爸爸妈妈在哪里?"

送给她一个玩具，她会马上给它指定角色。个子小的，"这是小熊宝宝。"个子大而样子温和的，"这是熊妈妈。"个子大而样貌威猛的，"这是熊爸爸。"一下子给她几个个头相同的小玩偶，自然，"它们都是好朋友"，她会常常给好朋友们排排队，领着它们"跳舞"，玩游戏。迄今为止，馨儿的玩具里，动物界好朋友最多的是小马宝莉，一共有六个；非动物界，当然要数积木了。

有时候，我们送给她一个"小宝宝"玩具，她会问"它的妈妈在哪里""它的爸爸在哪里"，大概有跟我们索要的意思。但是，她从不明说，从不提出再给她买个大玩具的要求。

看动画片，听故事，她也玩这种一家三口的游戏。

最初的时候，是《大头儿子和小头爸爸》。这片子不符合我们家的情况，得改成《大头闺女和大头爸爸》。馨儿会自称"大头馨儿"，称我为"大头爸爸"，妈妈则是无可争议的"小头妈妈"。有时捣乱，她也会故意反着说，"小头爸爸""大头妈妈"。

馨儿的家天下，不怎么区分形象的好与坏，善与恶，正面与反面，香与臭。听了大灰狼的故事，她就自称"大灰狼宝宝"，称我为"大灰狼爸爸"。看完《功夫熊猫3》，她自己就成了熊猫宝宝，我就成了熊猫爸爸。不久前，看了几眼关于恐龙的动画片，她就成了恐龙宝宝，我则成了恐龙爸爸。令人哭笑不得的是，给她把屎的时候，她也会根据屎橛的形状大小，给它们冠以"臭臭宝宝""臭臭爸爸"的名目！冲水的时候，她会挥手作别道："臭臭宝宝，快去找你的爸爸妈妈去吧，再见！"

快到两岁半时，馨儿开始喜欢恶作剧，用动物形象吓唬人。她知道妈妈害怕蜘蛛，会圆睁双眼，敛唇露齿，双手作爪状，冲着妈妈，慢慢地说："我是一只蜘——蛛！"再说一句"我是蜘蛛宝宝，你是蜘蛛妈妈"，能把妈妈吓得面色如土。不过，次数多了以后，妻子渐渐地有了抵抗力，不那么害怕蜘蛛了。

　　馨儿的家天下，不同于成人世界的家天下，充满了友爱，充满了温馨，充满了关怀；没有权利之争，没有贫贱尊贵之分，没有勾心斗角你死我活。

　　白天看到路上一只小狗，她会说："小狗宝宝在找它的好朋友呢。"看到一只小猫，她会问："小猫咪的妈妈爸爸在哪里呢？"傍晚看到小狗小猫，她会说："小狗/小猫咪宝宝，找你的妈妈爸爸，回家吃饭吧！"看到地上有一只蚂蚁在爬，她会自言自语道："小蚂蚁找不到她的妈妈爸爸，会哭的。"地上捡到一根小树枝，一颗小石头，她也会跟我说："爸爸，我们帮助找到它的妈妈爸爸吧。"

　　馨儿正玩着某个玩具时，我们要带她出门。催她走，她大多会坚持，带着玩具走。如果带着玩具不方便，我们只有告诉她："把玩具宝宝留在家里，让它跟自己的好朋友在一起，不然它会哭的。"馨儿才会乖乖地把玩具留下。

　　数天前，遇到一个小姐姐，她有只会动会啼的玩具小鸟。馨儿玩的时候，小手轻抚小鸟背脊，嘴里柔柔地说着："小鸟宝宝，你的妈妈在哪里？"场景颇为美好。

　　不光是同样的事物可以组成家庭，不一样的事物也可以。大概两个月前，有一天突然对她妈妈说："爸爸是太阳，妈妈是月亮，馨儿是星星！"原来，吉祥三宝的比喻，两岁半的孩子也会。

　　虽然经常自称某某宝宝，但是，馨儿同时也有强烈的平权意识。"馨儿已经长成大女孩也"，是她满两岁以来的口头禅。一个月前，伴随小宝宝、大女孩之间的角色切换，馨儿开始使用两种腔调：小宝宝的腔调，尖细而俏皮；大女孩的腔调，低沉而粗豪。两种腔调之间，馨儿切换自如。

与此同时，有件事情值得一记：国庆节前夕，看一个动画片，记得是《汪汪队立大功》，里边有狗狗们在海面上冲浪的画面。画面很好玩，很刺激，馨儿激动之下，突然发出了漂亮的高音，海豚音！从此，只要她小人家心情不错，我一说"海豚音"，她就会很配合地飙一下高音；自然，她心有不满，表示强烈抗议时，也会发出海豚音。国庆节到偃师看望数月前被医生宣布为脑死亡的太外婆，可能是大家都围着太外婆，馨儿被冷落了，表示不满，她发了一声海豚音。在场的人都分明看到，太外婆仿佛受到了惊吓，眼睛和整个头部都明显震动了一下。

2016. 10. 15

52. 不大淘

我看过的一本外国人写的育儿书上，有"讨厌的三岁"一说。指的是婴儿长大到三岁左右，开始有了明显的自我意志，权利意识，会开始质疑、反对乃至违抗爸爸妈妈的要求和指令。据说，这是人生中的第一个叛逆时期。

馨儿的第一个叛逆期，从"不""大"两个字开始。

两岁半左右，馨儿开始对我们说"不"——经常性使用"不行"二字，对我和她妈妈的建议和指令，公然进行抵制。

"宝贝，你今天已经吃过冰激凌了，酸奶（双皮奶）就明天再吃吧。"——"不行！"

"馨儿，你已经看了太久电视（投影）了，电视机已经累了，你的眼睛也累了，应该休息一下了。"——"不行！"

"今天风很大，外面太冷了，咱们明天再去吃拉面（她爱吃附近一家意式餐厅的罗勒松子面，每次去都只吃这种面），好不好？"——"不行！"

犟得跟头小倔驴似的，气得我跟她商量："馨儿，爸爸很生气，想要打你屁股一下，好不好？"不用说，得到的回答照样是两个字："不行！"

心情好的时候，她会耍个嗲，讲点道理。"我要吃嘛！""我没看好呢！""我肚子饿了嘛！"心情不好时，则是加大分贝、升高频率的"不行"，无可商榷的态度。

过了不久，开始出现"大"字。包括我和她妈妈在内，任何人用"小"字描述、定义她，都会被她纠正为"大某某"。她的理由是："我已经长成大女孩也！"

"馨儿小宝贝！"——"我不是小宝贝，我是大宝贝！"

"馨儿小朋友，你好！"——"我不是小朋友，我是大朋友！"

"馨儿，你是个小画家呀。"——"我不是小画家，我是大画家！"

"你好，小美女！"——"我不是小美女，我是大美女！"

"馨儿是个小坏蛋。"——"我不是小坏蛋，我是大坏蛋！"

说这些话时，她那不耐烦的神情，顿挫抑扬的腔调，听起来颇有几分像汉语没有学好的外国人说话。"你是歪果仁小朋友吗？""我不是歪果仁小朋友，我是歪果仁大朋友！"我们父女俩，相视大笑。

"不""大"之后，出现的是各种稀奇古怪的说法，有告诫，有威胁，还有捉弄。

不久前，从郊区返回，车上说起她快要过生日的事。

买蛋糕，吹蜡烛，喝饮料，自言自语，深情地憧憬一番。这时，只见馨儿话锋一转，对我说道："爸爸，你开车小心一点！不然，撞到路边大树上，我的生日就毁也！"

几天前，偷懒不想走路，要妈妈抱抱，便对她妈妈说："妈妈，你抱抱我！你不抱我，坏人把我偷走也，你就没有孩子也！"

今天上午，我在看一本书稿的校样，一直在独自玩耍的馨儿，忽然跑过来依偎在我腿边，不吵不闹，静静地看看我，看看我手中的校样。我很自然地腾出右手，搂住她。两分钟以后，她挣开我的手臂，说："爸爸，我是来拿杯子的。"说着，拿过桌上她的吸管水杯就跑了。跑到她妈妈跟前，报告说："妈妈，我去拿杯子，爸爸以为我去拥抱他。呵呵！呵呵！"

当然，与此同时，她也有许多甜言蜜语、一往情深的时候。

"妈妈，我爱你！"

"爸爸，我爱你！"

"我最爱我的妈妈搭（和）爸爸！"

"妈妈爸爸，我永远不离开你们！"

"我不怕大灰狼，因为，我的爸爸是大老虎！"

有时，我们逗她："有个小弟弟，或者小妹妹，你会怎么对她？"她会回答说："我给她冲奶粉，给她洗澡，给她穿衣服，给她讲故事……"完全是中国好姐姐的风范。

　　妻子一旦说自己身体不舒服，可能是病了，需要去趟医院，馨儿无论当时正在做着什么开心的事情，正看着她爱看的电视节目，都会立刻神情黯然，忧心忡忡，眼泪分分钟可以夺眶而出！

　　伴随甜言蜜语的，是依偎，是拥抱，是亲吻。每当这个时候，我们的心都会被她融化了！

　　讨厌的三岁！可爱的三岁！人人都说，这个阶段的孩子最可爱，上了学之后，就不再如此可爱了。

　　我想冲着时间之神，大喊一声："你真美呀！请等一等我！"

2016.12.05

53. 第一次拒绝去超市

几天前，妻子告诉我，馨儿的奶粉喝完了，要我去附近的一家大超市买一两罐。于是，我跟馨儿之间，发生了如下的对话：

馨儿，爸爸要去超市给你买奶粉，你去不去？

——爸爸，我在给妈妈做蛋糕（刀）呢。（当时她在玩一种城堡积木，她常用那积木制作虚拟蛋糕）

馨儿，咱们去超市买好吃的东西，好不好？

——我在做蛋刀呢。

馨儿，去你喜欢去的大商场的超市哦，去不去？

——爸爸，你去吧，我不去。

馨儿，到底去不去超市？

——不去，爸爸。

再不去，爸爸走了，不管你了。

——不管（板）就不管（板）吧。

…………

箕踞在沙发上的馨儿，跟我说话的时候，眼睛并不看我，手里也没有停下拼接积木的动作。这大大出乎我的意料！

在此之前，只要一听说我要带着她去超市，不管正做着什么有趣的游戏，她都会立即响应，兴奋地大喊："我搭（和）爸爸去超市也，耶！"偶尔迟疑，也会是："爸爸，等等我！"出门的时候，一定会边喊"我们出发呀"，边向她妈妈挥手道别。总之，听说要去超市，馨儿每次都是闻讯雀跃，从无例外。

这一次，我只好独自一人去超市，给馨儿买了奶粉。

短暂的失落之后，我心里自我安慰地想：闺女又长大了一点儿。

大概，孩子都是这样的吧：每时每刻都在增加自立的能力和独立的性格，都在构筑属于她们自己的世界，跟父母渐行渐远。其实，对于孩子的这种变化，身为父母的我们，理应感到高兴，感到欣慰。孩子有如小鸟，经过一段时间的"数飞"练习之后，羽翼渐渐丰满，为不久的将来翱翔天空，积极地做着准备。

在那之前，超市对于馨儿有着不可抵挡的诱惑，那是因为，她对琳琅满目的物质世界充满好奇，她要探索它们的色香味，探索它们跟自己之间的关系；还有，在她看来，那个富丽堂皇的地方，人来人往的环境，是她展示唱歌跳舞才艺的绚丽舞台。

在那之后，外在的物质世界对她的诱惑，在逐渐减弱，她内心的精神需求和自主意识在成长；展示才艺的兴

趣，虽然未见减少，但是，她的亲情、家庭意识，明显有了增强。

妈妈稍微走开一下，她便会哭起来，不再是因为担心自身的安危，而是担心妈妈的安危。"我担心你嘛"，是近期常常对她妈妈说的一句话。

在馨儿面前，我们装出拥抱之类的亲密，以前馨儿的反应是一两秒钟的旁观、觉得好笑之后，喊着"还有我"，跑到我们的中间，占据中心位置；晚上临睡之际，总是要求爸爸妈妈同时亲她的两边脸颊。两天前，她忽然有了新花样：在爸爸妈妈同时亲过她的两边脸颊之后，笑着提出要求："妈妈爸爸，你们亲亲！"当我们遵命行吻脸礼时，馨儿发出指令："不是那样的，嘴巴搭（和）嘴巴！"——这个小坏蛋，懂得有点多！

今天下午，我跟馨儿待在一起时，妻子为了什么事，在另一个房间大声叫我："老公！老公！过来一下！"在我还没有反应过来的时候，馨儿已经替我做出了回应："妈妈，你老公马上过来也！"

不过，馨儿最近有个表现，是我们所不满的：她不允许别人过生日。

事情是这样的，前天，她的"盼盼小姨"过生日。馨儿听说盼盼要去过生日，当时就大声抗议："不行！你不能过生日！"今天，妻子又说起盼盼过生日的事情，馨儿再一次发飙："不行！盼盼小姨不能过生日！"一副快要哭出来的样子。那意思，过生日，吹蜡烛、吃蛋糕、唱生日快乐歌，是属于她一个人的专享乐事。这跟她一直以来奉行的"好东西都跟好朋友分享"的行为，背道而驰。当时我们告诉馨儿：每个人都有自己的生日派对和生日蛋糕，馨儿的生日派对不会被盼盼小姨或其他任何人的生日给"毁了"，我们一定会给馨儿买一个有蜡烛的生日蛋糕，等等。我们不知道，除此之外，还有没有更好的说法，纠正馨儿自私的想法。

再过十一天，就是馨儿小朋友已经期盼了好几个月的三周岁的生日了！

2017. 01. 11

54. 小小戏剧家

三四个月前，当馨儿把许多事物都家庭人物化（比如，说太阳是爸爸、月亮是妈妈、她自己是星星，在动物园把大小老虎分别指定为老虎爸爸、老虎妈妈、老虎宝宝）时，我以为那只是因为她的头脑里，开始有了家庭的意识。我现在感觉，那可能不只是家庭意识的开始，还是戏剧表演天赋和爱好的一种自然流露。

在那之后的几个月里，馨儿的不少游戏行为，都可以理解为是戏剧表演。

最先做的是给予游戏。做得较多的是给钱游戏。馨儿要求我给她买东西，我问她"你有钱吗"，她会爽快地回答说"有"。然后让我摊开手掌，她做个给钱的动作，说："爸爸，给你钱！"自然，除了给钱，别的东西也可以。总之，都是虚拟的程式。

接着是做手术游戏。通常是，两个小朋友合作，一个扮演生病的人，一个扮演医生；生病的人躺在沙发上，医生对其施行手术。有时候，没有合作的小朋友，馨儿也会命令她妈妈或我充当病人。医生的动作，有的是从比她大

的小朋友那里学来的，有的是动画片上看来的，有的是她仅有的几次医院体检经历观察到的。游戏时，馨儿一本正经、一丝不苟的神情，令人忍俊不禁，同时也有一点儿感动。

做得最多的，是关于生日蛋糕的游戏。具体做法是，馨儿用一种拼接的游戏积木，拼接成蛋糕模样。她会先征求我们的意见，"妈妈（爸爸）你想吃什么口味的蛋糕?"草莓口味、奶油口味、巧克力口味、冰激凌口味，她都会做。做好之后，请妈妈爸爸吃蛋糕。开吃之前，有吹灭蜡烛的环节，馨儿会提醒我们"蛋糕有点烫哦"，心急吃不得馨儿的蛋糕。有时她会让我们先唱生日歌，她自己也跟着唱。最近因为常看一部带英语的外国动画片，馨儿学会了英文版的生日歌，Happy birthday to you……唱得有板有眼的。

晚上临睡，馨儿常做的是游泳、跳水、冲浪之类水上运动游戏。床上缎面的被子，是她的水面，波浪。大呼小叫，非常兴奋。进了被窝，则是山洞、地道的游戏。这头进去，那头出来，馨儿是乐在其中，怕冷的妈妈却不胜其烦扰。

昨天下午，我去汽车 4S 店修车，母女俩要跟我同去。在等待我办理修车手续的过程中，母女俩坐在 4S 店的一溜靠墙沙发上。很快，馨儿便利用沙发，发明了一种新游戏：让她妈妈坐在一端的沙发上，她自己先爬到另一端。然后，手脚并用，向她妈妈那一端翻爬过去；到了她妈妈身边，伸出双臂，拥抱妈妈，嘴里喊："妈妈，我爱你！"一如既往，这个游戏，或者说表演，不是一次即完，而是反复进行。我办好修车手续，准备在沙发上落座时，馨儿坚决不准，非让我坐到大厅对面另一排沙发上去。

听妻子说，馨儿发明、表演的这个游戏，是跋山涉水、翻山越岭，最终见到妈妈的故事！

看样子，小朋友颇有编、导、演方面的天赋。

老话说，三岁看到老。莫非，馨儿将来有从事戏剧表演方面工作的可能？

2017. 01. 12

昨天和今天，馨儿的戏剧表演又有了新花样：

昨天，坐在游泳用气垫床上，拿着两副拍手器，模拟划水动作，说是要去大海上航行。我说她的桨太小了，她便去找来一支跟她身高差不多的鞋拔，煞有介事地划了起来。

今天，她撇开伦理关系，重新分派角色：让我扮演弟弟，让她妈妈扮演妹妹，让外婆扮演我们的妈妈，而她自己则扮演外婆！我们笑得不行，她却一本正经地告诉我们，只是"假装的"而已。

虚拟的，有人物，有故事，有程式。将近三周岁的馨

儿小朋友，就是这样，整天生活在她自编自导亲自参演的戏剧中。看得出来，她是乐在其中的。

2017. 01. 16

55. 害怕的事物

　　有句俗话，叫"初生牛犊不怕虎"。我不知道这句俗话怎么来的，是谁见过牛犊面对老虎时从容自若的场景？是有人专门做过让初生牛犊跟老虎单独相处的实验？抑或干脆就是某个聪明人的想当然尔？我也不清楚，三岁之前的馨儿小朋友是不是像初生牛犊一样，不会害怕老虎之类的猛兽。迄今为止，我们已经两次带她去北京动物园。一次，等转到狮虎山的时候，她已经酣然入睡；另一次，倒是看到老虎了，但未见她有任何特别的表现，无法判断她到底是害怕还是不害怕。

　　根据我的粗略观察，三岁之前，馨儿害怕的事物，按照顺序，大致有如下几样：

　　最初是头发丝。馨儿离开娘胎来到这个世界的时候，跟许多婴儿不同，她只象征性地哭了二三声——与其说是哭泣，还不如说是哼唧。这是我在现场亲眼所见的事情。育儿书上说，婴儿初生时声嘶力竭地哭泣，是因为对温度、湿度等截然不同于娘胎的新环境很不适应，缺少安全感。如此说来，比预产期早了二三个星期出生的馨儿，倒

是很能适应娘胎外的新世界，基本没有不安全的感觉。许多婴儿饿了哭，冷了哭，吐奶了哭，拉屎撒尿了哭，打针吃药哭，而且哭得凄厉，哭得长久。馨儿当然也有啼饥号寒的时候，也有以哭喊抵制喂药的时候，但不多，每次哭也能很快破涕为笑。因此，一直带她的外婆，妻子和我都常常情不自禁地发出自豪的感叹：馨儿真是个省心的孩子！

但是，馨儿怕头发丝。很小的时候，吃奶、吃饭或者睡醒时，假如嘴里、手上沾了根头发丝，她立刻会表现得焦躁不安，甚至哭泣起来；牙牙学语后，则必是一通大喊大叫，涕泗交流。若是两秒钟内没有人飞到她身边，帮她解决问题，她还会发出怒吼，表示抗议。离开娘胎都不害怕的女娃，日后能够装出龇牙咧嘴的样子，喊着"我是一只蜘蛛"吓唬妈妈的小女孩，却曾经那么害怕一根小小头发丝。我至今不明白个中缘故。

慢慢地克服对头发丝的恐惧之后，是对鼻涕、鼻屎的害怕。迄今为止，除了体检，馨儿没有去过医院，因为她很少生病，更没有生过需要去医院的病。我记得的是三回着凉，其中一回是流鼻涕兼咳嗽了一阵子，另外两回只是流了一阵子鼻涕。对馨儿来说，鼻子里有鼻涕，是大事件。清涕还没有流出鼻孔，馨儿已经带着哭腔大喊起来了："鼻牛牛！"鼻子里有鼻屎，她会边用手指抠挖边委屈地啜泣着说："鼻牛牛！"想要让她止住哭泣，我们只有一个办法：迅速给她递上擦拭用的纸张。任何语言、抚触的安慰，都是没有效果的。

可能是婴儿鼻子内外神经特别敏感，除了鼻牛牛，鼻衄即流鼻血，馨儿也很害怕，很容易因此哭泣。不过，只要鼻血不再在鼻腔里流动，鼻子外侧凝结着血迹，她是不在乎的。有时候，没顾上给她擦血迹，看着她鼻唇一带挂着血迹，在专心致志、兴致盎然地玩耍，真有种啼笑皆非的感觉。

再后来，是害怕怪异的音乐、黑色的物体和形象。馨儿将近一岁时开始看动画片。每当片子中有怪异的配乐、出现黑色的形象时，馨儿要么会躲到我们的怀里，要么会哭喊起来，要求换片子看。跟成人戏剧角色设定一样，在馨儿那里，黑色也是代表邪恶势力的。因此，坚决反对她妈妈穿黑色的衣服。

有个例外，她不怕黑色的天鹅。将近两岁半时，我带她去圆明园，第一次看到黑天鹅，她并没有任何讨厌、害怕的表示。相反，她很喜欢坐在一个黑天鹅雕塑的基座上照相；指着雕塑中的假天鹅，或芦苇丛边的真天鹅，兴奋地给它们分派角色："天鹅爸爸！天鹅妈妈！天鹅宝宝！"会由衷地发出感叹："天鹅宝宝好可爱呀！"

几个月前，馨儿开始看动画片《爱探险的朵拉》。出乎意料，她害怕片中的"捣蛋鬼"———一只狐狸。相当长的时间里，每当狐狸出现，她都会转过身，或者把头埋起

来，不敢看投影屏幕；有时还会远远地逃开，直到没了狐狸，才回去接着看。只有当大人陪在她身边时，才敢于学着片子中的朵拉和小猴子的样子，伸手作拒绝状，一起喊："捣蛋鬼（发音同北，最近开始，已经能正确发"鬼"的音了），别捣蛋！捣蛋鬼，别捣蛋！"

两岁开始，馨儿发展出一项新的害怕项目：害怕妈妈生病。妻子一旦当着馨儿的面，说自己身体不舒服，或者需要去看医生，馨儿都会大声抗议道："妈妈没有不舒服！""妈妈不能去医院！""妈妈不去看医生！"这个时候，她一定会投入妈妈的怀抱。自己伤心过之后，还会安慰妈妈："妈妈，馨儿爱你！""妈妈，我保护你！"事后，她会加以说明："妈妈，我担心你嘛！"每次都会说得妻子很感动。有意思的是，馨儿的表现，往往有一定的疗效，妻子一高兴，身体感觉好了不少。

不难想象，在未来的人生道路上，还会有各种各样令馨儿感到害怕的事物。作为父亲，我希望：她能在成长的过程中，通过不断壮大自己，增强信心，一个个将它们克服！

2017.01.24

56. 迈进三岁大不同

　　馨儿接近三岁的时候，感觉她的语言水平有了明显的提高。能较好地发出舌根音声母，比如，"小狗"不再是"小斗"，"裤子"不再是"铺几"；会冷不丁冒出一个比较书面的词语，比如"然后""而已"。

　　吃过三岁生日蛋糕以来的这三四天，天天有令我们惊喜、惊诧的事情发生：

　　生日当天，聚会后回家路上，我和妻子对应邀出席馨儿生日聚会的两个小朋友（都比馨儿大几岁）始终不搭理馨儿，表示有些遗憾。馨儿抗议道："你们不要说！她们都是我的好朋友！"

　　第二天，我们仨在一起时，妻子准备说个什么事，馨儿跟她说："妈妈，你不要激动，慢慢说！"

　　第三天，也就是昨天，我逗她玩，问她："馨儿，你知道爸爸是做什么工作的吗？""玩电脑！"这不算离谱，因为她经常看到我用电脑写文章。此前她一直说我是"写电脑"的，会不时命令我："爸爸，你不要写电脑了，陪我玩嘛！""妈妈呢？""拖地。"这也合乎事实，她妈妈的确

经常在时装店里打扫卫生。"那外婆呢?""看手机。"虽然岳母最近追电视剧的确比较勤奋,经常捧着手机看《锦绣未央》。但馨儿这么说,还是有些不公平,我担心岳母听了心里不舒服。于是提醒道:"那是谁一直陪馨儿宝贝玩的呢?""姥姥看完电视陪我玩!"

今天早上,我正在看书,馨儿又拿着她的《小红帽》,让我给她讲,实际上是朗读。昨天我给馨儿朗读这本书时,她有过两次在我翻页时的"抢答":一次是大灰狼为了把小红帽和她外婆都吃掉,欺骗她说:"……为什么不待一会儿,享受鲜花,还有美好的阳光呢?"馨儿脱口说道:"可不是嘛,太阳暖洋洋的。"另一次是,说大灰狼吃了小红帽和屋里的水果馅饼、喝光了黑啤酒时,馨儿又抢着说:"狼感觉饱饱的,非常满足。"鉴于馨儿昨天的这种表现,我猜馨儿对《小红帽》的故事已经相当熟悉了。因此,我故意朗读半句然后停下来,或者读完一句然后停下来,看她有什么反应。果然,馨儿基本上都能一字不差地接出下半句和下一句。说明一下,对馨儿的教育,我们一直奉行顺其自然的原则,迄今为止,没有教过她认字。就是说,她是不可能认得《小红帽》一书中的文字的。单凭听她妈妈和我给她朗读若干遍,她便能大致记住书中的词语和句子,我觉得有点不可思议。须知,有时候她是边听边玩,不像在专心听我们朗读。

今天下午,我靠在床上,让馨儿把小书架上的我的新作《论语真解》，拿过来给我。在把书递给我的时候，馨儿可能是看到书页上印着的孔子画像，问："爸爸，这是写老爷爷故事的书吧？"我说："对啊。"我在随手翻看书页的时候，听见馨儿接着说道："我知道。老爷爷的故事里，有很多规则。"当时我有点不敢相信，馨儿竟然用了"规则"这个词！在我惊诧之际，馨儿又自言自语地接着讲起了故事，"我的爸爸写的老爷爷故事书很有趣，所以到大人的幼儿园去唱（它用的是"唱"字，不是"讲"字）。妈妈、外公、外婆，还有我，馨儿，一起去听。我的爸爸唱得好有意思，大家们（最近馨儿常用"大家们"这个词）都给我的爸爸鼓掌，小朋友们给我的爸爸戴上奖牌！"讲述过程，绘声绘色，相当生动。

等她讲完，我问："馨儿，爸爸的书写得好吗？"馨儿一本正经地看着我，回答说："嗯。写得好，爸爸！"说得我莫名地感动。

在怀馨儿的时候，妻子常说，如果是女儿，希望她能像《射雕英雄传》里的黄蓉一样，是个古灵精怪的女子。生下馨儿以后，她曾几次由衷表示，自己的这个愿望已经实现了。我基本认同妻子的这个说法。

我的馨儿，我的宝贝，你还会给妈妈爸爸带来多少惊喜，多少惊诧呢？

2017. 01. 25

57. 稚气豪爽的上声调

　　包括北京大学中文系已故教授林焘和韩国外国语大学中国语学科教授孟柱亿等在内的许多中外语言学专业人士，有一个学术上的主张：取消汉语普通话教学四声中的第三声（上声字）的降升调，即214调的地位，代之以"半上"调，即21调。他们的理由主要是，214只存在于单字调系统内，活的语言——汉语使用者的实际语言中，第三声字基本上都以半上形式出现，而不以完整的降升调形式出现。他们认为，214调对于学习者尤其是外国学习者而言，是一个不轻的负担。

　　对这一观点，在二十年前一次于韩国外国语大学举办的国际学术研讨会上，我曾经公开表示反对。当时我反对的理由基本是理论上的，主要有三点：一是214调是北京话的客观存在，单字调也是语言活体的一部分，自有其生存空间和用途——比如汉字教学；二是承认214调，便于说明连读变调和作方言声调比较。比如，两个上声字相连前字变阳平，214变35容易解释（紧缩，短促化），21变35就难以解释（低降、高升，截然有别）；三是214调已经深入人心，汉语使用者皆习以为常，人为改变，会增加不必要的混乱和纷扰。

回北京后，我有意观察了一下北京人的实际语音情况，发现214调不但客观存在，而且有其不可替代的美感。北京的公共汽车线路，有许多"某某北"、"某某里"的站名。女售票员清脆地报出"正阳桥北""花园桥北""蓟门桥北""知春里""平安里"等地名时，"北""里"这些上声字，因为有降有升，就顿挫抑扬，给人以雍容不迫、彬彬有礼之感，听起来悦耳，愉快；而一旦说成只降不升的"半上"调，在失去顿挫抑扬的同时，令人觉其慵懒无聊、偷工减料、敷衍塞责，令人不快。

最近，刚过三岁生日的闺女馨儿，又给我提供了一个方面的证据：凡事喜欢讲原则、不苟且的婴幼儿，她们的语言里，第三声字一般也是神完气足的214调，而不是偷工减料的半上21调。

只有在做了坏事，或者提出不合理要求时，馨儿的上声字才会是半上的21调。

谁把爸爸的书都丢到了地上？谁把爸爸的书都丢到了地上？……

——……我。

我正在忙着写东西，馨儿蹭过来。

——爸爸，你不要写电脑了嘛，陪陪我。

这种时候的"我"字，听起来跟低了四度的"窝"似

的，底气明显不足。

正常情况下，馨儿的上声字都是完整的降升调214。

馨儿，咱们吃个苹果吧。

——好！听起来跟"皓噢"似的。

馨儿，爸爸今天带你去博物馆吧？

——走！听起来跟"奏噢"似的。

馨儿，小手弄脏了怎么办呢？

——洗！听起来跟"戏壹"似的。

馨儿正在吃东西，我问："有爸爸的吗？"

——有！听起来跟"幼喔"似的。

因为妻子经常当着馨儿的面喊我"老公"，有一次馨儿便自作主张替我回答道："妈妈，你老公马上过来了！"有了这个趣事后，我逗馨儿玩，问："馨儿，妈妈的老公是你爸爸。那么，你爸爸的老婆是谁呢？"馨儿看了眼妈妈，看了眼我，又看了眼她自己。略加思索，然后，用右手食指指着她自己，肯定地说："我！"听着跟"沃哦"似的。

馨儿神完气足的214调语音，稚气中透着几分豪爽，令人忍俊不禁！

2017. 02. 20

58. 揍小弟弟以令参吗

　　政府开放二胎后，不少朋友如同腊月的萝卜——冻（动）了心，但是都遇到一个颇为棘手的问题：孩子坚决反对。有的进行消极的抵抗，哭闹，绝食，不去上学之类；有的放出狠话，誓言跟未来的弟妹不共戴天，离家出走，自寻短见，杀死弟妹之类。原本就因为有经济、年龄、身体等方面压力，要二胎的态度有些摇摆的人们，因为孩子的反对，便只好打消念头，老老实实地过如履薄冰的"一家三口"的日子。

　　我跟妻子也有时机成熟时再要一个孩子的想法。在馨儿快三岁时，试探性地跟她探讨这个问题。"馨儿，咱们再要一个小弟弟或者小妹妹，你觉得怎么样？"开始时，可能是觉得小弟弟或者小妹妹会跟她争抢玩具，分去爸爸妈妈的爱，馨儿也曾表示反对。但是，当我们跟她说，有个小弟弟或者小妹妹，会有很多好处。比如，小弟弟或者小妹妹也会爱馨儿，会听馨儿的话，长大以后会做馨儿的骑士或者帮手，两个人一起玩要，一起长大，一起学习，就不会觉得无聊了。馨儿听了觉得有道理，不但不再反

对，实际上，从那以后，她就成了我们再生一个孩子的强有力的支持者和孜孜不倦的敦促者。

大概，三岁孩子的头脑中，现实和想象的世界是界限不清的。馨儿的日常言语之间，小弟弟俨然成了真实的存在——馨儿并不反对再有一个妹妹，她最期望的是既有一个小弟弟，又有一个小妹妹；但是当我们告诉她，只能选择一个的时候，她倾向于要小弟弟。因此，她常挂嘴边的称谓，是"小弟弟"，而不是"小妹妹"。

在心理上接受我们再要一个孩子的想法之后，馨儿最先发展出的是她身为姐姐的职责意识。只要有人问她，有了小弟弟之后，馨儿会做些什么事情，馨儿都会不假思索地说出一系列她要做的事情：把自己的玩具，跟小弟弟分享；给小弟弟冲奶粉，给小弟弟喂奶粉；给小弟弟做饭，做小弟弟最爱吃的饭菜，甚至会做她自己非常爱吃的意大利面；教小弟弟走路，教小弟弟滑滑梯，骑三轮车，教小弟弟画画儿；小弟弟玩沙坑、泥坑，衣服弄脏了，她给小弟弟洗衣服；一起上学的时候，小弟弟不懂得注意安全，她会带着小弟弟过马路……听者不得不由衷地赞美她一句："馨儿小朋友真是中国好姐姐！"

接着职责意识，发展出来的是"砸挂"行为。每当因为某事、某种行为得到我们的肯定，夸赞，"我们馨儿长大了"、"我们馨儿长成大姑娘了"（接近三岁开始，她不再说"长成大女孩了"），馨儿都会得意地列举出小弟弟的种种不足和可笑情状：小弟弟不会自己吃饭，他会把饭都吃到衣服上；小弟弟不会自己穿衣服，他会把衣服穿错了；小弟弟会把碗打破了，他就没有碗吃饭了……呵呵呵呵！随时随地，只要我们夸她的表现，小弟弟都会立刻成为她的小时候，她的反面，她的笑料。也许，馨儿不是有意贬低小弟弟，只是她理解的长大，就是从什么都不会变成无所不能，从笨拙可笑变为乖巧可爱吧。

接着"砸挂"行为之后，发展出来的是利用小弟弟得到自己的诉求，即挟小弟弟以令爹妈。比如说，她想吃水果了，就会说："爸爸，我的小弟弟也很喜欢吃水果，我们一起去买水果吧！"她想吃冰激凌了，会说："爸爸，我的小弟弟说，他想吃冰激凌了。他说，他最想吃草莓口味的冰激凌！"不用说，我得马上抱着她去超市买冰激凌了。至于是否买草莓口味的，这并不重要，她完全可能临时改变主意，面对冰柜里的各种冰品，选择了酸奶冰激凌，或者糯米滋。巧克力口味不是她所喜欢的，因为有苦味。想看动画片了，她会对她妈妈说："妈妈，小弟弟说他喜欢看《小猪佩奇》！""妈妈，小弟弟说他想看《小公主苏菲亚》了！"她妈妈故意逗她，说："这个动画片是小女孩看的，小弟弟是男孩，不喜欢看。"馨儿就会争辩说："不是的，小弟弟喜欢看！"她妈妈再不松口，馨儿就会祭出她的杀手锏：愤怒的海豚音。她妈妈只得乖乖就范，表示同意。馨儿会无缝对接地破涕为笑，喊一声："哦！妈妈同

意了!"然后以胜利者姿态,进入她不准任何人打扰、专心致志的观影状态。

　　有时候,我们也会利用小弟弟的概念,对馨儿做工作。"馨儿,你再哭,小弟弟就不喜欢你了!""馨儿,你再不洗澡,小弟弟就会说,姐姐臭臭的,不漂亮。""馨儿,小弟弟会说,穿干净衣服的姐姐才像公主,穿脏衣服的姐姐,像乞丐,真可笑!"通常,也会有一些效果。但是,因为我们没有海豚音那样的杀手锏,有时候也会败下阵来,最终遂了她的愿。

2017. 03. 21

59. 社交行为发育商

　　小孩三岁的时候，须有一次体检。据说，没有这次体检，幼儿园都进不去。因此，在馨儿三岁零两个月的今天，下午，我们带她去海淀区妇幼保健院儿童早期发展中心，做了个全面的体检。项目众多的体检，其中有一项名曰"神经心理检查"。具体测试项目有大运动、精细动作、适应能力、语言、社交行为。

　　测试结果，大运动是中上，精细动作、适应能力、语言都是中，只有社交行为是上。实际月龄为 38 月的馨儿，社交行为智龄为 54 月，DQ（发育商）是 142。

　　说实话，我对这类心理测试的准确性是抱半信半疑态度的。

　　其中有个测试项目，医生拿着一张画着一些图画的白纸，让小朋友说出每幅图画中缺少了什么。我还记得的，有这样三幅图画：一只手，其中一个手指头没有指甲；一张桌子，只有三条腿；一个女人头像，没有画出嘴巴。结果，馨儿的回答依次如下：没有涂指甲油，桌子上没有晚饭，女人头上没有戴发卡。没有一个是跟标准答案相符

的，估计因此得分不高。但说实话，馨儿的回答更令我满意。不按部就班，是因为更有想象力，更像是发散性思维——未来创造型人才的素质啊。

还有个"天冷了怎么办"的问题，标准答案大概是：穿衣服。但馨儿的回答是：飞到屋里。回到家里，我问馨儿："医生阿姨问天冷了怎么办，你为什么不回答穿衣服呢？"她的反应是："哇哦！"我问："哇哦是什么意思？"她说："哇哦的意思是，这样说太简单了！"

有个让小朋友模仿原地踏步的动作，馨儿却是连着两个蛙跳。当时我就有些纳闷，以为馨儿真的不会左右脚交替原地踏步呢。结果，晚饭后在小区附近的街边公园里玩，馨儿的原地踏步一点问题都没有。想想也是，从来没有人教过她，踮起脚尖、旋转身子的芭蕾舞，手足作抽筋状的机器舞，有地上打滚动作的街舞，馨儿都能无师自通，跳得有模有样的，经常表演给我们看；三轮车、自行车，一学就会。原地踏步，对她来说，是太简单了！

有些测试项目，很显然，小朋友不是不会，而是不屑。她不明白，医生阿姨怎么会要求她做那么简单的事情。

社交行为的高分，我不知道医生是根据什么项目测试得出来的。如果是因为馨儿的言语行为有古灵精怪的端倪而给予高分，我倒比较认可，觉得有点意思。

妻子在厨房做晚饭，我因为感冒上火，眼睛刺痒难受，想要在馨儿房间双层床的下铺躺着休息一会儿。

馨儿在上铺玩耍了一会儿后，觉得无聊，要求我陪她玩。我没有答应。馨儿就开始大喊大叫起来。妻子在厨房问怎么了，馨儿回答说："我跟爸爸吵架呢！"

见我仍然躺着，没有行动的意思。馨儿先是威胁我说："爸爸，我再也不跟你玩了，永远都不跟你玩了！"

我问："那你跟谁玩？"馨儿赌气地说："我找妈妈陪我玩。"

"妈妈在厨房做饭呢，没空陪你玩！"

"那，我再找一个爸爸玩！""好！你去找吧！"

"我一会去找，找到了就告诉你！"想了想，又改口道："找到了，也不告诉你！"

我假装生气，趁势不说话，闭目养神。

馨儿探头下来，看见我被子蒙头。似乎觉得自己说话太过分，有点后悔了。语气和软了下来："爸爸，你说'对不起'，我就跟你玩。"怕我没听见，这句话她说了两遍。

我继续假装生气，不出声，看她还有什么花样。

这时，馨儿从上铺爬下来，钻过带抽斗阶梯边的圆孔，抵达下铺。摇晃着我的双腿，央求道："爸爸，我说'对不起'，你陪我玩嘛……我都说'对不起'了，你陪我玩嘛，爸爸！"然后是一叠声的"对不起对不起

对不起"。

…………

这样的小魔头，我拿她能有什么办法呢?!

2017. 03. 22

60.语言、权利、交际

三周岁是一道分水岭，馨儿一过三岁，就发生了许多骤变。语言、权利、交际，几个方面各有变化。

首先是语音的变化。三岁之前，边音声母发成零声母；舌根音声母 g－、k－逢 u 韵母或 u 介音韵母说成 b－、p－，其他情况说成 d－、t－。三岁一过，不知不觉间，这些情况突然改变了。边音虽然还不是标准的 l，但不再是零声母，变成了较为接近边音声母的舌尖闪音；舌根声母，不再有 b－、p－和 d－、t－之分，都是清楚准确的舌根音。说话的口齿也变得清晰了许多。

接着是主权意识的觉醒。春节刚过，我们全家自驾南下。快到扬州时，妻子打电话通过携程网预订酒店，对方要求报上住宿者姓名、身份证号码。订好酒店，刚挂上电话，馨儿就不干了，抗议道："妈妈，你没有告诉叔叔我的名字！"强烈要求妻子报上她的名字。妻子对着手机，装模作样地报上馨儿的名字。不料，骗局被馨儿识破，要求妻子重新打电话，真的报上她的名字。好说歹说，都不奏效。无奈之下，妻子只好重新给携程网打电话，说明缘

由。逗得电话那头的小伙子哈哈大笑，配合妻子，跟馨儿说了两句话，这才罢休。到了扬州，朋友们聚餐，大家碰杯饮酒。馨儿又大声抗议道："你们都没有跟我干杯！"没办法，大家只好再跟馨儿碰一次杯。从此，只要碰杯，都不能落下馨儿。这样一来，饭桌上的气氛反倒变得轻松起来，酒也下得快了。

都说三岁是孩子的第一个叛逆期。馨儿语言上最强烈的叛逆表现有两点：一是语气助词"哼"，也是嘴巴鼓气作喷的动作。比如我们批评馨儿电视看得太久对眼睛不好，她会反驳道："我电视看得不久，哼！"如果我威胁她，不听话就不准她继续看电视，她会冲着我腮帮鼓起，发出"噗"的声音，喷我。馨儿最生气的表示是，哼＋噗！功力大概相当于武术家的组合拳。

再接着，是词语的骤然丰富。第一次感觉馨儿词语飞速发展是春节前，她快满三周岁时。一天晚上，我抱着她走在回家的路上。馨儿自言自语，嘲笑起虚拟中的小弟弟，说小弟弟掉到地上的东西也会塞进嘴里吃掉。我趁势问她："掉到地上的东西为什么是不能吃的呢？"我以为，她会像我们经常告诫她的那样，回答说"掉到地上的东西就会有小虫子呀"。孰料，她的回答却是："掉到地上的东西就会有病毒！"过了两天，馨儿在家里摆积木玩，说是要给爸爸做个草莓口味的蛋糕。摆好的时候，只见她高举双臂，大喊一声："草莓蛋糕，大功告成！"

　　不久前，台湾辅仁大学中文系教授李添富先生来北京。几位老友在一家江西菜馆给他接风，他说起自己也刚过三岁的外孙语言文字上的种种惊人表现：一次去肯德基吃饭，小朋友煞有介事地翻看菜单，然后说了句："不然，去麦当劳也可以。"全家到常去的一家餐厅吃饭，不认识字的小朋友手指菜单，居然准确地报出全部菜名，只有饮料"葡萄汁"中的葡萄二字没有说对。诸如此类。看他说得热闹，我也凑了一则馨儿前一天的故事：去拜访在座的我的老师王宁教授，下车的时候，妻子让馨儿自己抱着一大瓶她在超市选的饮料，馨儿不乐意，说："那我岂不是会很累！"李添富先生听后，连声赞道："这个厉害！这个厉害！"

　　最近，我和妻子都明显感觉到，无论是词语、句法还是逻辑推论，我们都快说不过馨儿了。有时候，还会被馨儿嘲谑一番。几天前，在一个商场，馨儿看中一个放大镜，坚持要买。买回家后，玩了一会儿，她竟对着我的脸，笑着说："看看爸爸是什么傻样！"面对伶牙俐齿的馨儿，我和妻子经常无言以对，只能半嗔道："这熊孩子！"

　　昨天，我要到学校交几份研究生论文评阅书，顺便带馨儿同去，用校园一卡通买些日常用品。因为刚下过雨，在超市里没遇到一个熟人。购物结束，准备回家。馨儿不愿意，反问说："这不是爸爸的学校吗？"我答："是爸爸的学校。"馨儿又问："那为什么没有看到爸爸的朋友们呢？"

我说："他们都在工作。"馨儿说："那我们去看看他们吧！"任我怎么劝说，都不放弃。无奈之下，我只好带她去系办公室走一趟。当时有四个同事在场的小小办公室，立刻成了馨儿的舞台，又是给大家分享她刚买的维 C 水果糖，又是表演跳舞，又是玩玩具——完成玩具组装时，也没忘了自己站起身，双手高举过头顶，嘴里发出"哦耶"的一嗓子，以示庆祝——没有一秒钟的消停，半个小时的时间，转瞬即逝。

现在，我都不知道下一秒钟，馨儿会说出什么新词语，表达什么自己的诉求，要求去见什么样的人，做什么样的展示！都说女大十八变，从馨儿的情况看，女孩子成长的过程中，岂止十八变！

2017. 05. 23

61. 小小舞蹈家

几天前，在妻子的服装店里，馨儿要求我看一段她的"简单的舞蹈"。看过之后，我被她的舞蹈震惊了！

在那之前，从出生不久到三岁多，馨儿喜爱跳舞，而且跳得不错：出生不久夜里吵闹，我抱着她转圈跳华尔兹，她会马上破涕为笑；学会走路之前，一听到节拍清晰的乐曲，就会在我们的臂弯里和着音乐扭动身躯；会走路后，路过放着音乐的广场就想跳舞，基本踩得到音乐节拍，模仿芭蕾舞、街舞、机器舞等多种舞蹈，能抓住它们的重要特点，可以即兴把生活中的各种情节变成舞蹈动作；经常命令包括我和妻子在内的身边成年人跟她一起跳舞，动作都是她自己临时设计出来的……我知道，在舞蹈方面，馨儿是有些天赋的。但是，我并不觉得，这有多么了不起。这个年龄段的孩子，不少孩子都是这样的。

但是，那一次"简单的舞蹈"，让我看到了馨儿的与众不同。

馨儿的简单舞蹈，开始的时候，我以为不是舞蹈：只见她面对一面大镜子，双手在胸前合十，小脑袋轻微地一

低一抬。我估计她是在寺庙里看见过有人拜佛的样子，觉得好玩，模仿那动作。但是，渐渐地，我意识到，她真的是在跳舞，而不是简单的模仿。她态度认真，神情肃穆，眉头一皱一皱的。当时有个比她大近两岁的女孩在旁边，不时摆出她认为最漂亮、明显是幼儿园学来的舞蹈动作，连声喊着"叔叔，叔叔，你看我的舞蹈动作，这是最漂亮的动作"。馨儿都不受影响地继续自己的舞蹈动作。开始的时候，馨儿动作的幅度很小，很轻柔。经过美化的童子拜佛动作，配上她那跟年龄明显不相符的一本正经的神情，瞬息的忍俊不禁之后，我很快便肃然起敬。我感觉，馨儿的舞蹈是有故事、有感情，甚至可能是有境界的。一两分钟的"童子拜佛"动作之后，馨儿的动作幅度忽然变大，向上屈伸双臂，转身的同时双腿作弓步模样，看起来颇像泰国人的舞蹈！

馨儿这支"简单的舞蹈"的整个过程，持续了三四分钟。其间，那个比馨儿大两岁、经常在幼儿园放学后找馨儿玩一会儿的女孩，在旁边不时摆出个动作让我看；女孩的姥姥一直在边上夸馨儿，说着"你们看馨儿的小表情，多有意思""大家快来看，馨儿跳得多认真啊"之类的话。馨儿都不为所动，不受影响，直至整个舞蹈结束。

馨儿一天天长大，我不能不偶尔想一想她将来适合从事什么工作的问题。我愿意尽可能尊重孩子本人的选择，不会把自己的想法强加于她，不会对她的未来作任何具体的规划。但是，我跟妻子有所不同，我希望馨儿将来能从事有一定创造性的工作。比如说从事科学研究，比如说从事文艺创作。妻子则希望馨儿做个平凡的人，过平凡的日子，享平凡的快乐。但是，假如馨儿长大后想要把舞蹈作为专业、职业、事业，目前我还是有顾虑的。我总觉得，那是一种非常辛苦、相对短暂的工作。

昨天下午，我独自带着馨儿去奥运村那边的科技馆玩了半天。看了一场巨幕 3D 电影《机器人》。电影是科普性质，介绍当今日本、美国等国机器人的研究进展情况。40 分钟的电影，我的感觉有二三个小时，比较无趣，一直昏昏欲睡。开始的时候，我听见馨儿鼾声深长，似乎她也不感兴趣。但是，很快，她就清醒过来，饶有兴致地把电影看完。电影结束的时候，我注意到，馨儿是四五十位观众中唯一鼓掌致谢的人。走出电影院，我问馨儿为什么鼓掌，她说："这个电影很好看。"我接着问："有什么好看的？"她说："机器人走路、跳舞，真有意思。"说着她就如一阵风冲到空旷的地方，像模像样地学机器人的动作跳了一段舞，当时就吸引了不少人的目光，有小孩子，也有成年人。

馨儿对舞蹈的兴趣，有些超乎我的想象。

2017. 06. 18

62. 三岁时的父亲节

　　父亲节，一些人把它过成了写文章怀念、赞美父亲的日子，另一些人则把它过成了阅读这些文章、感动一下自己的日子。仿佛，全世界的父子、父女之爱，都在这一天爆发出来，爱如潮水，汹涌澎湃。

　　我家今年的父亲节，气氛不太一样。早上起来，看到微信朋友圈有许多人在转发祝父亲节快乐的图文帖子。我有点莫名的激动。于是，对馨儿小朋友说："今天是爸爸的节日，你应该说句什么话呢?"不料，馨儿先是双眸茫然，反问我："应该说什么?"我说："你自己想一想，应该说什么。""不知道。"妻子在旁边提醒她："宝贝，今天是父亲节呀。"不料，馨儿甩下一句"我不知道要说什么话"后，一溜烟从我身边逃开。我假装生气，模仿她赌气时说话的样子，说："馨儿不说，爸爸永远都不会给你买玩具了。"馨儿闻听此言，竟哭了起来。

　　当时我正在写一篇文章，无暇哄她；馨儿眼泪汪汪的，跟着她妈妈去了时装店。

　　过了一个小时左右，妻子打来电话。接通后，传来的

293

却是馨儿的声音："爸爸，祝你节日快乐！"不用说，这是在妈妈的授意下，馨儿才说的。

我清楚，馨儿还不知道父亲节是个什么样的节日，不知道这个所谓的节日她该对我说句什么鹦鹉学舌的套话。

但是，馨儿显然知道我这个父亲对她的重要性，还知道全家快乐才是真的快乐的道理，当然还知道关心她的父亲。

早上一睁眼就在床上大声叫我，我过去后问她怎么了。她说自己做了个梦，梦见爸爸和一个长得像爸爸的人，那个长得像爸爸的人在她常去玩耍的小树林里跟她说话。她说我的时候，原话是"我的爸爸"。说完，她就要求我把耳朵递过去，然后双手揪住我的耳朵，跟我咬耳朵道："爸爸，我永远都不会离开你！"

后来妻子经过了解，告诉我，馨儿不愿意对我说"爸爸，节日快乐"这句话，其实也有她的小九九。她是认为，节日不应该是爸爸一个人快乐的，妈妈、她自己都有份儿。她担心，有什么好吃的东西、好玩的事情，都是属于爸爸一个人的，没有她的份儿，没有妈妈的份儿。

对爸爸的关心，昨天馨儿已经有过很好的表现。

昨天，馨儿妈妈有事，早早出了门，家里只有我和馨儿两个人。不知怎么，我跟馨儿说起自己小时候，跟她差不多大的时候，有一天在水沟里玩水，结果有好几条虫子爬到爸爸的腿上，咬得爸爸流了很多的血。当时，馨儿先

是问什么虫子，我告诉她那虫子的名字叫蚂蟥，是一种很可怕的虫子，专门吸人的血。接着，馨儿就给爸爸出主意："爸爸，你应该抹点药，那样虫子就不会咬你了。""爸爸，你应该左边看看，右边看看，真的没有虫子的时候，你再玩水，就没有关系了。""爸爸，你为什么不用创可贴呢？"……

话题都已经转移别处好半天了，馨儿又折回来，问："爸爸，那虫子咬了，你会很疼吗？""在水里倒很多很多的药，虫子就不会咬你了吧？""爸爸的爸爸，把虫子都杀死了吗？"关切之情溢于言表。

相比于平时自然流露的爱的种种表达和表现，父亲节这一天的"节日快乐"一句祝福语，其实并没有那么重要。

妻子说了一句打抱不平的话："你也应该感谢馨儿，有了馨儿你才升级成为父亲的。"说得不错，父亲节，不但儿女要祝福父亲，父亲也要对儿女表示感谢。父子、父女这种今世缘分，按照佛家的说法，是需要前世修行几万年才能得到的，来之不易！

2017. 06. 18

63. 晨母暮父

　　接近三岁半的馨儿，有个特点：早上睡眼惺忪之际，只希望她妈妈陪伴身旁；夜间临睡时分，对爸爸我情有独钟。

　　早上，妻子在家期间，睁开眼睛，馨儿的第一声呼唤一定是："妈妈！"最好是第一眼就能看见妈妈正躺在她身边。否则，她会继续呼唤。呼唤两三声，妈妈仍未出现，接着的就是嘴巴一扁，哭将起来。这个时候，假如我去安慰她，客气一点，她会要求我替她去叫妈妈，或者让我抱着她去找妈妈；不客气一点，会用双脚踢我，嘴里说："你走开！我要妈妈！"

　　夜里，辛苦了一整天的妻子，通常十一二点时已经困倦不堪，酣然入睡。迫于妈妈威严不得不躺在床上的馨儿，会趁机悄悄溜下床，来找我这个习惯于熬夜写作的爸爸玩耍。情形通常是这样的：光着脚丫，吧唧吧唧一溜小跑，来到我的身边，嘴巴凑近我的耳朵，小声说："爸爸，我要跟你说一句话。""什么话？""爸爸，我爱你！"窗外是茫茫黑夜，我的小世界却充满了幸福感。

　　自然，馨儿"爱的告白"之后，是有所求：爸爸，你给我冲一杯牛奶吧！爸爸，你给我讲一个故事吧！爸爸，我要看电视……她的种种要求，目的只有一个，就是拖延睡觉时间，不肯睡觉。要求本身并不强烈。比如，家里正好没有奶粉了，给她一杯牛奶、酸奶；不给她讲故事，换成陪她玩积木或拼图游戏；告诉她看电视会影响妈妈睡觉，换成一起看书。都是可以的。总而言之，深夜的爸爸，是馨儿所需要的，所喜欢的。

　　不过，妻子几次到外地出差，我独自带馨儿。早上醒来，睁开眼睛，看不到妈妈，她也并不哭闹。

　　早上跟妈妈昵咕，深夜找爸爸说话，这个现象，我管它叫晨母暮父。对于一个三岁多的孩子，妈妈的基本使命——哺乳，已经完成了。换言之，黏着妈妈，已经没有实用的必要。在我家，经过妻子的长期努力，"冲奶粉师"和"把尿（臭）师"的角色，我是 A 角，她是 B 角。只要我在家，冲奶粉的任务，通常是由我完成的。也就是说，馨儿早上黏妈妈，纯粹出于与生俱来的"儿"性的懵懂需求，并非清醒的实用认识。而夜里找爸爸，却有着种种实用的价值，出于清醒的认识——这个时候，爸爸是她唯一可以差遣的人。

　　有时候，我会开玩笑地对馨儿说：妈妈是这个世界上最辛苦、对她最好的人，但是，爸爸也不错，也为她做过不少事情。希望她长大以后不要全部忘记了。

近日有件事情，有朋友建议我写下来，馨儿长大后，一定会感动。

上星期五，我应邀参加安徽滁州的一个活动。次日，几位朋友强烈要求我，为期两天的活动结束后，多待一天，陪他们去趟琅琊山、醉翁亭（几年前我去过了）。盛情难却，我改签了高铁票，把原来订的周日早上返京票，延后一天，改签为周一早上的票。但是，当天晚上，接到妻子电话，周一上午要带馨儿去幼儿园参加入园面试。

兹事体大，不敢有误。刻不容缓，当即在一位朋友的帮助下，买了周日返京的票。滁州直达北京的票已经售罄，用手机软件抢了半天的票也没有抢到，只好买了张在济南转车的票。

乘坐 G154，18:57 从滁州出发，到达济南时已经是 21:03。47 分钟的换乘间隔，我想起三十年前山东大学七年学生生涯结束后继续北上到北京工作的事，在候车室诌了首顺口溜："三十年前别泉城，风雨岁月任飘零。中间几许蹉跎事，今夜意外此经停！"在微信朋友圈发表后，有位扬州朋友问我感慨什么，我答以"人生如梦"。很快，又有老同学提示说，当天正是我们当年离校到工作单位报到的日子。整整三十年！心中虽然不至于有龚自珍"才也纵横，泪也纵横"的悲怆，但的确是感慨系之。

在济南上了应该 21:51 开出的 G206 后，是一系列前所未有的经历：先是列车岿然不动，说是临时停车，说是

前方机器故障。晚点一个半小时后开车，到达北京南站时，已经是凌晨一点钟，地铁没有了，出租车、滴滴快车也十分稀少。听到一位同车的女乘客的一句抱怨，"把个好好的高铁，弄成了难民车。"深夜的北京南站，满眼是惶急找车的人。我拎着行李，步行了一两里路；然后，骑了一小段共享单车，小黄车 ofo；接着，又沿护城河步行了一里多路，两个黑暗中垂钓的老人向我投来怪异的目光；然后，在陶然亭公园南门附近，用滴滴软件叫车二十多分钟无果后，再一次利用共享单车，这回是摩拜，一口气骑了五六里；终于，在长椿街地铁站打到了出租车。

到家的时候，已经是凌晨两点半了，妻子馨儿都在睡梦中。

妻子醒来后，告诉我，当天的任务，只是到幼儿园缴纳费用，领取生活用品，没有面试，更不是什么馨儿平生第一天上学校。因此，完全没有必要带馨儿同去。原来，她是跟我开了个玩笑，把我给"诓"回家的！

为了妻子的一个小小玩笑，我难民似的奔波了大半夜。这个故事，馨儿小朋友长大以后，觉得可笑的同时，会有些许感动吗？

2017.07.11

64. 三岁半生日

昨天晚上，倪昆、小玮两口子来我们家玩时，给馨儿带了个小蛋糕。小玮说："今天是馨儿小朋友的三岁半生日！"还真是，馨儿是2014年1月22日出生的，昨天是7月22日，正好三岁半。小玮对馨儿，那是真爱！

几天前，我走路时想起自己微信朋友圈有关馨儿的帖子下，常有各地的朋友感慨说馨儿长得好快，脑子里冒出一句：别人的孩子长得快。

道理很浅显：事物的变化，总是渐变的，自家的孩子整天待在一起，分秒入目，难以察觉这种变化。而别人家的孩子，几天或者几十天见一次面，看一回照片，积累了许多渐变，便有了跳跃性的差异，因此觉其变化快，变化大。

但是，我有个经验：如果用心足够细致，两三岁孩子的变化，即使整天待在一起，也是可以感觉到的。

馨儿小朋友近期有个新发明的游戏，那就是扮演恐龙宝宝破壳出世。因为不久前我们领着她到科技馆看了部名为《与恐龙同行》的3D电影，参观了恐龙博物馆。在博物馆应她的强烈要求，买了一套恐龙玩具，馨儿对恐龙产生了非常浓厚的兴趣。摆弄玩具之余，馨儿发明了一种玩法：在床上，用薄被子把自己包起来，盖住，说是恐龙蛋，正在孵化；要求我们过去，陪在她旁边，她自己把被子揭开，这样，恐龙宝宝就破壳出世了；接下来，就是恐龙宝宝跟恐龙妈妈、恐龙爸爸的大秀恩爱环节，"恐龙妈妈！感谢你把我生出来，我爱你，我永远永远都爱你！永远永远都不会离开你！""恐龙爸爸，你是世界上最好的爸爸，我永远永远都最爱你！""恐龙宝宝，我也好爱好爱你，永远永远都爱你，我们永远都不要分离！"这个时候，要是有外人在场，一定会觉得太肉麻了。

　　这个游戏，馨儿睡觉前要玩，从外面回到家时要玩，吃饭前要玩，吃完饭也要玩，一天要玩好几回。也不管我们正忙着什么事，她完全按照自己的节奏，跑进卧室，跳上大床，钻进被子里，用细小的嗓音呼唤："妈妈，这里有一个恐龙蛋！""爸爸，这里有一个恐龙蛋！"迫使我们不得不停下手头的工作，去配合她一下，陪她玩一会儿。有一次，妻子独自在家，忙着什么事，没有及时配合馨儿的游戏。后来突然意识到，馨儿好一会儿没有发出声音了！赶紧冲进卧室，揭开被子一看，馨儿已经捂得满头大汗了！可见，她是多么爱玩这个游戏。

　　昨天，我从早到晚都跟馨儿在一起，注意到两件事情是前所未有的：

一件是，纠正姥姥的发音。不久前，跟妻子说起外甥女四五岁的时候，曾纠正她奶奶我岳母河南口音的事，我说不知道哪天，馨儿也会纠正她姥姥的发音的。没有想到，这一天来得这么快。昨天午后，我开车带她们去我们的"乡村别墅"山樱小筑。路上，我听见坐在后排的馨儿忽然对她姥姥说："挖挖（这是馨儿专用的"姥姥"）! 你以后不要说'虎萝卜'了，你应该说'胡萝卜'。你们老年人说'虎萝卜'是不对的，我们年轻人都是说'胡－萝－卜'。"事情来得突然，我吃了一惊。几秒钟之后，终于忍不住大笑了起来。岳母也跟着笑了起来。但是，很快便被馨儿制止了："你们不要笑了好吗？挖挖! 你跟我学，胡－萝－卜，不是虎－萝－卜。对，就是胡－萝－卜!"

　　另一件是，告诫她姥姥以后不要折野花给她了。去山樱小筑的路上，我绕道走上庄八家村，以便看一下那里的水稻田风光。上庄是清朝词人纳兰容若的家庙和墓地所在，那里因为地势低洼，到处见水，适合种植水稻，有点像江南，我称之为纳兰的江南。在大片水稻田边的马路上停车，岳母下车后顺手摘了几朵野花给馨儿玩。馨儿拿着野花拍照，挺开心。上车后，我听见馨儿问："挖挖! 小花为什么都不看我了？"岳母回答说："小花因为缺水，蔫儿了。""挖挖! 小花会想它们妈妈的，你赶快给它们倒点水吧。不然，它们都会死的。"听话音，有些伤感。过了一会儿，她又说："挖挖! 你以后都不要把它们折断好吗？

我和我的好朋友到这里来看看它们，这样就可以了！"说得动容，简直有点哀感顽艳的意思。

明明知道三岁半的孩子，一切尚处懵懂状态，所言所行未必都有真正的理解，但我还是忍不住有些感动。

2017. 07. 23

后记

我最愉快的写作

　　迄今为止，我出版的各种著作有十几本，写过的散文随笔大约三千来篇。但是，这个"奶爸系列"、历时三年半的写作，是我最轻松、最愉快的经历。

　　虽然一开始就取了个"奶爸系列"的名目，但它只是一个随性、散漫的写作规划。将写成什么样，会写多少篇，能否结集成书出版，都没有认真考虑过。间隔多长时间写一篇，一篇写多少字数，也没有讲究。完全视乎素材，视乎忙闲，视乎心情；有话则长，无话则短；有素材、有时间、有感触，就写上一篇；短的一千多字，长的有三千来字；间隔短的只有几天，间隔长的有半月，一个月。当然，偶尔也会因有读者朋友的催促，"好久没有读到关于馨儿的文章了""'奶爸系列'该更新了吧"，于是写上一篇。我写其他短文，大多有"功利"目的，或者为了表达某个学术思考的观点，或者为了参与感兴趣的时事话题的讨论博取些许点击量，或者为了给我的几个报刊网络专栏供稿赚取一点稿费。但是，"奶爸系列"没有这些

"功利"的考量，就是因为好玩，好玩就写，不管它是否适合现有专栏发表，是否会被门户网推荐到首页。不过，可能是趣味有共性的原因，其中还是有不少篇什，被网络编辑推荐到了首页，在报纸专栏上发表出来。就是说，这些文章多多少少有了一点影响。

这些年我写的短文，以学术随笔居多。学术随笔，免不了要参考若干文献，引用一些文句。这就需要花不少时间在查阅、核对上，摊书满桌，在所难免。"奶爸系列"的写作，没有这些问题。只需打开电脑，敲击键盘，往往可以一气呵成。写惯了学术论著的人，来写这一种生活随笔，轻松、自由的感觉，格外强烈。

至于写作"奶爸系列"时的愉快心情，其实是无需多言的。我老来得女，已然比一般年轻父亲多了些育儿的耐心与细心；此女长得又乖巧可人，健康活泼，性情更是古灵精怪，伶牙俐齿；再加上我们夫妇俩又爱带着她走南闯北，到处游逛……山川映发，夫妻配合，父女逗趣，好玩的事情便成箩成筐。作文之苦，苦于目中无人，腹中无货，心中无爱，我写"奶爸系列"，完全没有这些问题。眼中有个可爱的小人儿，腹中有层出不穷的作文材料，心中有道不尽的舐犊之爱，我的写作充满了快乐。

各地不少素昧平生的朋友——男女老少皆有，因为在网络上读了我的"奶爸系列"，自称成了馨儿的"粉丝"。他们的点赞、评论和鼓励，不时提醒我更新文章，心平气和，词句温婉，全然没有网络言论常见的喧嚣与粗糙，不啻是我平淡生活的美好点缀。有几位女性朋友，因为读了这个系列的文章，大老远给馨儿小朋友寄来漂亮的服装。童装事小，她们的用心、贴心，足以令领受者冬暖夏凉！

我有两位年届耄耋的恩师，她们都是学术上有大成就的人，生命不息，治学不止，从事繁忙的学术研究的同时，她们都对馨儿小朋友怀有浓厚的兴趣，微信点赞，赠送小礼物，关心其成长。这些生活里的小细节，对我而言，有着双重的愉快。

回忆自己孩提时代，我一直有个遗憾：三四岁以前的事情，记得太少。现在还记得的二三岁时发生的事情，有如下一些：妈妈让我站在水桶边等她，等了一会儿不见妈妈回来，我便大哭不止。爸妈带我去二姨家，觉得二姨家后院好玩，说愿意一个人住在二姨家，让爸妈回了家。结果天一黑下来，就哭喊着非回自己家不可。正月里走亲戚（姨婆，父亲的姨母吧），路上骑在父亲肩颈上，父亲开玩笑说不听话就把我丢进路边水塘里，当时心里真有点儿害怕。姨婆提着一条大鲞鱼到我家，我雀跃着边跑边喊，报告妈妈姨婆来了。在外婆家吃饭，见外公喝酒，我嚷嚷着也要喝，外公拿筷子头蘸了白酒，点在我舌头上，辣得我当时就哭了。从此不敢沾酒，直到成年。大年初一，那时还嗜烟如命的父亲在我要求下，给我吸了口他的旱烟。结果，我把吃的早饭全部吐了出来，从此对烟没有好感……

我记事不算太晚，也不算太少吧？但是，我仍然想，假如我能记得更多孩提时代的事情，那该多好！在父亲去世以后，在自己做了父亲以后，这种想法更加清晰，更加强烈。回忆跟逝者有关的往事，是一件非常幸福的事情；正常情况下，三四岁以前，孩子千娇百媚，父母百般疼爱，这个时期有家庭、人间最美好的生活情景，特别值得记住，以便成年后回忆，品味，从中吸取力量。

馨儿长大以后，可以通过这些文章，了解自己孩提时代的许多经历，了解父母对她的爱，了解我们一家人的生活情形，了解有许多叔叔阿姨爷爷奶奶喜欢过她……她的遗憾就会比我、比我们这一代人少得多。想起来，这也是一件令我感到愉快的事情！

有朋友说我前半生最重要的作品不是那些学术论著，而是书中的主人公——馨儿小朋友，我很愿意认同这个说法。

2017.08.03